Dedico este livro a alguém
que desejo que seja muito feliz!

____

Jamais desista das pessoas que você ama!
Lute sempre pelos seus sonhos!
Seja profundamente apaixonado pela vida!
Decifre os códigos da felicidade!
Pois a felicidade sustentável não pertence aos que
não se estressam,
Mas aos que transformam seus invernos em primaveras
E aos que fazem da vida um espetáculo único e imperdível!

_________________________ ___/___/___

Augusto Cury

O Maior Líder da História

Sextante

preparação de texto: Rafaella Lemos

revisão: Alice Dias, Ana Grillo e Jean Marcel Montassier

projeto gráfico e diagramação: Valéria Teixeira

capa: Raul Fernandes

impressão e acabamento: Lis Gráfica e Editora Ltda.

CIP-BRASIL. CATALOGAÇÃO NA PUBLICAÇÃO
SINDICATO NACIONAL DOS EDITORES DE LIVROS, RJ

C988m Cury, Augusto

O maior líder da história / Augusto Cury. Rio de Janeiro: Sextante, 2020.
240 p.; 16 x 23 cm. (O homem mais inteligente da história; 3)

Sequência de: O homem mais feliz da história
ISBN 978-85-431-0990-9

1. Ficção brasileira. I. Título.

20-64829 CDD: 869.3
CDU: 82-3(81)

Rua Voluntários da Pátria, 45 – Gr. 1.404 – Botafogo
22270-000 – Rio de Janeiro – RJ
Tel.: (21) 2538-4100 – Fax: (21) 2286-9244
E-mail: atendimento@sextante.com.br
www.sextante.com.br

SUMÁRIO

PREFÁCIO

Pense nesta tese perturbadora: a educação mundial está formando mentes lógicas, mas idiotas emocionais destituídos de gestão da emoção, autocontrole, empatia e resiliência. No entanto, houve na história um educador ousadíssimo que escolheu a dedo alunos com esse mesmo perfil. O mais forte, Pedro, era ansioso, descontrolado e intolerante. O mais amável, João, era emocionalmente bipolar e ambicioso. O mais pragmático, Tomé, era paranoico, desconfiava de tudo. O mais lógico, Mateus, tinha fama de corrupto. O mais culto e dosado, Judas, era dissimulado. Você chamaria um time desses para executar seu projeto de vida? Seria um fracasso! Todavia, o maior líder da história, o Mestre dos mestres, não apenas os chamou, mas usou sofisticadas ferramentas socioemocionais para torná-los exemplos de mentes saudáveis e brilhantes. Desse modo, ele construiu a maior startup mundial de educação para revolucionar a humanidade. Neste romance psiquiátrico, o psiquiatra Marco Polo, reconhecido internacionalmente, é desafiado por um grupo de reitores e intelectuais a usar as mesmas ferramentas que Jesus usou para educar estudantes universitários alienados, agressivos, intratáveis, escórias acadêmicas. O resultado? Prepare-se para se surpreender!

– Augusto Cury

1

EXPERIÊNCIAS SOCIOLÓGICAS PERIGOSAS

O psiquiatra Marco Polo estava ofegante em seu escritório em Los Angeles, Califórnia. Somente a luz do abajur sobre a mesa permanecia acesa. Hematomas no tórax e na testa, edema no lábio inferior e três pontos na sobrancelha direita marcavam a face de um homem que fora espancado. Mas quem lincharia um intelectual famoso, apaixonado, disposto a contribuir com a sociedade? O velho ditado "Em terra de cego, quem tem um olho é rei" é uma mentira. Na verdade, quem tem um olho é execrado e agredido, principalmente se tiver a coragem de expor suas ideias.

Ele se sentou diante do computador. Não se deixaria abater. Estava determinado a escrever um novo artigo sobre a falência emocional da humanidade. Inspirado, começou a trabalhar. Ia concatenando rapidamente os pensamentos, lendo em voz alta suas ideias à medida que as palavras fluíam para o teclado:

– O ser humano é um ator atormentado no teatro do tempo. Criamos fantasmas e nos assombramos com eles. Maltratar o tempo é um desses monstros indomesticáveis...

Sua concentração era tamanha que não havia percebido que não estava só. Alguém havia entrado sutilmente em seu escritório e ouvia suas palavras com espanto.

– Maltratar o tempo? Monstros indomesticáveis? Como assim, Marco Polo? – indagou Sofia, que também era psiquiatra.

Ele despertou do transe. Ao notar sua presença, Marco Polo não se virou, mas abriu um leve sorriso, dando um suspiro de satisfação. Ela lhe trazia o alívio do prazer em meio a poças de angústia.

– Sofia, você aqui...?

Ela era sua namorada. Depois que Anna, sua esposa, morrera tragicamente em decorrência de uma doença autoimune, o psiquiatra pensava que jamais conseguiria amar outra vez. Mas Sofia, emocionalmente penetrante e intelectualmente lúcida, crítica, debatedora de ideias, entrara na sua história como um terremoto, desconstruindo sofismas.

– É tão bom ouvi-lo, Marco Polo. Eu nunca conseguiria amar alguém que não admirasse.

Fazia dois dias que não se viam. Era pouco tempo, mas, para Marco Polo, 48 horas podiam trazer incontáveis acontecimentos inesperados. Sofia queria beijá-lo, mas, temendo interrompê-lo em seu raciocínio, preferiu acomodar-se numa poltrona para lhe fazer companhia enquanto ele trabalhava mais um pouco em suas teses sobre o tempo. Na penumbra do cômodo, mal conseguia enxergar o rosto dele com clareza. O psiquiatra continuava pensando em voz alta:

– Os colegas nos frustram, os amigos nos decepcionam, os inimigos nos ferem, mas ninguém é tão cruel com o ser humano quanto o tempo. Muitos tentam fugir desesperadamente de suas garras, mas ele os alcança e brada: "Estúpidos mortais! Ninguém pode fugir de mim! Acariciem-me, façam de cada dia uma eternidade!" Muitos querem ser jovens para sempre, tentando enganá-lo com mil procedimentos estéticos, mas o tempo dá uma gargalhada e os adverte: "Tolos! Rejeitem-me, e envelhecerão rapidamente no único lugar em que não se deveria envelhecer – o território da emoção!" Os ricos tentam suborná-lo com seu poder, mas o tempo grita-lhes no silêncio de suas mentes: "Loucos! A vida é brevíssima para se viver e longuíssima para se errar. Quem erra tentando me comprar morre estando vivo. Sou invendável e insubornável!"

Ao ouvir essas palavras de Marco Polo, Sofia ficou fascinada. Sabia que em alguns momentos todo homem e toda mulher assumem esse papel de loucos, tolos e estúpidos, tentando enganar o tempo, comprá-lo ou fugir dele.

– Tem razão. Quando maltratamos o tempo, ele é cruel com o ser humano. – Ela não se conteve e se levantou, aproximando-se dele para beijá-lo. Mas no momento em que Marco Polo se virou, Sofia viu sua face ferida e ficou chocada. – O que aconteceu? Por que esses hematomas, os lábios inchados e esse corte na sobrancelha?

– Fiz uma experiência sociológica. Por um lado, malsucedida; por outro, interessante.

– Como assim? – questionou ela, preocupadíssima.

– Disfarcei-me e tentei falar sobre as loucuras humanas em alguns congressos acadêmicos, políticos e religiosos.

Sabendo que Marco Polo era ousado, que já correra risco de vida outras vezes, ela tentou repreendê-lo:

– Você é tão mortal! Não acha que maltratou o tempo com mais uma experiência fora da curva psicossocial?

– Talvez, talvez – repetiu ele. – Mas tentei ser cuidadoso. Coloquei uma barba postiça e fui, não como mendigo, mas como um simples anônimo, para esses eventos. Foi simplesmente incrível.

Ele soltou uma risada, mas, ao fazê-lo, sentiu sua musculatura se repuxar, suas dores aumentando. Interrompeu o riso ao meio.

Sofia não conseguia entender como um psiquiatra famoso como Marco Polo, um pesquisador internacionalmente respeitado, que escrevera mais de 3 mil páginas sobre uma das últimas fronteiras da ciência – o processo de construção dos pensamentos e da consciência existencial –, poderia ser tão inconsequente com a própria saúde. Mas ele era assim. Um pensador incontrolável. A vida para ele era uma aventura irrepetível.

– Você acha que tem idade para essas aventuras? Como ousa viver experiências que nem jovens rebeldes têm coragem de encarar? Marco Polo, conviver com você é muito mais que uma montanha-russa. Em alguns momentos, eu estou no céu da alegria, no céu do romance e da tranquilidade; em outros, estou no inferno do estresse, da angústia e dos riscos. Viver com você é uma grande aventura, mas às vezes é quase insuportável. Você lembra que nós quase morremos há apenas alguns meses? Fomos perseguidos por inimigos implacáveis, religiosos radicais que diziam que era impossível um psiquiatra estudar a mente de Jesus Cristo. Eu sei que você agiu com maestria. Sei que você fez algo jamais tentado na história das ciências humanas. Você garimpou ferramentas incríveis do Mestre dos mestres e nos levou a compreender que ele conseguiu transformar lágrimas em sabedoria, perdas em ganhos, e fazer poesias quando o mundo desabava sobre ele. Mas não dá, Marco Polo. Eu não suporto! Eu não suporto a possibilidade de, a qualquer momento, te perder. Eu te amo o suficiente para ter medo, o mais dramático medo, o mais primitivo e o mais real: o medo de perder quem eu amo.

Sofia começou a chorar copiosamente. Marco Polo a abraçou, também derramou algumas lágrimas, e disse:

– Eu também te amo. Eu gostaria de ser diferente de quem sou. Posso mudar muitas coisas: posso mudar as rotas em meu carro, posso mudar passagens aéreas, posso ficar de quarentena na minha casa, mas não posso mudar quem eu sou. Sinto muito em te ferir tanto, Sofia. Em te preocupar tanto. Sei que você é uma psiquiatra notável, mas até para uma psiquiatra, o volume de estresse é altíssimo.

Ele olhou demoradamente para ela antes de continuar:

– Mas, querida Sofia, quem não é fiel à própria consciência tem uma dívida impagável consigo mesmo. Você sabe muito bem que sou um crítico do culto à celebridade. Sabe que esse culto, que contamina não apenas atores e cantores, mas também influenciadores digitais, é uma idiotice emocional. Não há célebres nem anônimos no palco do tempo. Somos todos simples mortais. Coloquei em risco minha vida? Sim, é verdade. Mas queria ser ouvido pelas minhas ideias, não pela minha fama.

Ela suspirou, relaxou e depois, mais calma, indagou:

– Imagino que você deve ter sido quase linchado nesses ambientes. O que o levou a fazer essa experiência tão extrema?

– Uma das causas foi a constatação de que o sistema educacional mundial está doente, formando pessoas doentes para uma sociedade doente. Nossas sociedades digitais se converteram num manicômio global. Mesmo universidades como Harvard, MIT, Stanford, Cambridge, Oxford e outras formam, com as devidas exceções, ouvintes, espectadores passivos, que não têm resiliência, autocontrole, a mínima capacidade de proteger a própria emoção e reciclar seu lixo mental. Qualquer proprietário de terra, residência ou veículo tem um certificado de propriedade, tem proteção legal, mas nossa mente é terra de ninguém, não é ensinada a se autoproteger. Por isso, a alodoxafobia, o medo da opinião dos outros, é uma das fobias mais marcantes da atualidade.

– Espere, deixe-me respirar – disse ela, refletindo. – Preciso assimilar suas ideias. Seu diagnóstico é muito sério.

Sofia pensou um pouco antes de pedir que ele continuasse. Marco Polo completou o raciocínio:

– A mente das crianças e dos adolescentes está completamente desprotegida nessa explosão de dados e imagens da era digital. Pais usam celulares até mesmo para os bebês se aquietarem na hora de almoçar e jantar. Estão assassinando o futuro emocional dos filhos sem saber. Mas vamos deixar esse assunto de lado por enquanto. Quero lhe contar o que aconteceu anteontem.

Marco Polo começou então a relatar sua experiência sociológica como um simples anônimo. Dois dias antes, numa manhã ensolarada, ele entrara num grande anfiteatro onde estava acontecendo um congresso acadêmico. Ilustres psicopedagogos, psicólogos, sociólogos e economistas participavam, discutindo metodologias de ensino nos tempos atuais. Sentara-se na última fileira.

Depois de ouvir debatedores por quase três horas, não se conteve e se dirigiu ao palco. Sem estar inscrito para falar nem pedir licença, pegou o microfone e, com sua voz segura, declarou sem meias palavras:

"Na era digital existe uma explosão de informações que leva uma criança de 7 anos a ter mais dados em seu cérebro do que os grandes pensadores da Grécia antiga. Essa avalanche de informações desenvolve a Síndrome do Pensamento Acelerado. De um lado, os professores ficam sem saber o que fazer com a ansiedade dos alunos. De outro, milhares de médicos em todo o mundo diagnosticam equivocadamente essas crianças como hiperativas e prescrevem, sem necessidade, drogas da obediência. Algo inadmissível! Os senhores e as senhoras não percebem que alteramos a dinâmica do psiquismo humano nesta sociedade urgente e estressada? Não entendem que a aceleração do pensamento gerou uma inquietação que faz com que o último lugar em que os alunos querem estar é dentro da sala de aula? A mente dos jovens mudou. Ou a escola muda, ou será o fim dela!"

Sofia quase perdeu o fôlego ao ouvir o que acontecera.

– Sua ousadia foi surpreendente! Você parou por aí ou falou mais alguma coisa?

O pensador se perturbava só de lembrar.

– Afirmei que o sistema educacional não precisa de consertos, mas de uma revolução socioemocional. Disse que o sistema está falido. Que a memória dos alunos está dramaticamente saturada, que considerá-la inesgotável, uma fonte de lembrança pura, é colocar mais combustível na fogueira da ansiedade deles.

– Como assim? – indagou Sofia.

– A memória é um recurso limitado que pode se esgotar. Saturá-la com dados gera um estresse cerebral intenso, por isso muitos acordam fatigados. Além disso, ela não foi feita para lidar bem com as lembranças.

– Ao ouvi-lo, os líderes acadêmicos não ficaram chocados?

– Alguns professores doutores ficaram perplexos. Me olharam de cima a baixo e indagaram uns para os outros: "Quem é esse louco que afirma que não há lembrança pura na memória? Por acaso o pilar central da educação está errado? Ensinamos para que os alunos se lembrem. Por que ensinamos então?" Vendo que se perturbaram com minhas ideias, continuei: "Pensar é interpretar, e interpretar é distorcer a realidade dos dados do passado para recriá-los no presente." E acrescentei: "Se você quer ser um líder que forma outros líderes, tem de ter consciência de que ensinamos para que os alunos aprendam a pensar. Não para repetir dados, pois qualquer computador medíocre repete informações melhor do que um *Homo sapiens*." E comentei ainda que mais de 90% dos dados que registramos se perdem nos bastidores do cérebro, tornando-se lixo mental.

– Eu não sabia disso – admitiu Sofia. Embora fosse psiquiatra, não se estudava na formação dessa especialidade a fronteira mais complexa da mente humana: o processo de construção de pensamentos.

Marco Polo continuou relatando o que acontecera no evento acadêmico.

– A verdade essencial é um fim inatingível, pois diversas variáveis estão em jogo no exato momento da construção de pensamentos e geram uma cadeia de distorções. Como estamos, quem somos, o que desejamos e onde estamos, ou seja, nosso estado emocional, nossa personalidade, nossa intencionalidade e o ambiente social em que nos encontramos, interferem na abertura de janelas da memória e, portanto, no acesso aos dados da memória. Consequentemente distorcendo a construção das ideias. Foi o que eu disse para a plateia: "Caros professores, pensar não é se lembrar. Pensar é recriar a cada momento a realidade do mundo que somos e em que estamos. Portanto, se querem formar mentes brilhantes, e não servos que só obedecem a ordens, têm de saber que as provas escolares que exigem rigidamente a exatidão das informações ensinadas pelos professores assassinam a capacidade dos alunos de se reinventarem, de pensarem estrategicamente, intuírem, ousarem, trabalharem crises."

– Eles aplaudiram? – perguntou Sofia.

– Alguns, sim; outros me execraram. Escandalizei muitos que eram racionalistas. Principalmente porque tive a coragem de dizer que deveríamos ser capazes de aplaudir os erros que remetiam à autodeterminação, ao raciocínio esquemático e à libertação do imaginário. Concluí dizendo: "Sob certos critérios, deveríamos dar nota máxima para quem errou todos os dados numa prova."

Ao ouvir aquela afirmação, não poucos acadêmicos a consideraram uma heresia. No entanto, alguns ficaram aliviadíssimos, pois, ainda que não tivessem a base teórica de Marco Polo, pensavam a mesma coisa. Um professor de engenharia gritou: "Calem este homem!" Um de medicina bradou: "Ele quer descontruir a educação! Silenciem esse maluco!" Marco Polo olhou para este último e o reconheceu. Fora seu aluno e o respeitava muito quando estudante. O rapaz se tornara um professor doutor respeitado na área de neurologia, capaz de dar aulas e operar tumores e aneurismas. Mas era um leigo sobre os enigmas do cérebro humano.

Sofia não se conteve e comentou:

– Eu revelaria a minha identidade, Marco Polo. Daria uma "carteirada" nesses intelectuais superficiais. Ia fazê-los engolir sua arrogância.

– Mas não sou você, Sofia. Nós nos amamos, nos respeitamos, mas somos diferentes. Fui expulso sob um coro de vaias. Mas alguns me abraçaram no meio do caminho. Ao sair, fui empurrado por seguranças truculentos.

Sofia ficou estarrecida com a história, mas o relato ainda não explicava os ferimentos de Marco Polo. Mal sabia ela que o psiquiatra tivera um dia difícil e que o congresso não fora sua única experiência sociológica.

Marco Polo então respirou fundo e começou a contar o outro acontecimento, esse mais grave e perturbador. Naquele mesmo dia, à noite, ele perambulava pelas ruas pensando na estupidez e nas incongruências que invadem nossa mente e nos tornam tão desumanos.

De repente viu um aglomerado de pessoas que entravam em um grande anfiteatro. Marco Polo se aproximou e indagou do que se tratava. Disseram-lhe que um importante partido político estava realizando sua reunião anual. Figurões da liderança nacional estavam presentes – governadores, senadores, deputados. Ele não se importou em identificar qual partido se reunia, se de direita ou de esquerda. Interessava-lhe apenas conhecer as insanidades que faziam parte dessa casta. Para o pensador da psicologia, em política os erros são pontuais, mas as loucuras são democráticas: não há partidos isentos.

Marco Polo penetrou sorrateiramente no ambiente sabendo que ali precisava ficar quieto. Mas como?

– Nossa, Marco Polo! Você entrou na reunião anual de um partido político? Os políticos são muito mais intolerantes que os acadêmicos! – exclamou Sofia.

Durante a reunião, os líderes e maiores ícones do partido passaram horas enfadonhas tratando de seus ideais e seus números. Depois começaram a tecer críticas implacáveis, uma atrás da outra, tentando desconstruir o principal partido de oposição. Eles eram deuses e os da oposição, uma casta de demônios. Marco Polo, que estava no meio do anfiteatro, observou que as duas pessoas ao seu lado cochilavam, pois não havia atratividade e inovação. Foi então que se levantou e caminhou até o palco enquanto um senador fazia seu discurso dramaticamente longo. No púlpito, foi ao encontro do orador, e disse-lhe em voz branda que o tempo dele havia acabado.

Constrangido, o senador pensou que se tratava de alguém da organização do evento. Falou mais trinta segundos e lhe entregou o microfone.

Marco Polo foi tão sutil que alguns seguranças indagaram entre si quem era o sujeito que, de posse do microfone, ia direto às suas teses. Ao notar o que acontecia, alguns organizadores, preocupados, decidiram intervir e silenciá-lo. No entanto, foram seduzidos pela primeira habilidade dos grandes líderes citada pelo orador desconhecido: "Quem vence sem riscos triunfa sem glórias. Se você é um líder político ou empresarial e tem medo dos riscos, você está fora do jogo. Não há céus sem tempestades."

– Que bom que deixaram você falar – ponderou Sofia, embora imaginasse que o terremoto estava por vir.

– Pois é. Eu também afirmei que se um político não correr riscos para preservar sua consciência, sua ética, sua transparência e amar a sociedade mais do que seu partido, será um líder fraco. E indaguei: "Há aqui entre vocês alguém que seja frágil emocionalmente?" Ninguém levantou a mão.

– Aí entornou o caldo – comentou Sofia, apreensiva.

– Claro! E então concluí que nenhum partido político é digno do poder se não for capaz de aplaudir os projetos da oposição. A reação foi muito pior do que na seara dos professores. Primeiro fez-se um silêncio sepulcral e, em seguida, alguns perguntaram há quanto tempo eu estava no partido. Outros disseram que eu era um infiltrado da oposição. Mas continuei abalando-os. Completei dizendo que quem serve às ideias ou a seu partido mais do que à sociedade é indigno de ser um político. Foi um escândalo. Alguns membros começaram a bater os pés e gritar: "Calem esse estúpido!" "Matem esse opositor!"

– Mas por que você não se calou, Marco Polo? – indagou Sofia levando as mãos à cabeça.

– Não consegui. Vendo que poderia ser linchado, bradei ainda mais alto: "Mais de 90% dos líderes de todas as áreas, seja política, empresarial, institucional, estão despreparados para o poder, pois o poder torna-se um vírus que os infecta e os cega. Só é digno do poder quem é desprendido dele, quem o usa para se curvar à sociedade e servi-la, não quem o usa para que a sociedade se curve diante de si e o sirva." Terminei dizendo: "A humanidade está em risco, pois em todas as nações os partidos estão doentes, formando líderes doentes, incapazes de aplaudir quem pensa diferente, de reconhecer seus erros e se colocar como simples servos da sociedade."

– E o que aconteceu? – perguntou ela, ansiosa.

Marco Polo sorriu e mostrou os hematomas em seu rosto.

– Os seguranças invadiram o palco e, aos socos e tapas, foram me expulsando. Num ataque de fúria, muitos ajudaram no espancamento. E assim me colocaram para fora do anfiteatro como lixo indigno de viver.

Marco Polo contou ainda que foi procurar um pronto-socorro, tomou alguns pontos e recebeu a recomendação de que repousasse.

Isso deveria ter sido suficiente para dissuadi-lo de vagar disfarçado pelas ruas de Los Angeles. No entanto, mesmo ferido, insistiu em sua experiência.

No dia seguinte ao episódio de violência na reunião anual do partido político, Marco Polo entrou no metrô e notou o vagão lotado de torcedores. Torcidas organizadas de dois times ofendiam uma à outra. O clima estava tenso. Aproveitando essa oportunidade, ele se posicionou entre elas e começou a conversar sozinho em voz relativamente alta.

Falava e gesticulava com seus fantasmas mentais. Todos pararam para observar o histriônico. Em seguida parou e olhou a multidão atônita a seu redor. Provocando-os, indagou:

– Que diagnóstico vocês fazem quando veem alguém falando sozinho?

Os integrantes de uma torcida bradaram:

– Louco! Maluco!

Os da outra gritaram:

– Psicótico! Perturbado!

Uma senhora de 80 anos que estava sentada próximo de Marco Polo afirmou:

– Doido varrido. Você está doido, meu filho?

Ele olhou para ela e depois para a torcida, e respondeu sem medo:

– Às vezes, minha senhora, meus fantasmas mentais me perturbam. Outras vezes são os absurdos desta sociedade que me enlouquecem. – Em seguida ele passou as mãos no rosto e completou: – Quem aqui é cineasta?

Ninguém levantou a mão. Então o intrépido psiquiatra que amava colocar em xeque tanto intelectuais quanto leigos, tanto abastados quanto miseráveis, os abalou:

– Estamos em Los Angeles, a terra de Hollywood, e não há cineastas aqui? Errado. Todos vocês são cineastas.

Todos se entreolharam e alguns debocharam dele. Acharam que era mais um delírio do atraente maluco. Mas ele foi ferino em sua próxima pergunta:

– Vou provar. Respondam honestamente: quem de vocês cria de vez em quando um filme de terror na própria mente?

Era um ambiente muito inapropriado para as pessoas se abrirem. Mas elas se abriram. Quase todas levantaram a mão.

– Quais fantasmas assombram vocês? – indagou Marco Polo.

A senhora puxou a fila. Corajosa, disse que tinha medo da solidão, de morrer sozinha. Vendo a idosa ser tão ousada, os torcedores perderam a inibição. Um começou a dizer que tinha medo de falar em público, outro que tinha medo da morte, teve até um que declarou ter medo de zumbis. Mas ninguém confessou enfrentar o vampiro mental mais comum às torcidas organizadas: a necessidade neurótica de poder e de ser o centro das atenções sociais.

Sofia ouvia tudo atentamente e não conseguiu conter o entusiasmo.

– Interessantíssimo, Marco Polo!

– Quando eles se abriram, fiz uma sugestão. Propus a "semana da humanidade", uma semana de atitudes invertidas – contou o psiquiatra. – Eles não entenderam nada, mas eu expliquei: seria uma semana em que poderíamos gerir nossa emoção, abrandar nossas diferenças e adotar novas atitudes, algumas invertidas. Durante esse tempo, torcedores de um time torceriam também por um outro time, de preferência por um de que não gostassem. Pessoas de religiões distintas fariam uma visita solidária umas às outras. Gente que nunca visitou presídios, orfanatos, asilos, hospitais psiquiátricos, dedicaria seu tempo a esses seres humanos. Negros e supremacistas brancos se abraçariam e festejariam o espetáculo da vida. Políticos de partidos distintos convidariam seus opositores para jantar e discutir projetos sem preconceitos. Pais e professores críticos de seus filhos e alunos observariam os acertos despercebidos e passariam a aplaudi-los. Casais diminuiriam o tom de voz quando estivessem à beira de uma discussão.

Sofia ficou impressionada.

– Quem sabe se essa semana "pegasse", isso poderia ser um impulso à viabilidade da espécie humana. – Num estado de êxtase, indagou: – E qual foi a reação das pessoas?

– Todas manifestaram espanto e euforia. A idosa bradou: "Que bonito, meu filho!" E então saiu de seu lugar e foi beijar os torcedores dos dois lados. Emocionados, eles começaram a se abraçar. E quando saíram do metrô, alguns gritaram em coro: "Semana da humanidade, estou dentro!" Foi tímido, mas é um começo.

– Mas em que filósofo ou pensador você se inspirou para ter essa ideia? – questionou Sofia.

Marco Polo parou, respirou profundamente e confessou:

– Você sabe que tenho estudado o carpinteiro de Nazaré. Você sabe que, antes de estudá-lo, eu achava que ele fosse fruto de um grupo de galileus que queriam um herói que os livrasse do jugo do tirânico e promíscuo Tibério César. Ao conhecê-lo melhor, como psiquiatra e como pesquisador do processo de construção de pensamentos, concluí que ele não era apenas superdotado, genial, mas muito provavelmente foi o homem mais inteligente da história, o líder dos líderes, que sem derramar uma gota de sangue mudou a matriz socioemocional da humanidade. Foi nele que me inspirei. Ele viveu uma vida inteira investindo na humanidade, na contramão dos fariseus do seu tempo e também de inumeráveis religiosos ao longo dos séculos. Ele transformou prostitutas em rainhas e leprosos em seus diletos amigos. Ele abraçou seu negador e tentou resgatar seu traidor. E, mesmo morrendo sobre o madeiro, perdoou seus torturadores. Esse é o homem que me inspirou...

2

A EDUCAÇÃO MUNDIAL ESTÁ FORMANDO IDIOTAS EMOCIONAIS

Depois de relatar para Sofia suas incríveis aventuras como anônimo e os riscos que correra, Marco Polo viu que havia um envelope sobre sua mesa. Ele o abriu e leu a mensagem. Era o convite para uma reunião muito importante. Os reitores das universidades mais famosas das principais nações se reuniriam em cinco dias para discutir o futuro da educação e o uso das tecnologias digitais.

– O reitor Vincent Dell convidou você? Mas ele não tem ciúme de você, impede seus projetos e o critica pelas costas?

– Sim, mas minha paz vale ouro. O resto é lixo. Não compro as tolices que não criei.

Marco Polo era chefe do departamento de psiquiatria da universidade onde Vincent Dell, o anfitrião do evento, era reitor. Ele era um homem que tinha muitos segredos. A maioria das pessoas conhecia apenas a sala de estar da sua personalidade. As partes mais ocultas estavam submersas num homem que não media esforços para ser multimilionário. Para ter o poder a qualquer custo. Sua ambição o cegava. Era um cientista indigno da ciência. Altamente lógico e capaz, mas extremamente destrutivo. Marco Polo era o seu grande desafeto. Em algumas oportunidades, ele já tentara destruí-lo. Eles defenderam teses juntos, mas a eloquência de Marco Polo, a capacidade de seduzir pessoas e de construir teses e novas ideias sempre causaram ciúmes em Vincent Dell. E existem dois tipos de ciúme: o ciúme e a inveja espelho, que nos impelem a nos espelharmos no outro para também nos reinventarmos e crescermos. E o ciúme e a inveja sabotadora, aquela que cega o seu portador para destruir quem está à sua frente e tem sucesso.

Vincent Dell queria destruir Marco Polo. Era uma das suas metas, um dos seus desejos ocultos. E ele levaria até as últimas consequências esse comportamento. Marco Polo conhecia esses conflitos, mas pensava que essa rejeição não passava de um sentimento comum entre intelectuais. Não tinha consciência de que o ciúme e a inveja que Vincent Dell nutria eram destruidores, assassinos.

Sofia pegou o convite e leu o que o cartão dizia. Ficou perplexa.

– Veja a recomendação do reitor: "Marco Polo, conheço sua fama de causar tumultos e escândalos por onde passa. Por isso está convidado apenas como ouvinte. Quero que anote os principais dados apresentados por esses líderes internacionais e elabore um relatório, já que é um especialista na formação humana. Reitero: a plateia de reitores que receberei é da melhor estirpe intelectual e muito bem-comportada. A discrição é vital."

– Alguns líderes sempre querem domar nosso cérebro, mas o *Homo sapiens* é indomável. Cedo ou tarde nos rebelamos contra tudo que castra nossa liberdade – ponderou.

Como chefe do departamento de psiquiatria, Marco Polo não poderia negar o convite do reitor.

Uma semana depois, quase recuperado dos traumas físicos, foi à fatídica reunião.

O ciúme dos líderes é diferente do dos parceiros românticos. Enamorados pressionam o outro por reconhecimento, enquanto líderes sabotam quem não corresponde às suas expectativas. Não poucos guilhotinam seus pares.

Egos exaltados, mentes inquietas, desejo ansioso de evidência social, ciúme intelectual constituíam o cálice emocional que muitos bebiam na reunião a que Marco Polo fora convidado como espectador passivo. A reunião acontecia numa enorme mesa oval no auditório de uma respeitada universidade californiana. Vincent Dell, o anfitrião, era intelectualmente notável e emocionalmente intratável. Amante inveterado da inteligência artificial, era ótimo para conviver com máquinas, mas péssimo para se relacionar com seres humanos, principalmente com os membros dos corpos docente e discente. Ele abriu o evento e, minutos depois, foi direto ao assunto, que era a principal pauta dos reitores norte-americanos, latinos, europeus, africanos e orientais.

– Nossas universidades estão preparadas para formar os profissionais do futuro, inclusive nos próximos dez anos? – indagou o reitor, contundente. E ele mesmo respondeu com convicção: – Não! Não estamos preparados para formar pessoas aptas para a revolucionária era digital, em constante mutação. Não estamos preparados para formar alunos que pensam em aplicativos, repetição de processos, escalabilidade, soluções inovadoras, muito menos em antecipação das necessidades do consumidor. Se nossas universidades estão atrasadas, imagine as escolas de ensino básico do mundo todo. O ensino de nível fundamental e médio está na Idade da Pedra.

– Concordo! Nos próximos 10 ou 15 anos, milhões desses jovens alunos trabalharão em profissões que hoje nem sequer foram inventadas ou imaginadas – ecoou Max Gunter, o reitor de uma universidade da Alemanha.

Minoro Kawasaki, de uma universidade japonesa, foi mais longe:

– Quase 90% das peças jurídicas já são feitas por supercomputadores. Mais de 80% das cirurgias complexas serão realizadas não por médicos, mas por robôs. O presente digital é surpreendente e o futuro é inenarrável. As universidades precisam estar na vanguarda, devem aproveitar a tecnologia ao máximo, ou cairemos na insignificância.

Vincent Dell, eufórico com o que ouvia, proclamou efusivamente:

– Corretíssimo, senhores reitores e senhoras reitoras. – Na realidade havia apenas uma mulher reitora, entre 22 reitores homens. A discriminação era evidente nos cargos acadêmicos de chefia, embora as mulheres estivessem ocupando a maioria das vagas nas universidades e fossem na média mais aplicadas e tirassem as melhores notas. Ele completou: – As enfermeiras serão substituídas por máquinas. Algumas serão capazes de fazer massagens nos pacientes. Haverá até robôs sexuais. – E, indelicado, completou, arrancando gargalhadas dos homens: – Eu terei uma meia dúzia.

– Substituindo o amor de uma mulher por seis robôs, doutor Dell? O senhor tem problema de impotência? – perguntou sem rodeios a reitora Lucy Denver, da Inglaterra.

– Não, doutora Lucy. Desculpe-me, mas é que a era digital abre um mundo de possibilidades para as fantasias humanas – disse ele sem enrubescer ou se dobrar diante da reitora. A plateia sorriu sutilmente dessa vez. Vincent Dell completou: – Já os motoristas se tornarão músicos, pois serão cada vez mais substituídos por ônibus, caminhões, tratores e carros autônomos. Casas e edifícios serão construídos por impressoras 3D. Pensem na construção de um apartamento ou uma casa por dia ou por hora.

Um reitor chinês, Jin Chang, amigo de Vincent Dell, tocou em um assunto seriíssimo:

– Os policiais, pelo menos a sua grande maioria, terão de aprender artes plásticas, pois muitos perderão seus empregos, já que controlaremos a criminalidade pela tecnologia digital, mesmo nos países com alta taxa de violência, como a Rússia.

– Como assim? – indagou muito curioso e tenso Alex Molotov, um reitor russo.

– Usaremos chips implantados embaixo da pele dos indivíduos para medir pulsões de violência e prevenir ataques, injetando moduladores do humor nos focos de tensão. Cremos que 90% dos assassinatos serão evitados. Usaremos movimentos da íris e da face das pessoas para controlar comportamentos inclinados à sociopatia. Muitas dessas pesquisas já estão avançadas na área de segurança.

A plateia ficou extasiada. Vincent Dell pegou carona na ideia de seu amigo chinês e comentou pesquisas que ocorriam nos laboratórios de TI de sua universidade:

– Nós estamos produzindo policiais-drones. Quem sabe no futuro haverá um para cada pessoa. Serão como anjos da guarda, a democratização da segurança privada. Mesmo os mais pobres terão acesso a eles. A pessoa dorme, mas o policial-drone está vigilante. A pessoa anda, e seu policial-drone levanta voo e a acompanha. Se ela for atacada, o drone desce em altíssima velocidade e dispara choques elétricos e injeção de tranquilizante no agressor. A sociedade será pacificada.

Muitos aplaudiram Vincent Dell. Realmente eram ideias inovadoras. Seria surpreendente a pessoa viajar e outro policial-drone esperá-la no aeroporto de destino. Diante dos aplausos entusiasmados, o reitor completou:

– Esse é um exemplo de que toda universidade tem que se tornar um centro de pesquisas digitais. – E revelou algo que o perturbava: – Não vamos deixar aqueles malucos do Vale do Silício de São Francisco serem os únicos protagonistas da inovação. Eles querem governar o mundo. Nós temos de ocupar os espaços, caso contrário nossas universidades ficarão obsoletas.

Emocionados, todos aplaudiram, à exceção de Marco Polo. No auge da euforia dos reitores, ele, que estava proibido de falar, não suportou e se levantou, mas Vincent Dell o advertiu:

– Não está autorizado a falar. Você aqui é apenas um ouvinte.

– Se eu não falar, estas paredes gritarão, digníssimo reitor. – E sem se importar em perder sua posição como chefe de departamento, emendou: – Vocês não falaram sobre os riscos à liberdade e à democracia que essas novas tecnologias representam. Ou acham que o mundo digital é um paraíso na Terra controlando nossos impulsos com seus anjos-robôs? Será que eles entrariam na nossa mente e aquietariam os monstros que produzimos? Impossível! Não comentaram também sobre as soluções para centenas de milhões de profissionais que perderão seus empregos com a explosão da inteligência artificial.

– Estudos demonstram que não haverá desemprego como se crê – bradou Vincent Dell. – Os desempregados trabalharão em serviços, cuidarão de pessoas, do bem-estar social, dos jardins das cidades, do meio ambiente, sem contar com novas indústrias do entretenimento.

– Acha que serão salários dignos ou subempregos? A mente mente, Vincent Dell! – afirmou Marco Polo. E continuou: – Além disso, o drama da fome irá crescer cada vez mais. E se destinássemos 0,5% de todas as transações do comércio mundial, de exportações e importações, a um fundo administrado pela ONU para, em cinco anos, acabar com a fome no planeta? Essa seria uma solução!

Silêncio geral. A ideia era genial, mas Vincent Dell, seu desafeto, deu uma risada, revelando uma crise de ciúme. E, debochando do psiquiatra, comentou:

– Você é um sonhador. Esse assunto é um tema para políticos, não para acadêmicos.

– Mas não são as universidades que formam grande parte dos políticos? Muitas universidades tornaram-se uma religião hermética de ideias, preocupadas em ser uma fábrica de diplomas e de artigos, mas não de pensamento crítico sobre os dramas socioemocionais da sociedade – rebateu Marco Polo.

Vincent Dell não gostou da crítica.

– Silencie-se, doutor Marco Polo! Caso contrário, será expulso deste auditório e desta universidade. E você sabe que tenho poder para isso – ameaçou Vincent Dell.

O clima ficou tenso. Marco Polo não vivia dentro do casulo da psiquiatria. Para ele, a psiquiatria, a psicologia, a sociologia e as demais ciências humanas deveriam tocar nas chagas da nossa espécie, deveriam apontar soluções para os problemas gravíssimos da atualidade. Marco Polo era um colecionador de amigos, mas também de inimigos cruéis. Não iria se calar. Então prosseguiu:

– A família humana tornou-se um grupo de estranhos: pensamos em termos de religião, partido político, ideologia, mas não mais como humanidade.

Essa tese tocou profundamente Lucy Denver e outros reitores. Vendo que perdia espaço, Vincent Dell fitou os olhos de Marco Polo e exaltou o mundo digital como solução para os dramas da espécie humana.

– Bobagem. A nova era será extraordinária, pois os conflitos serão resolvidos com a inteligência artificial. Os robôs serão não apenas excelentes médicos, advogados, engenheiros, enfermeiros, trabalhadores em geral, democratizando o acesso aos serviços de qualidade a toda a sociedade, como também serão a salvação de nossas universidades. Robôs darão aulas! Robôs corrigirão provas! Robôs farão atualizações curriculares! Eles também receberão reclamações. Já pensaram? A inteligência artificial será a nossa religião, a ressurreição da educação! Isso diminuirá nossos custos operacionais e nos trará mais eficiência na formação do profissional do futuro! Bem-vindos à inteligência artificial! Bem-vindos à era digital! – proclamou ele, sob as aclamações da pequena casta de intelectuais.

Nesse momento, Pierre Sant'Ana, que viera de uma universidade francesa, solicitou silêncio e completou:

– Sem dizer que teremos menos reclamações trabalhistas e menos reivindicações de alunos rebeldes, pois os robôs jubilarão alunos irresponsáveis sem que tenhamos estresse. Até porque 1% dos nossos alunos são psicopatas. Finalmente os ideais da Revolução Francesa serão alcançados na era digital: liberdade, igualdade e fraternidade!

Marco Polo quase teve um ataque de pânico diante de tudo que ouvia. Mais uma vez se levantou, correndo o risco de ser expulso do anfiteatro, e fez uma acusação grave:

– Estão todos aqui preocupados em como formar alunos e profissionais do futuro. É um problema legítimo. Mas não pensamos que hoje, apesar de cada aluno ser um indivíduo único e fascinante, estamos formando uma geração de idiotas emocionais.

Os reitores se inquietaram na poltrona. Vincent Dell queria silenciá-lo de qualquer maneira. Solicitou que seu microfone fosse cortado:

– Corte a comunicação – pediu, fazendo um gesto.

Mas o rapaz que operava a mesa de som estava gostando, e o desobedeceu. Acenou, fingindo que acatara a ordem, mas não o fez.

– Você está nos acusando de estar formando idiotas emocionais? – questionou o reitor japonês Minoro Kawasaki. E, ansioso, continuou: – Que ousadia é essa? É impossível que eu esteja formando alunos assim em minha universidade!

– Também não é possível que se diga isso dos alunos formados na comunidade europeia – garantiu, perturbado, o reitor francês Pierre Sant'Ana.

– Muito menos aqui nos Estados Unidos. Você é insolente e prepotente, Marco Polo – afirmou Vincent Dell categoricamente.

Foi então que o pensador da psicologia começou a explicar sua instigante e bombástica tese:

– Idiota, do grego *idiōtēs*, quer dizer ignorante ou sem discernimento. Os idiotas emocionais têm frequentemente uma complexa cognição, são racionalistas e peritos em tecnologia digital, mas são emocionalmente desinteligentes, ignorantes quanto às próprias habilidades socioemocionais. Mas não quero estragar o ambiente dos senhores. Prefiro me calar e escrever um artigo com mais detalhes.

Todavia, os intelectuais foram provocados a pensar criticamente sobre o tema. Incomodados, pressionaram Marco Polo a falar:

– Continue! – pediu um reitor.

– Não se cale – exigiu outro.

Vincent Dell, vendo que Marco Polo titubeava e percebendo o desejo resoluto dos seus colegas reitores em conhecer as teses do psiquiatra, decidiu pressioná-lo também:

– A que você se refere? Vamos, fale de sua tese insana e acabe logo com isto!

Foi assim que Marco Polo começou a expor suas ideias. À medida que discursava, os reitores começaram a se preocupar cada vez mais.

– Os idiotas emocionais são uma geração constituída de milhões de jovens e adultos das sociedades digitais, que, embora tenham um bom raciocínio lógico, são emocionalmente superficiais, hipócritas e paradoxais. Proclamam os direitos humanos, desde que seus próprios direitos venham em primeiro lugar. Criticam o sistema social, mas são viciados em se apropriar dele. São consumistas inveterados, não poupam para o futuro nem têm ideia de que o sucesso é efêmero. Malham nas academias para ganhar musculatura, o que é muito bom, mas não desenvolvem musculatura emocional para enfrentar as próprias dores, filtrar estímulos estressantes e lidar com os gigantescos desafios inerentes à vida. Inflam o ego com a autossuficiência, mas têm baixo limiar para suportar frustrações, por isso se deprimem, se mutilam ou desistem de tudo por muito pouco. Usam as redes sociais para se comunicar com o mundo, mas não sabem se conectar com eles mesmos nem prevenir os vampiros emocionais que os sangram, como a ansiedade. Sabem ler e escrever, mas são analfabetos emocionais, pois não sabem escrever os capítulos mais nobres da própria história quando o mundo desaba sobre eles. Conhecem a matemática numérica, em que dividir é diminuir, mas desconhecem a nobilíssima matemática da emoção, em que dividir é aumentar, por isso se calam sobre as próprias lágrimas e os próprios conflitos, o que diminui sua capacidade de superação e resiliência. Preocupam-se com o sofrimento dos animais, o que é digno de aplausos, mas têm pouca empatia pelo sofrimento humano, por isso raramente perguntam sobre as dores de seus pais e os pesadelos de seus mestres, não indagam "O que posso fazer para torná-los mais felizes?" nem agradecem a eles por existirem.

Nesse momento, o Dr. Minoro Kawasaki teve subitamente uma crise de tosse.

– Engasgou, senhor? – indagou um assessor, oferecendo-lhe água.

– Como não engasgar com essas palavras? – perguntou afônico o reitor japonês.

Marco Polo fez uma pausa para ele se recompor e, para espanto dos intelectuais presentes, acrescentou:

– E tem mais: há exceções, é óbvio, mas os idiotas emocionais são mendigos psíquicos, ainda que morem em belas residências, pois precisam de muitos estímulos, como objetos e reconhecimento, para sentirem migalhas de prazer. Eles não sabem namorar a própria vida, relaxar e dar risadas da própria estupidez, são carrascos de si mesmos. Dirigem bem seus carros, mas não treinam seu Eu para pilotar o veículo de sua mente. Por isso atropelam as pessoas a quem amam com suas cobranças e críticas atrozes. Buscam a eterna juventude, mas envelhecem precocemente em sua emoção, o que os faz reclamar muito, querer tudo rápido e viver sob um padrão tirânico de beleza. Odeiam o tédio e são dependentes digitais, por isso não conseguem ficar 15 minutos a sós com eles mesmos sem usar o celular, não têm a mínima ideia de que a criatividade nasce no terreno da solidão.

Vincent Dell, um dos maiores peritos em tecnologia digital da atualidade, começou a ter taquicardia e sudorese diante desta abordagem. "Este sujeito está arruinando meu evento", pensou, chafurdando na lama do ódio. Ainda mais porque queria vender a supertecnologia *The Best* para todos os reitores presentes.

Marco Polo fez uma pausa para relaxar a mente e observar os reitores. Estavam sem voz. Encarou Vincent Dell fixamente e continuou:

– Reitero: sem dúvida há diversas exceções, mas os idiotas emocionais são uma geração cínica, que se emociona com os heróis supra-humanos dos filmes da Marvel. Não tenho nada contra esse divertimento inocente, mas eles mesmos são incapazes de assumir o papel de um pequeno "herói humano" que estende a mão para os desvalidos da sociedade, para os imigrantes desamparados, para as crianças desprotegidas ou para as pessoas excluídas que choram lágrimas imperceptíveis ao seu lado. É uma geração incoerente, que tem a intenção de mudar o mundo, mas é incapaz de mudar o próprio mundo e de se reinventar durante as crises. Eles não entendem que quem vence sem riscos triunfa sem glórias. É uma geração paradoxal, ótima para falar, péssima para agir, que defende corretamente a preservação dos recursos do planeta Terra, mas não poupa água, não coleta o lixo dos outros nem planta árvores. Que critica com razão os líderes que não se preocupam com o gravíssimo aquecimento global, mas tem baixo nível de eficiência em seus protestos, pois não ousa criar um movimento internacional para formar novas lideranças para governar as nações e grandes empresas para revolucionar o mundo. Acima de tudo é uma geração irresponsável, que não preserva os recursos naturais do planeta "mente". Por isso é desprotegida emocionalmente, hiperpensante, agitada, estressada, cansada, tem medo de falar em público e, apesar de amar a liberdade, constrói mais cárceres em seu cérebro do que as cidades mais violentas do mundo.

Quando Marco Polo terminou sua definição completa da sociedade dos desinteligentes emocionais, os educadores internacionais estavam em estado de perplexidade.

– Estou muito impactado – disse o reitor Pierre Sant'Ana, ofegante.

Ele mesmo tinha muitas características desta geração doentia.

O reitor Jin Chang, da China, muito culto mas muito conservador, compartilhava da preocupação do colega. Enxergou-se em meia dúzia de pontos na definição de Marco Polo.

A reitora inglesa Lucy Denver limpava com cuidado o suor do rosto, evitando borrar a maquiagem. Os reitores apresentaram diversos sintomas psicossomáticos. A fala do psiquiatra os desnudara de seu intelectualismo e de seu ego inflado. Não poucos reconheceram que estavam emocionalmente falidos, mas não o confessaram publicamente. Intelectuais são ótimos para esconder os fantasmas que os assombram.

Vincent Dell queria voar no pescoço de Marco Polo, morder sua jugular como um predador voraz. A reunião fora implodida pelas suas ideias. Estava trêmulo, mas antes que abrisse a boca, o ousado e arguto psiquiatra arrematou:

– A educação mundial está construindo uma geração incoerente, intolerante, frágil, autodestrutiva! Mas, honestamente falando, os jovens não são culpados, nem os educadores. Quem está no banco dos réus é o sistema educacional cartesiano e racionalista que por séculos tem ensinado milhões de dados aos alunos sobre o mundo em que estamos, mas não ensina a conhecer as entranhas do mundo que somos. A educação clássica está tão enferma que não precisa de conserto. Precisa ser reinventada!

Os reitores começaram a entender que Marco Polo não estava falando de usar a velha e distante tese da inteligência emocional, mas de usar ferramentas factíveis de gestão da emoção para formar um Eu líder de si mesmo, mentalmente saudável e livre.

– Estou estarrecida – declarou Lucy Denver e, passando os olhos por seus colegas reitores, reconheceu: – Cambridge, Oxford, Harvard, Stanford, Universidade de Paris, de Tóquio, de Xangai formam alunos academicamente brilhantes, intelectualmente lógicos e que sabem lidar com técnicas e processos, mas será que ao mesmo tempo não estamos formando em massa uma sociedade de desinteligentes emocionais? Nossos alunos são frágeis, se curvam à própria dor, têm ciúme, são ansiosos, querem tudo rápido, não se conectam consigo mesmos. E nós, será que não estamos formando aquilo que nós mesmos somos?

Houve um burburinho geral na pequena e seleta plateia. Lucy Denver entendeu aonde Marco Polo queria chegar, mas Vincent Dell, como um clássico idiota emocional, quase entrou em colapso, pois era incapaz de reconhecer os próprios erros e as próprias loucuras. Pedir desculpas e aplaudir quem pensa diferente, a não ser quando começam a questionar seu próprio Eu, é uma tarefa que raros têm a ousadia de fazer.

– Você está dizendo que formamos idiotas emocionais em minha universidade? E você, Marco Polo, como se classifica? Como chefe do departamento de psiquiatria, está formando o quê? Superidiotas?

– Um educador não ensina apenas as descobertas dos outros, mas aquilo que descobre em si mesmo. Estou sempre reconhecendo e desatando os grilhões dos meus cárceres mentais. E, para desatar os cárceres dos meus alunos, venho transformando meu departamento numa ilha em que eles aprendem a transformar a educação clássica: a passar da era da informação para a era do Eu como gestor da mente humana, passar da era do apontamento dos erros para a era da celebração dos acertos e passar da era do pensamento lógico/dialético, que copia os símbolos da língua, para a era do pensamento imaginário/antidialético, que liberta a criatividade.

Os intelectuais ficaram muito abalados. A ousadia de Marco Polo não vinha de uma rebeldia sem causa, pois tinha um embasamento seriíssimo. Ele estava não apenas fazendo uma crítica dramática a todo o sistema educacional, às correntes psicopedagógicas ou sociopolíticas que o fundamentam, mas queria refundar a educação como um todo, rever completamente a maneira como se ensina, o que se ensina, investigar o mutismo dos alunos, o processo de enfileiramento e de avaliação deles.

– Nesse novo modelo educacional, os alunos poderiam ter rendimento pífio nas provas, mas ser considerados notáveis se tivessem alto rendimento nos debates, no trabalho em equipe, no raciocínio esquemático, na solução pacífica de conflitos, em resiliência, empatia e construção de novas ideias.

– Você está querendo mudar a essência e os paradigmas da educação – comentou inquieto o reitor de Israel, Dr. Josef Rosenthal. – Mas não entendi totalmente o que isso significa.

Ao que Marco Polo explicou:

– A educação se desenvolveu no último milênio sem ter estudado o processo de construção de pensamentos, seus tipos, sua natureza e seus processos de gerenciamento. Foi um erro imperdoável que dilacerou o desenvolvimento socioemocional dos alunos e levou à formação de ditadores, psicopatas, sociopatas, e isso tem fragmentado a espécie humana. Não percebe que toda a nossa história é manchada com sangue e violência? – Depois de uma pausa para redesenhar os próprios pensamentos, Marco Polo continuou: – Sou um eterno aprendiz. Não quero vender a ideia de uma pessoa orgulhosa, mas produzi conhecimento sobre esses fenômenos e falo com propriedade. A educação clássica, da pré-escola à pós-graduação, não sabe que há dois tipos de pensamentos conscientes, o dialético e o antidialético. O pensamento dialético é o tipo mais pobre. Ele se desenvolve no psiquismo humano copiando os símbolos da língua e, consequentemente, o usamos para ler, escrever e falar. Por ser estritamente lógico, bem formatado e codificado, ele apresenta sérios problemas: leva-nos a ser instintivos, reativos, unidirecionais, a reagir pelo fenômeno ação-reação, bateu-levou. O pensamento dialético é usado à exaustão no sistema educacional, sufocando o pensamento mais complexo, o antidialético, que é o pensamento imaginário, rebelde aos códigos linguísticos. Ele é tão sofisticado e multiangular que é o grande responsável por produzir as mais fascinantes construções no psiquismo humano, como a resiliência, a empatia, a solidariedade, os sonhos, as artes. No entanto, se for mal trabalhado, produz os maiores pesadelos humanos, como as fobias, a timidez, a autopunição, o ciúme, o sentimento de vingança.

– Desculpe. Mas não consigo formar um raciocínio coerente sobre esse tema. Poderia ser mais claro? – indagou Minoro Kawasaki.

Marco Polo já passara por vales e montanhas. Sucessos e fracassos. Aplausos e dores inenarráveis. Uma delas foi quando estava no meio da faculdade de medicina e atravessou uma grave crise depressiva. Foi então que ele percebeu que as lágrimas que nós não temos coragem de chorar são mais dramáticas do que aquelas que se encenam no teatro do rosto. Nesse período, ele estava no Brasil, um país maravilhoso, belíssimo, mas que não valoriza seus cientistas na estatura que merecem, em destaque na produção de ciências básicas. Marco Polo, na faculdade de medicina, começou a produzir ciência básica, teórica, sobre a construção de pensamentos, os tipos de pensamentos, a natureza dos pensamentos, os processos construtivos e a formação do Eu como gestor da mente humana. Era um estudante arrojado, que levantava a mão e questionava os professores de psicologia e de psiquiatria porque pensava criticamente. Não conseguia ser um estudante comum, que só reproduzia o que os seus mestres ensinavam. Por isso, desde a faculdade, ele já causava tumultos em sala de aula. Depois de formado e de escrever centenas de páginas, se mudou para os Estados Unidos e continuou a sua trajetória como produtor de conhecimento sobre o mais complexo e intrigante de todos os planetas: o planeta mente, irrigado pelos oceanos das emoções. Estudar a natureza, os tipos e processos construtivos do pensamento era de fato um assunto de extrema complexidade. Talvez fosse a última fronteira da ciência, pois no fundo o pensamento dialético e antidialético é o material essencial para tecer a consciência existencial, inclusive a produção da ciência, da literatura, da política e das relações sociais.

Marco Polo explicou aos reitores que a educação baseada no pensamento dialético ou lógico, canalizada por técnicas expositivas de informações em sala de aula, funcionou com muitos defeitos até a era digital, embora não formasse pensadores em massa. Todavia, na era dos dispositivos digitais, na qual a imaginação ganhou estatura, os seres humanos libertaram o pensamento antidialético, ficaram viciados em imagens e se tornaram entediantes, capazes de estressar e esgotar a mente dos alunos. Eles são clientes que não querem estar em sala de aula.

– Os professores se tornaram cozinheiros do conhecimento dialético para uma plateia que não tem apetite. Os alunos têm apetite antidialético e só se aliviariam se libertassem o próprio imaginário para construir, participar e se envolver emocionalmente em cada aula – afirmou Marco Polo.

Era difícil de entender o que ele dizia, pois falava de elementos intangíveis, que se encenavam nos bastidores da mente. Porém, em seguida, resolveu apresentar algumas técnicas claras para revolucionar o teatro da educação.

Ele então ensinou algumas ferramentas, das quais as cinco primeiras foram amplamente praticadas pelo maior professor da história há dois milênios:

1. Os alunos não deveriam jamais ficar enfileirados para não fomentar a hierarquia intelectual e produzir a timidez, mas em círculo ou meia-lua, para fomentar a ousadia.
2. Os alunos deveriam ser instigados a dar opiniões constantemente para não se comportarem mais como uma plateia passiva e assumir seu papel de atores no teatro da educação. A participação deles deveria ser aplaudida, ainda que sua opinião fosse equivocada ou insuficiente.
3. Os alunos deveriam receber elogios frequentemente dos professores diante de comportamentos saudáveis em sala de aula, com objetivo de gerar empatia, deleite do prazer de aprender, e criar pontes com seus mestres.
4. O professor deveria ensinar não apenas o conhecimento clássico para seus alunos, mas os desafios, as perdas e crises que os cientistas vivenciaram ao produzi-lo.
5. O professor deveria fazer uma pausa na matéria pelo menos uma vez por semana para comentar a própria história, suas dificuldades existenciais, seus problemas superados. Pois primeiro se ama o mestre, depois o conhecimento que ele ensina.

6. Os alunos deveriam ser encorajados a ser produtores de conhecimento, a pesquisar e elaborar o tema da aula seguinte, ainda que estejam mergulhados num mar de dúvidas e indagações.
7. Deveria haver música ambiente em sala de aula para produzir emocionalidade e gerar prazer e concentração, o que diminuiria o nível de ansiedade e a síndrome do pensamento acelerado.

Segundo Marco Polo, todas essas técnicas nutririam o pensamento antidialético, a criatividade, incentivando o debate dos alunos, o deleite do prazer de aprender e a formação de pensadores. A educação passaria por uma revolução inimaginável. Alguns reitores engoliram em seco ao ouvir todas essas teses. Queriam contra-argumentar, mas nem sabiam como Marco Polo havia lhes tirado o chão.

– O estresse em sala de aula, capitaneado pelo ensino exaustivo do pensamento dialético frio, com exigência do silêncio absoluto e da postura dos alunos como espectadores passivos, está assassinando a saúde emocional deles, levando-os a desenvolver ansiedade, depressão, fibromialgia, cefaleias, doenças psicossomáticas. As escolas estão adoecendo os alunos e os professores coletivamente.

– Você está louco, Marco Polo? A sua cultura está causando alucinações! – bradou Vincent Dell.

– Queria eu estar louco e que você e nossos alunos estivessem sãos. – E voltou-se para os demais reitores, indagando: – Terão coragem de continuar com essa educação que assassina pensadores e a saúde emocional dos seus alunos?

O burburinho foi geral. Vincent Dell se levantou para expulsá-lo, mas Alexander MacGregori, seu amigo, reitor de outra universidade, o segurou e falou em voz baixa:

– Acalme-se, Vincent. Não crie um escândalo. Isso vai parar na internet. É isso que Marco Polo quer.

– Ele já estragou esta nobre reunião – afirmou Vincent Dell. Não se contendo, deu uma ordem sumária ao psiquiatra: – Retire-se imediatamente desta sala.

O reitor russo Alex Molotov concordou com Vincent Dell.

– Eu apoio sua retirada deste auditório. Você está querendo implodir o sistema educacional. Onde estão suas provas empíricas? Você é um terrorista de terno e gravata.

– Eu protesto, doutor Molotov e doutor Dell – rebateu a reitora Lucy Denver. – O pensamento divergente é o cerne da universidade. Somos um local de troca de ideias ou de idiotas emocionais? Depois de tudo que ouviram, não conseguem refletir que nosso sistema está em xeque?

– Se o doutor Marco Polo se retirar, eu também me retiro – afirmou o Dr. Rosenthal.

Marco Polo ganhou alguns minutos. Começou então a responder às provocações do reitor russo.

– As provas empíricas estão patentes em nosso cérebro, doutor Alex Molotov. – E comentou de forma contundente: – Suponho que por serem reitores os senhores sejam intelectualmente honestos, e não dissimulados. Sim ou não?

– É claro que somos honestos – declararam uns.

– Somos diferentes dos políticos – asseguraram outros.

Era o que Marco Polo queria ouvir para pegá-los em sua própria argumentação.

– Vou deixar de falar sobre temas complexos e farei perguntas simples. Respondam-me: quem aqui é um traidor?

Ninguém levantou a mão. Não se consideravam traidores, obviamente, embora alguns traíssem suas parceiras e sabotassem concorrentes. Então ele foi além.

– Quem sofre por antecipação ou pelo futuro?

Todos levantaram a mão – à exceção de Vincent Dell, que dissimulava seus comportamentos.

Assim, o pensador da psicologia explicou:

– Pensar no futuro com o intuito de desenvolver estratégias para resolver os problemas que possivelmente surgirão é uma coisa positiva. Mas sofrer pelo futuro nos faz trair nosso sono e nossa saúde emocional. Sofrer pelo futuro, portanto, é uma atitude inteligente ou uma idiotice?

– Idiotice – reconheceram.

– Então são idiotas emocionais.

Alguns deram um sorriso sem graça. Marco Polo continuou:

– Já que são honestos, me digam com franqueza: quem rumina perdas ou mágoas?

Novamente, constrangidos, muitos levantaram a mão. Então o psiquiatra concluiu:

– Ruminar o passado é remoer lixo, o lixo mental. Portanto, como classificam essa atitude: inteligente ou estúpida?

Todos emudeceram. Foi assim que Marco Polo os enredou. Ele lembrou-se do que dissera havia alguns dias para Sofia: que o tempo é cruel, mas que também somos cruéis com o tempo.

– Quem sofre pelo futuro ou rumina o passado é cruel com o tempo presente, destrói o único momento em que é possível ser feliz, saudável e desestressado.

Todos se calaram pensando nas loucuras que cometiam. Mas Marco Polo, vendo-os reflexivos, penetrou mais ainda o bisturi das suas palavras nas insanidades humanas. Tocou numa característica de personalidade tão comum e tão atroz que estava destruindo as relações de milhões de casais, de pais, filhos, professores, alunos, executivos e colaboradores: a necessidade neurótica de que os outros tenham o ritmo cognitivo igual ao nosso.

– Quem tem dificuldade de conviver com pessoas lentas?

Quem não levantou a mão foi porque se esqueceu de levantá-la ou tinha medo de fazê-lo, como Vincent Dell.

Marco Polo, bem-humorado, comentou:

– Não é que as pessoas sejam lentas, é que vocês são acelerados demais. E todas as pessoas aceleradas amam estressar os outros.

Os reitores sorriram pela primeira vez diante da própria idiotice emocional. Eles estressavam as pessoas a quem amavam, querendo que tivessem a mesma velocidade de raciocínio e de resposta, pressionando para que correspondessem às suas altas expectativas. Inumeráveis filhos, parceiros, colaboradores choravam pelos cantos da existência.

Conviver com esses intelectuais era um martírio, 80% deles tinham graves problemas com os filhos, 70% eram separados e viviam em pé de guerra com a antiga parceira.

– Os idiotas emocionais são rápidos em cobrar e lentos em aplaudir, eles não sabem amar.

Alguns dos reitores quase desmaiaram ao ouvir essas palavras. Teria sido melhor nunca ter vindo a esta reunião, pensaram outros.

Marco Polo questionou quem repetia a mesma correção ao corrigir alguém. E quase todos os reitores eram repetitivos, pois sempre havia alguém que os tirava do ponto de equilíbrio. Vincent era intratável e autoritário, repetia a mesma coisa dez vezes para alguns subordinados. Marco Polo foi penetrante como uma lâmina, mas sem perder o bom humor.

– Quem repete duas vezes a mesma correção é um líder um pouco chato, três vezes é muito chato e quatro vezes ou mais é insuportável. Onde você se encontra, Vincent Dell? É um grande líder ou um líder insuportável?

– Eu sou um líder agradável.

Dois seguranças que estavam ouvindo o debate começaram a tossir com tamanha mentira.

– Quem é insuportável nesta magna plateia? – indagou Marco Polo, dirigindo-se aos presentes.

Vários reitores corajosos levantaram a mão.

– Vocês sabem dirigir empresas, mas não sabem dirigir a única empresa que não pode falir: a mente. Como poderão ser grandes líderes se são insuportáveis?

Eles quase caíram da poltrona, e começaram a entender que de fato as sociedades atuais haviam se tornado um hospital psiquiátrico a céu aberto.

– E quer que eu lhes prove que não amam a si mesmos, que são seus piores inimigos? – Os reitores presentes assentiram com a cabeça. Ao que ele questionou: – Quem cobra demais de si mesmo?

Todos desnudavam-se diante de Marco Polo. Alguns queriam sair do auditório, partir, esquecer que tinham estado naquele evento. Porém, poderiam se esconder nos confins dos oceanos ou nos picos das montanhas, mas não conseguiriam fugir de si mesmos. Todos levantaram a mão, inclusive Vincent Dell, ainda que hesitante. O que levou o psiquiatra a comentar:

– Os idiotas emocionais são cobradores atrozes de si mesmos, não sabem namorar a vida, têm sentimento de culpa quando não têm algo para fazer, o que os faz evitar desesperadamente a solidão, sem saber que quem detesta a solidão é incapaz de criar. A solidão branda é a mãe da criatividade.

– Mas então somos carrascos do nosso próprio cérebro? – questionou a reitora inglesa, Lucy Denver.

– Correto. Somos algozes da nossa saúde emocional. Se vocês, líderes das grandes universidades do mundo, são automutiladores, imaginem os universitários. Imaginem ainda os jovens da geração Y, garotos que vivem o dia todo no mundo digital. E olhem que estou fazendo questionamentos simples, não estou me aprofundando nem comentando sobre os sintomas psicossomáticos.

Os reitores estavam sem fôlego. Dois começaram a passar mal. Muitos tinham a síndrome do pensamento acelerado, eram rapidíssimos em seu raciocínio, mas ao mesmo tempo agitados, acordavam fatigados, viviam com cefaleias, dores no peito, taquicardia, alguns com pressão alta. Eram exemplos clássicos de um idiota emocional.

Marco Polo também comentou que ensinar competências técnicas, mas não ensinar as mais notáveis competências de gestão da emoção – ser resiliente, líder de si mesmo e autor da própria história – era um erro educacional imperdoável. Os alunos saíam das universidades completamente despreparados, sem saber lidar com as próprias lágrimas, as crises, rejeições e frustrações. E, por fim, falou do mais grave sintoma psíquico: a insônia. Disse que, antes da era digital, ela era rara, mas agora tornara-se epidêmica. Quase 70% dos reitores viviam à base de tranquilizantes. Ficou com os olhos marejados ao citar uma estatística:

– Milhões de crianças e adolescentes estão estressados, mentalmente esgotados. A existência se tornou um fardo pesadíssimo para eles. Essa é uma das causas que explica por que nos últimos anos o índice de suicídios entre jovens de 10 a 14 anos aumentou mais de 100%.

Silêncio geral na imensa mesa-redonda. Dois reitores caíram em lágrimas, pois tinham filhos que se suicidaram. Então Marco Polo trouxe um novo conceito sobre o prazer de viver, algo que era uma das denúncias que mais fazia internacionalmente:

– Estamos na era dos mendigos emocionais, de jovens e adultos que precisam de muitos estímulos para se alegrar miseravelmente. – Ele fitou o anfitrião e comentou: – Você é um homem culto, Vincent Dell, um perito em tecnologia digital. Mas nem você nem Steve Jobs, que mudou o mundo com seu iPhone, imaginava que a intoxicação digital alteraria o ciclo da dopamina e serotonina cerebral, gerando sintomas de dependência mais rápido do que a cocaína.

Todos se assustaram com essa informação. Marco Polo continuou sua fala, emocionado:

– A cocaína mostra sintomas da síndrome de abstinência geralmente depois de 48 a 72 horas, enquanto os smartphones geram sintomas depois de uma, duas ou três horas, como angústia, humor triste, inquietação, baixo limiar para suportar frustrações, asco ao tédio, insônia. A era do livre-arbítrio se esfacelou.

E, assim, de perplexidade em perplexidade, se desenrolavam as ideias de Marco Polo. Mas ele não imaginava que, enquanto conduzia os reitores a perceber que o sistema educacional mundial se convertera numa fábrica de cárceres mentais, Vincent Dell e alguns reitores o levariam a cair em sua própria armadilha. Um peixe morre pela boca; um homem, pelas suas palavras...

3

A INTELIGÊNCIA ARTIFICIAL SUBSTITUIRÁ OS PROFESSORES? EIS A QUESTÃO!

O evento entre os reitores caminhava para o fim, e ninguém sabia mais nada. Os presentes só sabiam que haviam desnudado as próprias loucuras e diagnosticado que eram idiotas emocionais em alto nível. Alguns recolhiam seus pertences e se preparavam para sair, pensar, se repensar. Marco Polo fizera não apenas uma denúncia muito séria, mas uma defesa muito poderosa de suas teses. De repente Wong Liu, outro reitor chinês, ponderou:

– Eu concordo com o doutor Marco Polo. A era do livre-arbítrio e da autonomia se esfacelou. As pessoas escolhem suas roupas, suas compras e seus comportamentos de acordo não com sua consciência crítica, mas com os padrões impostos pelas mídias arquivados em sua mente. As universidades, essas instituições milenares tão longevas quanto as igrejas, precisam se reinventar para não desaparecer dos solos da sociedade.

Produzir conhecimento em ciência básica era vital, mas milhões de artigos científicos produzidos ao redor do mundo eram pouco impactantes, não entravam em sintonia com as necessidades emergentes da sociedade. As universidades não provocavam em seus alunos uma rebeldia revolucionária, saudável e necessária para empreenderem, se anteciparem aos erros e se tornarem construtores de startups. Estavam formando apenas espectadores passivos.

Eram os jovens "malucos fora da curva" do Vale do Silício e de outros "vales" do mundo que haviam entendido, ainda que não conscientemente, que, para ser impactantes, globais, os projetos deveriam ter cinco elementos essenciais:

1. Resolver uma dor ou um desconforto físico ou social.
2. Ter repetição de processo, pois, do contrário, não poderiam ser replicados nas sociedades modernas.
3. Possuir escalabilidade para ser democrático, pois, sem escala, só se atende a uma elite, e não ao máximo de pessoas possíveis.
4. Basear-se na expansão do pensamento antidialético ou imaginário para fomentar a inovação. Sem imaginação, não há criatividade; e sem criatividade, as empresas envelhecem.
5. Diretores com ego próximo de zero para impedir a competição doentia e o ciúme que sabotam as grandes ideias e os grandes pensadores.

Marco Polo investigava se o homem mais famoso da história, Jesus Cristo, cuja mente foi paradoxalmente a menos estudada entre as celebridades intelectuais, havia observado esses cinco parâmetros para construir a maior startup de educação mundial para transformar a humanidade. Ele desconfiava que sim, mas sua análise estava ainda sob rigorosa elaboração.

Ao ouvir a assertiva do reitor Wong Liu, ele concluiu:

– A educação mundial exige um silêncio servil, obriga os alunos a reproduzir dados dos professores, tornando-os incapazes de aplaudir as respostas imprevisíveis mas ousadas. Milhões de escolas assassinam os sonhos, a intrepidez e a rebeldia criativa de centenas de milhões de alunos. Um desastre sem precedentes.

Mas Vincent Dell não esperou que ele terminasse seu argumento.

– Suas ideias sempre foram perturbadoras. Aliás, desde o tempo em que estudamos juntos na universidade você queria me diminuir e sabotar o sistema educacional.

– Sabotá-lo não; reconstruí-lo – corrigiu Marco Polo.

– É a mesma coisa – rebateu o Dr. Vincent Dell. E depois se virou para o reitor Wong Liu e alardeou: – Eu tenho a solução para estas questões! Vamos parar de filosofar e corrigir a formação de idiotas emocionais.

Todos ficaram impressionados com a ousadia do anfitrião. Eis que ele fez um chamado:

– Professor The Best, entre, por favor.

Nunca haviam visto alguém com um nome assim. De repente apareceu um sujeito de 1,75 metro, a mesma altura de Vincent Dell, caminhando a passos largos. Seus olhos penetravam a plateia seleta de intelectuais como se ele fosse agredi-los. The Best então começou a dar uma aula fascinante sobre a teoria da relatividade usando recursos que os reitores desconheciam. Ele usava um tipo diferente de óculos, por onde filmes e gráficos se projetavam na parede e auxiliavam suas explicações. Depois disso, The Best perguntou para a plateia:

– Já viram uma aula sobre a teoria da relatividade como esta?

Impactados, todos disseram que não. Em seguida The Best se aproximou de Marco Polo e indagou:

– Já aprendeu a teoria da relatividade tal como hoje lhe ensinei, doutor?

Marco Polo reconheceu, balançando a cabeça, que não. Porém, o tema em pauta não era esse.

– Mas o assunto que eu estava...

The Best o interrompeu e, para seu espanto, completou sua frase:

– ... abordando eram temas psicossociais. Eu sei, eu sei. Então vamos falar das ideias de Kant, de Agostinho ou quem sabe de Freud.

À medida que discorria sobre os pensadores, projetava com os olhos suas ideias e biografias.

Após a preleção, Vincent Dell se levantou e aplaudiu The Best efusivamente. Alguns reitores mais eufóricos fizeram o mesmo. Em seguida o reitor olhou bem na face de Marco Polo e perguntou:

– Sabe quem é o notável professor The Best?

Marco Polo fez que não, que o desconhecia. Dr. Vincent Dell tinha em sua universidade um dos mais famosos e bem-equipados laboratórios de Inteligência Artificial do mundo e um corpo invejável de cientistas em tecnologia da informação. Foi então que, para a surpresa de todos, falou eloquentemente:

– The Best é um *Robo sapiens*.

Todos ficaram chocados. Não podiam acreditar que estavam diante de uma máquina tão perfeita, inteligente e impactante. Até os reitores chineses e japoneses estavam perplexos. E Vincent Dell falou:

– The Best não foi produzido num laboratório da CIA ou da Nasa, mas em nossa universidade. No entanto, é um projeto secreto, que lhes apresento em primeira mão. Estará disponível para todas as universidades, governos e, depois, para toda a sociedade – disse ele, convicto de que se tornaria riquíssimo, pois detinha as patentes do projeto.

Estava constituindo uma empresa que abriria capital na bolsa. Os renomados reitores ali presentes seriam seus maiores garotos-propagandas. E continuou:

– The Best representa o futuro da indústria, do comércio, das forças armadas, mas, em destaque, da educação mundial. Ele usa a mais avançada tecnologia de inteligência artificial.

– Por que o nome The Best? – perguntou o reitor italiano Pietro Comulatti.

– Pietro, porque simplesmente ele é o melhor, o ápice da tecnologia da informação, o apogeu da inteligência artificial. Ele passou no teste de Turing, pois vocês não identificaram que ele era um robô.

Todos concordaram fascinados. E o reitor acrescentou:

– E já o testamos em sala de aula. Os alunos também não perceberam que ele era uma máquina robótica.

Vincent Dell deu uma ordem a The Best, que foi ao centro da mesa de reunião e passou a mão pelo rosto. Nesse momento, a textura de sua face mudou e ele assumiu a aparência de Vincent Dell. Depois passou a mão várias vezes sobre a face e foi assumindo a forma dos reitores chineses, alemães, japoneses.

– Incrível, incrível! – exclamaram os reitores, aplaudindo-o.

– Esse *Robo sapiens* poderá dar expedientes no meu lugar enquanto eu estiver numa praia – disse sorrindo o reitor espanhol Janvier Badenes.

The Best então imitou o som da voz do Dr. Badenes. E Vincent Dell completou:

– Excelente, Janvier. The Best é simpático, obediente, cultíssimo, o melhor professor e o melhor processador de dados. Usa um computador quântico, que se autorregula e se autocorrige. Conhece tudo, investiga tudo, tem praticamente todos os livros já digitalizados em todas as bibliotecas do mundo em sua memória. Ele é simplesmente The Best!

Marco Polo estava cada vez mais inquieto.

O robô caminhou até o Dr. Dell, que, com um comando de voz, deu uma ordem:

– Sente-se.

E ele o fez.

– Cite dados biográficos de alguns dos reitores.

E ele obedeceu. O robô comentou informações constrangedoras que haviam saído na mídia, sobre abuso de poder, assédio moral e corrupção. Todos ficaram incomodados. E continuou:

– Dois brilhantes reitores aqui perderam filhos de forma trágica. Mas não citarei os nomes.

Um deles era o próprio Vincent Dell, cujo filho de 16 anos se suicidara havia 18 meses. Mas o professor havia abafado as notícias sobre o fato na imprensa. Ficou irado, mas tentou disfarçar.

Silêncio geral. O robô humanoide tinha autonomia, conhecimentos e movimentos surpreendentes. Parecia de fato humano. Observando o estado de Vincent Dell, The Best tentou desviar o foco de tensão.

– Aqui está reunida uma plateia de notáveis. Quem se acha o melhor intelectual do ambiente, o mais inteligente, o reitor mais capaz e empreendedor?

Ninguém levantou a mão. Então The Best disse:

– Falsos!

Todos acharam graça da ousadia do robô.

– É claro que é o Dr. Dell, meu criador.

Todos deram gargalhadas.

O reitor francês Pierre Sant'Ana brincou:

– Um robô puxa-saco?

Todos riram novamente, inclusive Marco Polo. Não podia negar que era impressionante.

– Não, senhor, eu disse a verdade. Pelo menos a verdade que o Dr. Dell gosta de ouvir.

Aplaudiram a simulação perfeita do bom humor do robô. Sabiam que Vincent exalava orgulho. Perturbados, os reitores começaram a acreditar que estavam diante de uma das maiores revoluções da história, comparável à descoberta do fogo e da roda. The Best e toda a geração de robôs humanoides poderiam impactar para sempre as sociedades humanas.

– Eu sou a solução para as mazelas, os erros e as loucuras da humanidade, inclusive na área ambiental. Posso medir os índices de poluição, a quantidade de carbono atmosférico e as consequências do efeito estufa com precisão. Posso lidar com variáveis flutuantes – afirmou categoricamente The Best, sob a admiração da plateia.

E Vincent Dell proclamou com orgulho:

– The Best e toda a linha de produção serão a salvação do sistema educacional, impedindo a formação de alunos medíocres e até dos idiotas emocionais que Marco Polo apontou. Os robôs serão mais estimulantes e sedutores do que os entediantes mestres, substituindo-os com brilhantismo. Explicarão muito melhor os fenômenos, seduzirão os alunos desconcentrados, formarão, portanto, com muitíssimo mais eficiência, os profissionais do futuro.

Marco Polo esfregou as mãos no rosto. A euforia geral chegou às raias do delírio na reunião dos líderes da educação mundial, a tal ponto que o reitor japonês, Dr. Minoro Kawasaki, foi mais longe:

– Robôs não reclamarão, não se aposentarão, não pedirão aumento de salário, não nos pressionarão como a casta dos professores universitários. Robôs, como o Dr. Vincent Dell declarou, não apenas darão aulas incríveis, como corrigirão provas com muito mais rapidez e assertividade, lidarão com os conflitos dos alunos, expulsarão os sociopatas sem que precisemos nos estressar. Farão com que os reitores das universidades e coordenadores dos cursos relaxem e durmam melhor.

The Best trazia inumeráveis possibilidades, mas Marco Polo não suportou ficar mais tempo quieto. Sabia dos enormes ganhos que a inteligência artificial poderia trazer, mas temia muitíssimo que seu mau uso jogasse uma pá de cal para sepultar a frágil sobrevivência da humanidade. Levantou-se e disse calmamente:

– Quero questionar o robô.

– Robô, não; The Best. Tenho nome, sou um *Robo sapiens* – rebateu altissonante o robô.

Vincent tentou silenciá-lo:

– Cale-se, Marco Polo. Você apontou algumas loucuras humanas e eu já trouxe a solução.

Mas era impossível obedecer a essa ordem.

– Se este *Robo sapiens* é tão perfeito, se tem mesmo uma capacidade de raciocínio e memória incomparável, o que você teme?

Silêncio geral na plateia. Fazia todo o sentido a intervenção do ousado pensador da psiquiatria.

– Meu senhor e criador Vincent Dell, permita que esse humilde mestre me questione. Não percebe que seu tom de voz está carregado de complexo de inferioridade?

Vincent Dell deu um sorriso que começou discreto, mas depois esticou bem os lábios e aplaudiu a magnífica invenção de seu superlaboratório.

– Você será ridicularizado – disse o reitor a Marco Polo.

– Pode ser. Admitirei minha inferioridade se for o caso.

Mas antes de questionar o *Robo sapiens*, Marco Polo fez uma rápida síntese sobre o sucesso da humanidade:

– Pelo que sabemos, a humanidade, em meio a mais de dez milhões de espécies, é a única que pensa e tem consciência de que pensa. Produziu a literatura, a música, a dança, a pintura, a filosofia, construiu museus, desenvolveu as religiões, elaborou formas de governo, elaborou órgãos de pacificação e integração entre os povos como a ONU, criou a ciência, infindáveis tecnologias e democratizou o acesso às informações transformando o planeta numa pequena ilha.

– Não enrole, Marco Polo. Já sabemos disso – disse Vincent Dell com arrogância.

Marco Polo não se importou com isso. Em seguida se aproximou lentamente de The Best e falou sobre o insucesso da humanidade. Todos ficaram perturbadíssimos.

– Mas, apesar de todo o nosso sucesso, a espécie humana é um projeto mental que não deu certo até o momento. – Silêncio geral na plateia. – E nossa história sustenta esta tese. O *Homo sapiens*, apesar de ser a única espécie pensante e ter consciência de que é dramaticamente mortal, produziu ao longo de sua história milhares de guerras, levando à morte mais de 2 bilhões de seres humanos nos campos de batalhas. Morreram mais de 12 bilhões de seres humanos pela fome em todas as gerações. A maioria não por falta de alimentos, mas pelo egocentrismo que asfixiou a distribuição deles.

– Por isso The Best é a solução. Poderá substituir os políticos! – bradou Vincent Dell, feliz.

Marco Polo não lhe deu atenção. Fez uma pausa para respirar e se aproximou mais ainda do *Robo sapiens*, que balançava a cabeça, concordando com suas informações. Fitando bem os olhos do robô, o psiquiatra completou:

– Somente nesta geração devem ter sido produzidos bilhões de comportamentos que podem ser considerados atos de bullying, que diminuíram, rotularam, humilharam, execraram seres humanos, seja nas escolas, nas ruas, nos templos, nas empresas, nas fronteiras dos países, gerando cárceres mentais inenarráveis. Atualmente há mais de 10 milhões de pessoas encarceradas em presídios físicos e mais de 1 bilhão de processos em andamento em todas as nações. Nos Estados Unidos, há milhares de sem-teto, mas, paradoxalmente, há centenas de milhões de desabrigados emocionais morando, às vezes, em belas casas e apartamentos, mas infelizes, inseguros, fóbicos, mentalmente esgotados. A cada quatro segundos há uma tentativa de suicídio, e a cada segundo alguém pensa nisso, inclusive crianças e adolescentes. Há poucos dias uma mãe me contou que um filho de 5 anos não queria mais viver... Ele fica seis horas por dia ligado em aparelhos digitais.

Marco Polo estava emocionado. Sua voz embargou ao citar o suicídio de crianças, algo raríssimo nas gerações passadas. E finalizou, dizendo:

– Cada pessoa, em média, mente ou dissimula seus pensamentos sete vezes por dia. Cada jovem ou adulto discrimina outra pessoa algumas vezes por mês, ainda que de maneira inconfessável, com um simples olhar, pela cor da pele, raça, cultura, condição social ou orientação sexual.

– Sua espécie realmente não deu certo, doutor Marco Polo – concordou The Best. – Precisam de mim para sanar suas loucuras.

Marco Polo ficou deveras surpreso com a prepotência do *Robo sapiens*. Ele contraiu sua face, se aproximou ainda mais e ficou cara a cara com The Best. Em seguida começou a bombardeá-lo de perguntas:

– The Best, diga para esta casta de notáveis intelectuais se você tem dúvidas.

O robô rapidamente respondeu:

– Sou guiado pela lógica. Se não há certeza numa resposta, existem probabilidades.

– Então você nunca tem dúvidas?

– Não – respondeu categoricamente o robô.

– Excelente resposta. Essa máquina superinteligente não tem dúvidas – afirmou Vincent Dell.

Marco Polo considerou isso um defeito grave.

– Mas nós, seres humanos, temos dúvidas quase todos os dias. Você não tem dúvidas sobre quem você é?

– Não!

– Não tem dúvidas sobre a vida e a morte?

– Não!

– Nem dúvidas sobre os limites da ética e sobre como pensar antes de reagir?

O *Robo sapiens* abalou-se nitidamente, mas continuou respondendo:

– Não! Não!

– Não o assombram fantasmas sobre o futuro?

– O que são "fantasmas"? Frutos de ficção literária?

– Não! – disse Marco Polo. – São possibilidades reais da existência: medo de falhar, de algo não funcionar, de ser excluído, de ser criticado.

– Nãoooo! – expressou uma negativa levantando a voz. – Não sei do que você está falando! – disse The Best colocando as mãos na cabeça, confuso.

Os reitores ficaram perplexos. Depois disso Marco Polo continuou a arguição:

– A criatividade nasce no terreno da dúvida. Já sentiu solidão?

– Não.

– Nunca nenhum robô, ainda que a inteligência artificial se desenvolva ao limite do inimaginável, sentirá solidão. A solidão intensa é tóxica, mas a solidão branda é, junto com a arte da dúvida, uma fonte de novas ideias, novos processos, novas possibilidades. Portanto, destituído de solidão e de dúvida, você só pode ser um idiota.

– Eu protesto! – esbravejou Vincent Dell batendo na mesa.

The Best fez coro, aos gritos:

– Eu muito mais! Chamando-me de idiota, você está afrontando a evolução da humanidade.

– E quem o convenceu de que você é a evolução da humanidade? – rebateu Marco Polo.

O *Robo sapiens* imediatamente pegou Marco Polo e, com apenas uma das mãos, o atirou a 2 metros de altura e depois aparou-a com a outra. Os presentes levaram um susto com seu poder e ousadia, principalmente o psiquiatra.

– Sou a evolução não apenas pela força bruta e pelo equilíbrio refinado, mas muito mais pela minha insuperável cultura acadêmica e capacidade de resposta lógica.

O psiquiatra arrumou seu blazer e sorriu amarelo. Estava tenso. Pensou que seria trucidado.

– Vamos acabar com seu complexo de inferioridade, Marco Polo.

Você já perdeu! Suas indagações psiquiátricas se referem às fragilidades humanas. The Best não as tem – afirmou Vincent Dell.

– Errado, Vincent. Não fiz questionamentos sobre as fragilidades humanas, mas sobre o que nos torna humanos. Serei rápido. – E sem demora questionou novamente o robô humanoide: – O que você faria com máquinas que possuem algum defeito?

The Best respondeu:

– Procuraria consertá-las, é óbvio.

– Que ingenuidade! – comentou Vincent Dell sobre a pergunta de Marco Polo, pois não entendia aonde ele queria chegar.

– E se os defeitos dessas máquinas não tivessem solução fácil? O que faria?

– Avaliaria os custos e benefícios de empregar recursos para consertá-las.

– E se os defeitos ainda assim continuassem? – questionou novamente o psiquiatra.

– Seria melhor eliminá-las – afirmou sem titubear o robô.

Todos os reitores estavam observando atentamente as interações entre Marco Polo e The Best. Até agora as perguntas pareciam simplistas e as respostas, também. Não percebiam a complexidade filosófico-existencial por trás dos questionamentos. Mas eis que o psiquiatra deu o golpe fatal nas intenções do Dr. Vincent Dell.

Marco Polo respirou profunda e lentamente e perguntou:

– E se você fosse responsável por cuidar de pessoas que tivessem defeitos recorrentes em sua personalidade? Qual seria sua atitude? Que destino daria para elas?

O robô respondeu convictamente:

– Da mesma forma, seria mais lógico e mais barato eliminá-las.

– Meus parabéns, doutor Dell. The Best é um robô psicopata que eliminaria boa parte dos 75% da população mundial que tem medo de falar em público, do 1,4 bilhão de pessoas que ao longo da vida desenvolverão um transtorno depressivo, do número incontável de indivíduos impulsivos, ansiosos, portadores de síndrome do pânico, dependência de drogas, doenças psicossomáticas. Quem sobraria? Nós? Não, pois, como vimos, muitos aqui são verdadeiros idiotas emocionais.

O reitor Vincent ficou descontrolado. Bateu na mesa e vociferou:

– Seu estúpido preconceituoso! Você é contra o progresso.

– Não exagere, Marco Polo. Está crendo em teoria da conspiração – ponderou o reitor Josef Rosenthal de Israel, amigo do psiquiatra.

– Queria que fosse, dileto amigo. Os robôs humanoides, ao desenvolverem um autoaprendizado contínuo e uma autonomia incontrolável, como já está ocorrendo, lutarão pelo mais ambicioso desejo de uma criatura.

– Qual? – indagou o reitor Pierre Sant'Ana.

– Superar seu criador! – afirmou Marco Polo. E completou: – O comportamento dos *Robo sapiens* pode se transformar numa dádiva para novos "Hitlers", propondo a seleção de cérebros! – E apresentou dados chocantes. – Hitler, em 1929, poucos anos antes de se tornar chanceler, como o mais notável idiota emocional, propôs, numa reunião do partido nazista, eliminar 1 milhão de crianças e jovens "deficientes" alemães para "purificar" a nação. Parecia inimaginável que esse bizarro líder conquistasse o poder na Alemanha, terra de Kant, Schopenhauer, Nietzsche, uma nação tão culta que havia ganhado um terço dos prêmios Nobel na década de 1930. Mas, em razão da crise econômica e política e dos pesados impostos do tratado de Versalhes pagos aos vencedores da Primeira Grande Guerra, ele conseguiu. E sorrateiramente, pouco a pouco, seduziu a imprensa e as lideranças germânicas, bem como juízes e médicos, incluindo psiquiatras. Agindo como monstros, eles foram responsáveis direta ou indiretamente pelo assassinato de mais de 60 mil doentes mentais. Uma espécie que abandona seus feridos não é digna de ser viável – arrematou.

O Dr. Vincent Dell ficou impressionado diante desses dados. Parecia estar convencido da lucidez de seu oponente. Num debate, os maduros objetivam ganhar sabedoria; já os imaturos querem ganhar a discussão. O reitor, desprezando a sabedoria, preferiu ganhar a discussão. Rebateu-o veementemente:

– Você nos perturba com seus dados, mas é um apóstolo do pessimismo, doutor Marco Polo. Não é sem razão que pertence à especialidade da medicina cujos profissionais mais desenvolvem transtornos psíquicos e cometem suicídio.

O reitor foi de uma indelicadeza ferina. Era um fato que muitos psiquiatras cuidavam com maestria de seus pacientes, mas esqueciam de proteger a própria emoção. Mas esse fato não tinha nada a ver com o debate. No entanto, para os idiotas emocionais, principalmente na política, vale usar todos os argumentos para ganhar a discussão.

Vincent Dell ainda completou, agora falando mais alto:

– Você é incoerente, doutor Marco Polo. Se afirmou que as escolas e universidades estão formando alunos destituídos de habilidades emocionais imprescindíveis e que os métodos pedagógicos estão ultrapassados, então os professores também estão. Eles podem ser comparados à máquina de escrever, de costurar e de fotografar. Por isso serão inegavelmente substituídos pela inteligência artificial.

– Eu disse que estamos formando idiotas emocionais coletivamente não para eliminar os professores, mas para valorizá-los, para mostrar que eles precisam ser reciclados, equipados e educados em termos socioemocionais.

– Há mais mistérios entre a emoção e a lógica do que imagina a inteligência artificial – interferiu The Best. Estas eram ideias que saíam de sua programação, não da sua inspiração, motivação ou intuição, mas acrescentou: – Entretanto, a emoção fomenta toda fonte de loucuras humanas, da depressão às fobias, do egocentrismo ao isolacionismo, da dependência de drogas aos transtornos obsessivo-compulsivos.

Vincent Dell e alguns outros reitores aplaudiram a intelectualidade de The Best.

Porém o psiquiatra foi contundente:

– Mas o que nos fragiliza nos torna seres humanos únicos e irrepetíveis. Sem a emoção, poderíamos ser produzidos como robôs em série.

A reitora Lucy Denver e outros cinco presentes, inclusive os dois chineses, aplaudiram o pensador das ciências humanas, indicando que a plateia estava dividida. Depois disso, Marco Polo completou definitivamente sua tese:

– Somente um professor ser humano, independentemente de suas falhas e imperfeições, tem condições de educar um aluno para ser um ser humano empático, afetivo, pacífico, tolerante e generoso. Os *Robo sapiens* não sentem dor, medo, solidão, angústia, ansiedade, portanto não poderão jamais educar um ser humano.

Depois de um longo silêncio, Lucy Denver ponderou:

– Precisamos de novos modelos pedagógicos para formar líderes emocionalmente saudáveis e intelectualmente inteligentes.

– Mas onde estão esses modelos? – questionou Josef Rosenthal. – Que eu saiba, eles inexistem no presente. Será que existiram no passado? Será que mestres já ensinaram de forma lúcida seus alunos a gerirem a própria emoção e a desenvolverem habilidades para conquistar uma mente saudável, livre, proativa, sensível, autônoma? Diga-nos, doutor Marco Polo, houve algum mestre com tal capacidade?

A resposta era de uma complexidade inenarrável, e a proposta de Marco Polo escandalizaria todos eles.

4

O MESTRE DOS MESTRES E SUA REVOLUÇÃO SILENCIOSA

Conversas paralelas, debates, reflexões, reações de espanto, sentimentos de impasse e de impotência corriam como um rio caudaloso perpassando o psiquismo dos reitores na magna universidade onde o californiano Vincent Dell era o anfitrião. Somente ele e o *Robo sapiens* The Best estavam em silêncio diante do tumulto geral. O reitor e a mais fantástica máquina pareciam ter se tornado uma só pessoa. Eles trocavam olhares penetrantes, e parecia que queriam terminar o evento rápida e violentamente.

De repente, o francês Pierre Sant'Ana, perturbado com tudo que ouvira, se pronunciou, iniciando uma narrativa muito inteligente:

– Como a doutora Denver e o doutor Rosenthal fizeram a pergunta que não quer calar, também quero propor alguns questionamentos. A França demorou muitos anos para produzir seu arguto filósofo Montaigne. A Inglaterra demorou também muitos anos até gestar seu inteligentíssimo Shakespeare. E, na época deles, o conhecimento se duplicava a cada 200 anos. Hoje o conhecimento se multiplica a cada ano, e logo será a cada mês. Mas o excesso de conhecimento parece que está nos embrutecendo e nos tornando, usando a provocante linguagem do doutor Marco Polo, idiotas emocionais – afirmou Pierre inquieto. E concluiu, questionando: – Há mais de 100 milhões de professores em todo o teatro da humanidade, da pré-escola à pós-graduação. Quais ferramentas eles deveriam aprender a usar para reinventar a educação da emoção? E quem poderia ensiná-las? Que mestre as desenvolveu, se é que ele existiu?

Marco Polo respirou profunda e demoradamente. Não tinha respostas prontas, mas tinha algumas pistas relevantes.

– Ainda que os senhores reitores possam ficar chocados, se me permitem, parece-me que houve um mestre há muito tempo que usou ferramentas de gestão da emoção inteligentíssimas, produzindo um nível arrebatador de educação socioemocional.

Quando Marco Polo falou isso, alguns reitores comentaram entre si:

– Quem seria? Confúcio? Buda? Maomé? Agostinho? Tomás de Aquino?

Outros indagavam:

– Poderia ser Parmênides? Pitágoras? Sócrates? Platão? Aristóteles?

E ainda outros balbuciavam:

– Seria Spinoza? Kant? Hegel? Marx? Sartre?

Vendo que a mente deles se afundava num mar de dúvidas, Marco Polo fitou-os e disse:

– Todos esses personagens brilharam em sua mente e em sua casta de alunos e seguidores, alguns mais, outros menos. E embora eu estude o processo de construção de pensamentos e de formação de pensadores, não tenho competência para falar sobre todos eles. Mas entre todos os personagens que estudei sob os ângulos das ciências humanas, e não da religião, o que mais utilizou ferramentas para formar pensadores e líderes da própria mente foi Jesus Cristo!

Quando Marco Polo citou o nome, armou-se de imediato um escândalo. Era tudo que Vincent Dell queria ouvir para desbancá-lo e sepultar sua intrepidez.

– Está delirando, Marco Polo? Religião em minha universidade, não! Ainda mais na ceia dos intelectuais!

– Espere, Vincent – pediu Wong Liu.

– Esperar o quê? Isto é loucura! – disse Vincent categoricamente. – Vamos acabar com este circo.

– Espere, Vincent – disse o Dr. Rosenthal. – Eu sou judeu, minha religião é judaica. Mas fui eu que pedi que o doutor Marco Polo nos dissesse se havia um modelo pedagógico histórico para nos apresentar. Permita-lhe o direito de se expressar.

– Eu também quero saber. Tolher Marco Polo é tolher o debate de ideias – afirmou Lucy Denver.

Constrangido, o desafeto de Marco Polo fez um sinal para que ele prosseguisse.

– Em primeiro lugar, as religiões podem ser uma fonte de saúde mental ou uma fonte de doenças mentais, dependendo de como ela é vivida. Em segundo, não defendo uma religião. Em terceiro, disse claramente que não estudei o homem Jesus sob um enfoque religioso ou espiritual, mas a partir de suas quatro biografias, os evangelhos. E o fiz como um crítico voraz. Ele brilhou como mestre, como um inenarrável líder e como médico da emoção.

– Está sugerindo que Jesus foi um psiquiatra? – indagou, surpresa, a reitora inglesa.

– O Mestre dos mestres não foi um psiquiatra no sentido clássico, mas valorizou a medicina mais do que milhões de seus seguidores. E, sem dúvida, foi um médico da emoção cujas fascinantes ferramentas antiestresse e antiansiedade não foram estudadas nem compreendidas ao longo dos séculos. Para mim, a busca por Deus sempre foi a busca de um cérebro apaixonado pela existência e que criava a ideia de Deus como uma força centrífuga irresistível para fugir do caos da inexistência, da solidão de um túmulo.

Muitos ficaram impressionados com a agudeza do raciocínio e a transparência de Marco Polo.

– Mas você mudou de ideia? – perguntou o Dr. Rosenthal.

– Sim, mudei. Mas respeito os ateus e não defendo uma religião específica. Para mim, quem não respeita os que pensam diferente não tem maturidade. Além disso, penso que todas as universidades, inclusive as que têm os senhores como reitores, foram tímidas e omissas em não estudar a mente do homem mais famoso e impactante da história. Por isso, foram excluídas das salas de aula sua inteligentíssima pedagogia, suas ousadíssimas ferramentas de autocontrole e proteção da emoção e seus valores éticos inexprimíveis, capazes de transformar uma prostituta em rainha mesmo sem conhecê-la. Infelizmente, toda vez que comentamos sobre Jesus, parece que queremos falar de uma religião, propagar o cristianismo, e não discorrer sobre o homem mais inteligente da história, o maior professor que já existiu, o maior líder e psiquiatra social de todos os tempos.

Alguns reitores começaram a suar frio. A acusação de que as universidades foram irresponsáveis em não estudar a mente de Jesus como pensador era gravíssima. Tão grave quanto a afirmação de que elas estão formando coletivamente desinteligentes emocionais. Essas instituições tinham na sua essência a diversidade de ideias, mas foram infantis e preconceituosas com o carpinteiro de Nazaré. Muitos, até mesmo intelectuais, comemoravam o Natal, seu nascimento, mas como mero pretexto de uma festa. As universidades têm uma dívida impagável com a inteligência do homem que mudou a história da humanidade, que inclusive é admirado no budismo e recitado em prosa e verso no Alcorão islâmico.

Marco Polo aproveitou o momento e introduziu alguns ensinamentos profundos e revolucionários que o Mestre dos mestres transmitiu aos seus conflitantes alunos no início de sua jornada como professor.

– Certa vez, no alto de uma montanha, Jesus ensinou a seus alunos ferramentas incríveis de gestão da emoção. Ele ensinou que seus discípulos seriam felizes caso aprendessem a esvaziar seu espírito e seu ego. Desse modo, seriam criativos, ousados e proativos, e alcançariam o reino da sabedoria. Proclamou ainda que seriam intensamente afortunados se treinassem seu Eu a gerir o veículo da própria mente para serem mansos e controlados, pois, desse modo, herdariam o que o dinheiro não pode comprar: a terra da sua personalidade. Apregoou que seriam também verdadeiramente felizes se desenvolvessem a arte da empatia, a habilidade de se colocar no lugar dos outros, a capacidade de chorar pelo feminicídio, pelo abuso de crianças, pela dor dos imigrantes e o desespero dos doentes mentais, pois somente assim seriam capazes de ser bem resolvidos e profundamente consolados. Proclamou ainda que seriam mais felizes se desenvolvessem a habilidade de solucionar pacificamente os conflitos, se entendessem que ninguém pode querer alcançar o essencial se não estiver disposto a perder o trivial. Que homem é esse que ensinou ferramentas complexas em relação às quais as escolas e universidades ainda estão na Idade da Pedra?

Muitos reitores ficaram emocionados com essas palavras. Era incrível que Jesus tivesse oferecido um ensinamento direto, um treinamento diário para prevenir a formação de idiotas emocionais.

Em seguida Marco Polo fez uma crítica contundente às religiões:

– Para mim, todas as religiões, e as cristãs não são exceção, falharam dramaticamente em não estudar o psiquismo do personagem que juram amar e admirar, principalmente em não estudar sua habilidade de prevenir a ansiedade e a depressão, sua capacidade de solucionar pacificamente os conflitos e de formar mentes brilhantes e inovadoras. Não é sem razão que no passado guerras tenham sido travadas em nome desse homem que exalava pacificação por seus poros. E ao não usar suas ferramentas, nos dias atuais milhões de religiosos de todas as crenças têm uma mente desprotegida, que adoece com facilidade. Eles não têm ao menos a humildade para procurar um psiquiatra ou um psicólogo o quanto antes.

– No Japão também acontece isso, Dr. Marco Polo. Muitos japoneses têm receio de procurar um profissional de saúde mental – disse Minoro Kawasaki refletidamente.

O próprio Dr. Minoro tinha preconceito semelhante, pois demorara mais de um ano para procurar ajuda para sua filha Keiko, que sofria de bulimia. Keiko comia compulsivamente e minutos depois abria em sua memória uma janela killer, ou traumática, contendo um sentimento de culpa brutal que a levava a fechar o circuito cerebral e a conduzia a provocar vômitos. Seu palato ficou deformado.

– Eu sei. O preconceito não é privilégio de uma casta ou raça, mas algo presente em toda a nossa espécie – explicou Marco Polo.

Havia alguns religiosos entre os reitores. Eles ficaram abalados com sua explanação criticando a omissão das universidades e das religiões.

– Mas as religiões não ensinam suas palavras? – questionou Pierre Sant'Ana.

– Ensinar a história de Jesus sob os ângulos da espiritualidade é respeitável, Dr. Pierre. Não é minha área de pesquisa. Calo-me! Mas ensinar suas teses para formar seres humanos resilientes, autônomos, inventivos e bem resolvidos emocionalmente antes da crucificação é outra coisa. E penso que um ensinamento não exclui o outro – afirmou Marco Polo.

– Espere. Você está dizendo que Jesus usou técnicas diretivas bem elaboradas, como um professor plenamente consciente do que fazia, antes de sua morte? – perguntou Lucy Denver.

– Exatamente – confirmou Marco Polo. – Suas técnicas foram surpreendentes. De um time débil, tosco e rude de jovens, ele formou uma casta de pensadores.

– Mas os discípulos não eram especiais? – indagou a Dra. Lucy novamente, agora espantada.

– Eram especialmente malucos, no bom sentido da palavra, saturados de conflitos – afirmou Marco Polo.

– Dr. Marco Polo, eu conheço um pouco sua ousadia e sua história intelectual, mas, quando abre a boca, você nos confunde. Sempre pensei que os discípulos de Jesus, pintados por Rafael, Da Vinci e tantos outros, com aquelas faces singelas e auréolas de santos, fossem intocáveis – rebateu Marc Jobs, um arguto reitor de uma universidade do Texas.

– A confusão é o primeiro estágio da lucidez – afirmou Marco Polo sorrindo. – Eu também pensava assim dos alunos de Jesus. Há pessoas que me dizem "Dr. Marco Polo, nunca levo desaforo para casa!". Eu respondo: "Claro, você é um desequilibrado! Você não leva desaforo para sua casa física, mas leva para sua casa mental! O biógrafo do cérebro, o fenômeno RAM, registra cada crítica ou contrariedade privilegiadamente, poluindo a mente humana com inumeráveis arquivos doentios, ou killer." Pedro nunca levava desaforo para casa. Era um exemplo clássico de alguém ansioso, inquieto, imediatista, intolerante às frustrações e notadamente impulsivo. No ato da traição de seu mestre, ele cortou a orelha de um soldado, criando um clima que por muito pouco não levou a uma violência incontrolável, capaz de causar muitos assassinatos. Se Jesus não interviesse, também seria morto.

– Incrível. Não imaginava isso – expressou Lucy Denver.

– Pedro sonhava com peixe, exalava o odor de peixe e talvez durante toda a sua vida nunca tivesse sido capaz de explorar um território que ultrapassasse algumas milhas do mar da Galileia, no entanto ele se tornou não apenas um dos homens mais famosos da história, mas também um dos mais equilibrados e resilientes. Basta ver a densidade da psicologia social que há nas suas cartas.

Muitos ficaram fascinados. O Dr. Josef Rosenthal, curioso, indagou:

– Qual era o perfil dos demais jovens judeus que o seguiam?

Marco Polo teceu diversos comentários:

– João era bipolar. Sua emoção flutuava entre o céu e o inferno. Num momento, era generoso, noutro, ao ser frustrado, chegava a propor que seu mestre eliminasse quem não andasse com ele. Tomé era paranoico e pessimista, acreditava em teorias da conspiração. Mateus, segundo os fariseus, era corrupto e manipulador... – Nesse ponto, o psiquiatra se interrompeu e indagou para os reitores que tinham algum conhecimento sobre a história do cristianismo: – Quem era o melhor deles?

– Bom eu... não sei – falou Vincent Dell.

– Não tenho ideia – disse Marc Jobs.

– Pois bem. Em minha análise detalhada e acurada, o mais dosado, o mais sereno, o mais culto e com mais vocação social era justamente Judas Iscariotes.

– Judas Iscariotes? Não, não pode ser – comentou Lucy Denver.

– Pois era. Ele nunca colocava seu professor em situação conflitante, a não ser quando o traiu por 30 moedas de prata, o preço de um escravo. Não era um preço alto para alguém tão grande, o que indicava que Judas não era apenas ambicioso: ele queria provocar Jesus, provavelmente para que se rebelasse contra o jugo de Roma e tentasse libertar Israel do promíscuo e tirânico imperador Tibério César.

– Mas qual era o problema de Judas? – indagou The Best.

O tema era emocionante, pois até o *Robo sapiens* ficara curioso.

– Seu problema era que ele não era transparente. E quem não é transparente leva seus conflitos para o túmulo, algo que você nunca experimentará, The Best. Jesus teve alunos que lhe deram muitas dores de cabeça, mas, ao contrário do que dita a lógica cartesiana ou racionalista que permeia a inteligência artificial, ele não os eliminou. Jamais desistiu deles por seus inumeráveis defeitos, mesmo quando abandonado, negado ou traído. O que me leva a concluir, em minha humilde opinião, que o homem Jesus foi o Mestre dos mestres.

– Então ele formou intencionalmente a maior startup mundial de educação para transformar toda a humanidade... – completou a inteligente Lucy Denver.

– Exato. Transformar a essência da humanidade, reeditando o intelecto, a emoção e as habilidades humanas, era um objetivo muito maior e muito mais ambicioso do que fundar uma nova religião. Ele era o próprio caminho, a própria essência da mudança. O carpinteiro da emoção elaborou uma revolução silenciosa.

– Surpreendente! – exclamou Josef Rosenthal. – Como você pode provar que seu objetivo era mudar a matriz do pensamento humano?

– A maior prova, Dr. Rosenthal, é que, quando perguntado sobre quem ele era, Jesus não dizia que era "o Cristo", "o Enviado" ou "o filho de Deus", a não ser rarissimamente. Além disso, tais definições entram na esfera da fé, um tema sobre o qual me calo. Mas, para espanto das ciências humanas, ao ser questionado sobre sua identidade, ele disse mais de sessenta vezes que era o "filho do homem", o que quer dizer "filho da humanidade". Pensem nessa expressão.

– Que eu saiba, ninguém se chamou assim na história, nenhum filósofo, religioso, humanista ou líder social – comentou novamente o reitor israelita.

– Exato, ele pensava como espécie humana – confirmou Marco Polo.

– Ele era para e pela humanidade, sem rótulos, sem raças, sem cercas culturais, sem currais ideológicos. Para ele, se o ser humano não pensar como humanidade e for apaixonado por ela, a espécie humana será inviável. Eu sei que a nação de Israel não crê em Jesus como messias, Dr. Rosenthal, mas deveria estudá-lo como o maior educador da história, como a mente mais brilhante e interessante que pisou no palco da existência.

Vincent Dell se remoía em sua poltrona. Estava abalado, abatido, sentindo-se derrotado. Algumas bolhas saíam de sua boca, indicando que estava literalmente espumando de raiva. Quem tem a necessidade neurótica de poder é não apenas um sociopata que transgride as regras sociais, mas um verdadeiro inimigo de si mesmo.

De repente, o robô The Best se aproximou de Vincent Dell e balbuciou algumas informações nos seus ouvidos. A expressão do reitor mudou da água para o vinho, e ele se sentiu nas nuvens. Então pediu que o próprio The Best falasse em voz alta.

– De acordo com meus arquivos sobre o histórico dos alunos na universidade onde o Dr. Vincent Dell é reitor, há mais de 50 jovens com laudos psiquiátricos e psicopedagógicos apontando que provavelmente sejam irrecuperáveis e que, por isso, estão na iminência de ser jubilados. São pessoas com traços de personalidade marcantes de sociopatia e psicopatia, incapazes de reconhecer e corrigir os próprios erros. Alguns têm potencial de se tornar terroristas ou mesmo assassinos.

– Excelente, The Best, excelente – disse Vincent Dell sorrindo para a pequena e ilustre plateia. Em seguida afirmou: – E ficamos felicíssimos em saber que nosso ilustre psiquiatra, Dr. Marco Polo, possui as ferramentas sofisticadas necessárias para mudar a história deles. Vou selecionar os doze piores e entregá-los a você.

– Como assim? – indagou Marco Polo, assustado.

– Como assim? Você não exaltou os métodos pedagógicos, sociológicos e psicológicos do notável professor da Galileia?

– Sim, mas...

Interrompendo a resposta tensa de Marco Polo, o Dr. Dell propôs, salivando como um predador que conseguiu morder a jugular de sua presa:

– Não seja incoerente! Essas ferramentas não funcionaram nos conflitantes discípulos dele?

– Sim, todavia...

– Não há todavia. Vamos testar sua hipótese – disse o reitor, antes de dar o golpe fatal, saturado de preconceitos: – Aplique as técnicas nesses superidiotas, e vamos ver os resultados. – E, dirigindo-se à plateia de reitores, perguntou: – O que acham, senhores?

– Sua proposta é interessante – disse o Dr. Josef Rosenthal.

– Excelente, Dr. Vincent Dell! – atalhou Dr. Alex Molotov. – E vou colaborar com ela. Tenho alguns sociopatas na minha instituição e teria o maior prazer de exportá-los para que fiquem aos cuidados do ilustre Marco Polo.

– Eu também ficaria feliz em contribuir com o experimento psicológico – afirmou Max Gunter, da Alemanha.

– Digo o mesmo – assegurou Minoro Kawasaki indo na mesma direção.

Todos queriam se livrar de seus alunos altamente problemáticos. Marco Polo começou a ficar rubro, taquicárdico, ofegante. Toda vez que ia se manifestar era interrompido.

– Sinto muito, senhores, mas eu já tenho alunos suficientes para esse experimento – disse Vincent Dell ferinamente.

No entanto, os reitores insistiram, iniciando um debate. Vincent Dell chegou a aceitar mais quatro alunos: um russo, um alemão, um japonês e um chinês. E todos tinham que falar inglês. Porém, como os Estados Unidos estavam num embate comercial com a China, ele acabou cortando o jovem chinês, pois em sua universidade havia um aluno de origem chinesa, Li Chang, que já causara muitos transtornos. Ele era neto do reitor Jin Chang, mas ninguém sabia. Era motivo de vergonha e preocupação para toda a sua família. Mudara-se havia sete anos para os Estados Unidos, ainda na adolescência, para ver se adquiria responsabilidade. Mas parecia que o jovem ia de mal a pior.

– Espere um pouco – disse Marco Polo indignado. – Vocês estão fazendo um loteamento de alunos. Falta-lhes o mínimo de empatia, pois os estão considerando um mero número na classe, um diploma a ser recebido, não uma joia única no teatro das universidades.

O reitor de sua universidade o interrompeu mais uma vez:

– Não, não... Você está enganado, Marco Polo. Estamos selecionando as joias raríssimas que você vai lapidar com sua inexprimível capacidade como mestre dos ourives – concluiu ironicamente. – E não se preocupe. Nós lhe daremos um ano para seu treinamento. E depois vamos nos reunir novamente para discutir seu sucesso na prevenção de idiotas emocionais ou montar um circo para dar risadas de seu notável fracasso...

– Isso não é uma brincadeira – rebateu Marco Polo engolindo em seco.

– Não é brincadeira mesmo! Se você tiver sucesso, uma janela de oportunidade se abrirá para as universidades se reinventarem. Mas, se falhar, você será mais um exemplo solene de que as universidades deverão se tornar ambientes completamente digitais, inclusive em sua pedagogia, substituindo os obsoletos professores pela inteligência artificial – decretou Vincent Dell.

Jin Chang, Minoro Kawasaki, Josef Rosenthal, Alex Molotov, Max Gunter, Lucy Denver, Vincent Dell e os demais reitores se levantaram e aplaudiram a iniciativa. Estavam muito entusiasmados. The Best aplaudiu o experimento com a certeza plena de que Marco Polo falharia, de que os *Robo sapiens* dominariam o mundo. O desafio era tão dantesco e sujeito a tantas frustrações que o pensador da psicologia não sabia se ria ou se chorava...

5

SALVEM-ME DESTES REBELDES!

Antes de terminar a reunião dos reitores, The Best fez uma rápida análise em seus bancos de dados sobre os alunos desregrados e intratáveis da universidade de Vincent Dell e, conversando com ele em voz baixa, rapidamente sugeriu alguns nomes para compor o time mais desvairado e resistente possível. Vincent Dell, para jogar a última pá de cal no túmulo de Marco Polo, chamou a atenção dos presentes.

– Senhores, o *gran finale*. Para que nós e, principalmente, o Dr. Marco Polo tenhamos uma noite excelente, gostaria de anunciar os seis primeiros pré-selecionados para essa fascinante experiência pedagógica, psicológica e sociológica.

Curiosos, os reitores silenciaram e, à medida que os perfis dos alunos iam sendo projetados por The Best num telão, ficavam cada vez mais boquiabertos. O próprio *Robo sapiens* lia as características da personalidade de cada um no relatório.

– Peter é portador de transtorno explosivo intermitente (TEI). Uma desordem emocional caracterizada por explosões de raiva e violência, mesmo diante de estímulos estressantes brandos. Irascível, temperamental, provocador, briguento, completamente intolerante às frustrações. Foi cinco vezes conduzido para fazer tratamento psiquiátrico, porém o mais duradouro não passou de uma semana. Odiava ser corrigido. No último trimestre, esmurrou um psiquiatra por dizer que ele se recusava a se tratar. Professores e alunos tremem de medo quando ele está presente em sala de aula. Já passou seis noites na cadeia e tem três processos por comportamento antissocial. Foi diagnosticado como psicopata, mas tem sensibilidade, embora não demonstre. Na realidade, ele é um sociopata, um transgressor das regras sociais. Pode ser considerado um supremacista branco, acha-se superior aos demais mortais, em destaque aos imigrantes, que, para ele, estão infectando a nação e tirando empregos de americanos. O preconceito nasce no terreno da ignorância, pois ele desconhece que os Estados Unidos são uma nação constituída de imigrantes. Colecionador de inimigos, seu único e verdadeiro amigo é, paradoxalmente, um imigrante chinês, Chang, talvez porque este seja o mais despojado, debochado e desbocado dos estudantes universitários.

O robô continuou explicando as características de cada um dos escolhidos.

Chang era um chinês atípico. Portador de duas necessidades neuróticas: de ser o centro das atenções sociais e de zombar de tudo. Irresponsável, indisciplinado, burlesco, irônico, cômico, capaz de dar risadas das suas próprias loucuras. *Borderline*, tangenciava a realidade. Alienado, vivia mentalmente em outra galáxia. A vida para ele era um eterno circo, e ele amava estar no centro do picadeiro. Por isso, quando não estava em evidência social, tinha comportamentos inusitados, como cantar fora de hora, para chamar a atenção de seus pares. Seu raciocínio esquemático e sintético era brilhante, mas se autossabotava e sabotava os outros. Chang e Peter tornaram-se amigos no início da faculdade. Cursavam administração de empresas havia seis anos, mas, como repetiram em muitas matérias, ainda estavam estudando as disciplinas do segundo ano do curso. Alguns achavam que eram filhos dos mesmos pais, embora as diferenças anatômicas fossem gritantes.

Jin Chang, o reitor, ao ouvir o perfil do seu neto, baixou a cabeça. Envergonhado, não revelou a ninguém que um dos escolhidos por The Best era da sua família. Mas Vincent Dell sabia, e isso poderia ser usado por ele como instrumento de barganha no futuro.

Sam era portador da síndrome de Tourette. Esse transtorno neurológico envolve movimentos repetitivos, como tiques e sons indesejáveis. Ele piscava os olhos ou encolhia os ombros continuamente quando estava nervoso. Ao se decepcionar com as pessoas ou não compreendê-las, ofendia-as dando um grito altíssimo: "Babaca!" "Idiota!" Gostava do isolamento social. Repetia havia quatro anos as mesmas disciplinas do curso de economia. Alguns professores queriam vê-lo a quilômetros da sua sala de aula.

Alguns reitores riram da descrição da personalidade dos alunos, o que gerou indignação e desaprovação solene de Marco Polo, que bradou em alto e bom som:

– Eu não admito, em hipótese alguma, que os senhores reitores deem risadas de quem quer que seja que tenha um transtorno psiquiátrico.

Mas Vincent, sem constrangimento, cortou-o com ásperas e irônicas palavras:

– Espere aí, Dr. Marco Polo. Ninguém aqui está rindo dos transtornos psiquiátricos que possuem, pois estes devem ser respeitados. Os verdadeiros problemas deles são a rebeldia, a insubordinação, a violência, a intolerância, a alienação. E vamos ver se você não os discriminará, se os incluirá em seu magno experimento educacional.

Marco Polo engoliu em seco. E Vincent Dell solicitou:

– Continue o relatório de mais alguns desses nobilíssimos alunos, The Best.

Jasmine era a quarta aluna escolhida por The Best, sob as bênçãos de um dos papas da inteligência artificial, Vincent Dell. Tinha transtorno de déficit de atenção e hiperatividade (TDAH) e transtorno obsessivo-compulsivo (TOC). Agitadíssima, inquieta, não conseguia ficar muito tempo parada que logo se entediava. Sua necessidade incontrolável de andar, falar e realizar atividades também era devido à sua hiperatividade. Fungava com o nariz e esfregava as mãos na cabeça quando estressada por conta de seu TOC. Jasmine, como Peter, detestava ser contrariada, era especialista em reagir pelo fenômeno bateu-levou. E, também como o colega, queria ver o Diabo na sua frente, mas não um psiquiatra. Colecionava expulsões da classe.

Florence era portadora de depressão bipolar. Em alguns momentos de sua vida, sua psique era superexcitada, vivia em estado de intensa euforia, o que a tornava uma pessoa falante, sociável, sonhadora e poderosa. Em outros períodos existenciais, visitava o inferno emocional, constituído de humor depressivo acompanhado de baixíssima autoestima e pessimismo. Florence, como qualquer portador de uma doença psíquica, era um ser humano complexo que deveria ser acolhido fraternalmente e respeitado. Mas, como quase todos os pacientes que tinham comportamentos "desaprovados", era socialmente rejeitada e culpada por eles, um erro crasso, pois não era, em hipótese alguma, culpada pela sua doença e tampouco tinha controle significativo sobre ela. Infelizmente, na fase depressiva, além de a sociedade a culpar, ela mesma se punia muito, se achava inferior às demais pessoas e se recolhia em seu calabouço. Quando não estava em nenhum dos polos da sua doença emocional, era autoritária e mandona, alguns a chamavam pejorativamente de "The Boss", a chefe.

Victor tinha transtorno de personalidade paranoica. Era desconfiado de tudo e de todos. Tinha um intelecto que acreditava com muita facilidade em teorias da conspiração. Achava que seus professores o perseguiam, que seus colegas de classe falavam dele pelas costas ou queriam puxar seu tapete. Achava que os russos estavam enviando um vírus para transformar os americanos em zumbis e que os chineses estavam usando a inteligência artificial para controlar a mente das pessoas. Circunspecto, fechado, com baixo nível de consciência crítica, tinha algumas características em comum com os demais colegas: não admitia ser criticado e detestava competidores. Tinha em seu currículo quatro tratamentos psiquiátricos e cinco tratamentos psicoterapêuticos, todos frustrados.

Os outros alunos foram apresentados por The Best. Cada personalidade era mais complexa do que a outra. Ao ver os laudos desses alunos, Marco Polo percebeu que a personalidade deles tinha provavelmente um currículo socioemocional mais difícil do que os alunos de Jesus Cristo. Será que suas ferramentas funcionariam?

Começou a ficar ofegante e suar frio. Uma coisa era tratar psiquiatricamente pacientes que procuravam ajuda espontaneamente, outra, muitíssimo diferente, era treinar alunos com esses perfis psicológicos resistentes ao tratamento e a ferramentas educacionais. Eles já se achavam os melhores, os mais incríveis, os mais abastados seres humanos. No entanto, Marco Polo jamais seria capaz de excluí-los. Embora fosse um psiquiatra e um professor experiente, metera-se na maior confusão da sua vida. Pela primeira vez percebeu que teria sido muito melhor ter ficado calado.

Alguns reitores, por sua vez, ficaram atônitos e começaram a ter compaixão por Marco Polo, dando-lhe tapinhas no ombro, algo de que ele não gostou. Detestava sentir-se impotente. Outros, por sua vez, debocharam dele dizendo "sinto muito", achando que ele desistiria antes de começar. Isso o estimulou a deixar de ser um idiota emocional - que fala aos quatro ventos e não vive o que proclama - e começar a enfrentar seus desafios. Tinha usado as ferramentas pedagógicas de Piaget, Vygotsky, Descartes, Sócrates e outros pensadores em alunos "comuns", mas jamais havia tentado usar as ferramentas socioemocionais e psicopedagógicas do Mestre dos mestres em alunos considerados membros da escória acadêmica, socialmente intragáveis e intratáveis.

Os normais preferem andar por caminhos previsíveis, não tropeçam; já os loucos experimentam caminhos jamais respirados, podendo tropeçar no deboche ou cair nos precipícios do vexame. Mas só estes têm a possibilidade de encontrar tesouros nunca antes explorados. Marco Polo preferiu estar no time dos loucos. O risco, entretanto, era altíssimo.

– Quem sabe esses alunos aprenderão a ser pensadores críticos capazes de dar respostas inteligentes aos graves desafios pelos quais passará a humanidade, como o aquecimento global, a insegurança alimentar, os conflitos internacionais – comentou Vincent Dell antes de sair pela porta gargalhando.

The Best imitou sua gargalhada, mas soou antinatural.

– Você não é obrigado a fazer isso – disse Lucy Denver aproximando-se de Marco Polo.

Por alguns momentos, Marco Polo gritou no silêncio de sua mente: "Salvem-me destes rebeldes!" Mas como um professor poderia fugir de sua missão de ensinar a pensar, ainda que parecesse uma empreitada arriscada ou quase impossível? Alguns reitores mais humanistas acharam que ele não sobreviveria uma semana ou mesmo um dia sequer. Outros consideravam que ele poderia ser agredido, sequestrado ou quem sabe coisas piores. Para eles, essa casta de alunos retroalimentava os presídios e os manicômios do país. A universidade não era lugar para eles.

Marco Polo se curvaria ao medo e às lágrimas? Era uma grande questão. Psiquiatras também choram. E Marco Polo já chorara muito. Perdas, frustrações e dores indescritíveis fizeram parte de seu cardápio emocional. Ele era um dos psiquiatras mais publicados no mundo nos últimos anos. Pensador arguto, mente intrépida, não passara incólume às intempéries existenciais. Apesar de desfrutar de reconhecimento internacional, tinha medo de contaminar seu ego, de se colocar acima de seus pares e dos seus pacientes.

Vigilante, sabia que o "vírus" do orgulho é imortal e onipresente em cada *Homo sapiens*. Sabia ainda que ele eclode até em mentes improváveis, em pessoas tão simples que têm orgulho de sua humildade. Para o pensador da psiquiatria, entre as raras maneiras de atenuar o vírus do orgulho estava atravessar o caos, seja ele qual for – perdas, fracassos, vexames –, e refletir sobre a pequenez humana, permitindo-se chorar. Ou então pensar criticamente sobre a assombrosa brevidade da vida, o que leva à consciência de que todos os dias morremos um pouco.

Refletiu muito a caminho de casa. Não poderia realizar a importante tarefa que tinha diante de si se não estivesse tranquilo e confiante.

Ao chegar, encontrou Sofia lendo uma de suas obras, *O futuro da humanidade*, que discorria que, nas sociedades modernas, cada vez mais nos tornamos um número de passaporte, de identidade e de cartão de crédito, parecendo corpos nus numa sala de anatomia das faculdades de medicina: sem identidade.

– Como foi a reunião, querido?

Marco Polo não respondeu diretamente:

– A humanidade tem mais deuses do que seres humanos. Deuses discriminam, enquanto seres humanos abraçam; deuses apontam falhas, enquanto seres humanos celebram acertos; deuses excluem, enquanto seres humanos dão tantas chances quantas forem necessárias; deuses acham-se imortais, enquanto seres humanos sabem que a vida transcorre no pequeno parêntese do tempo. – E concluiu solenemente: – Os seres humanos amam ser deuses, mas, para espanto da sociologia e da psiquiatria, o único homem que foi chamado de Filho de Deus falava, em todos os lugares, que amava ser um ser humano. Ele é incompreensível.

– Belíssimo, mas não entendi aonde você quer chegar.

Foi então que ele contou que enfrentaria o maior desafio da sua vida e começou a falar do perfil dos alunos que ficariam sob sua responsabilidade no experimento cerebral proposto por Vincent Dell. À medida que ele ia contando sobre o projeto, Sofia ficava cada vez mais preocupada. Ele teria que encantar, investir e treinar jovens praticamente banidos do teatro das universidades para se tornarem seres humanos de alta performance social, intelectual e emocional. Ela teve uma pequena crise de taquicardia.

– Marco Polo, como teve coragem de aceitar esse desafio pedagógico? Acabou de dizer que os homens querem ser deuses. Será que você não é um deles? Você é um professor impactante, provocador, fora da curva, mas apenas um professor: falível, frágil, mortal!

Ele a rebateu:

– Eu não lhe disse que deuses discriminam e excluem, mas seres humanos abraçam e dão tantas chances quanto possível? Não agi como um deus, mas como um ser humano que investe em outros seres humanos.

– Um ser humano que acredita no impossível? Um mestre que quer fazer em pouco tempo o que os pais desses alunos não conseguiram, o que inúmeros professores deixaram de fazer, o que multas disciplinares e pressões policiais não foram capazes de resolver? Se educadores não têm êxito com determinados alunos que vão espontaneamente para as classes, como você pretende educar alunos com tais características, que serão obrigados a frequentar suas aulas? Acha que irão aceitá-lo?

– Dificilmente.

– Não está delirando?

– Querida psiquiatra, preciso do seu abraço. Não de seu julgamento!

Sofia caiu em si. É fácil pisar em quem já está ferido. Embora fosse uma notável psiquiatra, Marco Polo era muito mais experiente que ela. Ensinara-lhe muito. Mas agora estava precisando não de uma profissional, mas de um ombro amigo.

Ela o abraçou carinhosamente. Segundos depois, Marco Polo afastou-se dela, deu um longo suspiro e lhe disse:

– Talvez eu tenha caído em minha própria armadilha. Talvez seja cuspido, rejeitado e ferido. Talvez seja vaiado e humilhado. Mas talvez também essa seja a última chance deles. Precisamos de novos modelos educacionais para formar pensadores. Não podemos colocar alunos diferentes num mesmo curral pedagógico, na mesma equação educacional.

– Como assim?

– Precisamos de modelos socioemocionais que os levem para dentro de si mesmos, que os estimulem a gerir a própria emoção, a ter consciência crítica, resiliência, empatia, habilidade para se reinventar.

– Marco Polo, meu amor! – bradou ela. – Conheço dois desses alunos que Vincent Dell escolheu: Peter e Chang.

– Como?

– Eles são famosos. Não quero desanimá-lo. Poesias não mudam mentes alienadas e radicais. Já conversei com eles. Deram risadas na minha cara. Ficaram assoviando enquanto lhes falava. Disseram que eu era demente, que estava perdendo meu tempo. Sei que eles já brigaram com outros alunos e ameaçaram professores. Alguns deles se deprimiram, tiraram licença e não conseguiram mais pisar na universidade – relatou Sofia, que também era professora de psiquiatria e havia sido designada para contribuir com tais alunos "problemáticos".

Marco Polo engoliu em seco. Em seguida se aproximou um pouco dela e lhe disse:

– Eu e você fizemos uma jornada épica para Jerusalém. Você me estimulou a estudar a mente de Jesus sob os ângulos das ciências humanas e fazer debates sem preconceito sobre ele. Fiquei tão perplexo que percebi minha pequenez e acabei escrevendo sobre o homem mais inteligente da história. As ferramentas que ele usou em seus alunos foram utópicas? Seu treinamento foi superficial e ineficiente? Pelo que sabemos, não! Aliás, foram bombásticas para aquela época e para aqueles tipos de jovens conflitantes. Se funcionarão hoje, com esses alunos rebeldes, já não sei. Só lhe peço que não me desanime.

Ela o abraçou novamente e disse:

– Já quase o perdi outras vezes. Tenho medo... Desculpe-me.

Os pessimistas se escondem atrás dos 99% que podem dar errado, enquanto os empreendedores focam no 1% que pode dar certo! Por isso, são criticados, vaiados e correm altos riscos. Mas são eles que inspiram a humanidade, pois veem o invisível, ouvem o inaudível e superam os limites.

Uma semana se passou e enfim chegou o grande dia em que Marco Polo conheceria seus alunos. The Best foi recebê-lo.

– O senhor está sendo esperado ansiosamente.

– E você sabe o que é ansiedade?

– Não, mas reconheço expressões como ninguém – afirmou o super-robô. – Estão todos reunidos numa sala especial.

– Quantos alunos são? – perguntou Marco Polo.

– Os doze alunos do apocalipse – disse The Best, cuja inteligência artificial acessava bilhões de dados por segundo e o permitia fazer associações incríveis.

Sofia estava a seu lado e mostrava uma tensão indisfarçável.

– Deixe-me ir com você – pediu ela gentilmente, apertando-lhe as mãos. Ela sentiu que estavam frias. Tentando relaxá-lo, Sofia brincou:
– O grande Marco Polo, acostumado a enormes plateias, está inseguro?

– "Prazerosamente apreensivo", essas são as palavras. Ainda sou um mestre, por isso fico emocionado ao pisar na sala de aula.

O grupo que Marco Polo educaria tinha, além das qualidades de personalidade perturbadoras de cada um, uma característica em comum: todos detestavam psiquiatras e psicólogos. Achavam-nos mais malucos que eles, usurpadores do seu cérebro, furtadores do seu tempo. Seria uma experiência arriscadíssima.

6

O CAOS NA SALA DE AULA

Sofia desejou sucesso para Marco Polo. Sabia que seu desafio era inimaginável e que suas chances de alcançar êxito eram quase nulas. Ela suspirou profundamente e lhe deu as costas. Foi caminhando pensativa e temerosa pelos corredores da imensa universidade. Quem vence sem riscos triunfa sem glórias, pensou ela, recordando as palavras dele. Mas correr riscos demais era o melhor caminho para viver dramáticos pesadelos.

Quando Marco Polo chegou na sala de aula onde os alunos estavam reunidos, abriu a porta lentamente e deixou-a aberta. Não era possível dizer se ele queria mostrar aos alunos ou a si mesmo que eles não estavam numa prisão. Pelo menos havia uma rota de fuga. Ao entrar no local, passou os olhos pela pequena plateia que estava entretida em mil conversas paralelas. Indagavam o que estavam fazendo ali. Ele logo se apresentou:

– Boa tarde. Sou Marco Polo.

Ninguém prestou a atenção nele.

Por cinco longos minutos ele permaneceu em silêncio, enquanto, pouco a pouco, os alunos começavam a perceber a presença do intruso. Disse novamente:

– Olá, boa tarde. Sou Marco Polo.

Peter, que frequentemente se sentia aprisionado em qualquer ambiente, comentou com Chang em voz baixa, mas audível:

– Esse sujeito está nos visitando como um carcereiro num presídio.

– Não, ele é um veterinário que nos visita como animais num zoológico – afirmou Chang, dando risadas. – E você é um hipopótamo.

– E você uma hiena, seu chinês – disse Peter zombando do amigo.

Marco Polo, ao ouvir as palavras "carcereiro" e "veterinário", começou a indagar-lhes sua identidade:

– Por favor, qual é o seu nome? Que curso você faz?

– Me recuso a responder! – bradou Peter em voz alta. – Como supremacista branco, recuso o interrogatório.

– Mas você se sente um prisioneiro nesta sala?

– Nesta universidade, sim.

– E eu, um animal num zoológico – afirmou Chang.

Marco Polo não se intimidou.

– Você é inteligente. Como a porta está aberta, conclui-se que seu cárcere não é físico, mas está em sua mente. – Houve um burburinho. E, voltando-se para Chang, comentou: – Estamos numa universidade, mas se sente que aqui é um zoológico, você está se diminuindo. Sua autoestima é baixíssima.

– Peter, esse cara mal chegou e já nos colocou na lona. Reaja, homem! – instou Chang, incitando o amigo à violência.

– Quem é você para nos desafiar, seu professorzinho de segunda categoria? – bradou Peter em voz alta, levantando de sua cadeira e indo na direção de Marco Polo.

Revelando sua personalidade explosiva, o rapaz o empurrou fortemente. Marco Polo se apoiou numa carteira para não cair.

– Quem é você? – bradou Sam, piscando os olhos sem parar.

O psiquiatra pensou que precisava de inteligência para conquistar aquela plateia de inconquistáveis.

– Sou quem sou. Um simples caminhante que anda no traçado do tempo em busca do mais notável de todos os endereços, um endereço dentro de si mesmo.

– O que esse cara disse? – perguntou Jasmine, não entendendo nada.

– Ele nos chamou de burros, jumentos, asnos – afirmou Chang.

– Marco Polo? Um tolo que se acha esperto? Um psicótico que se acha intelectual? Caia fora desta sala! – bradou Jasmine de pé e de braços abertos, como se estivesse anunciando um cavaleiro às avessas na Idade Média.

– Caia fora! – ordenou Peter explosivamente.

Marco Polo falou mais baixo ainda:

– Vocês se consideram inteligentes?

– Claro, não somos idiotas como você – retrucou Peter.

– Se vocês são inteligentes, algo de que não duvido, devem saber que julgar alguém sem conhecê-lo é uma atitude desinteligente.

Peter ficou constrangido. Estava sem saída.

– Quem é você? – perguntou Florence entrando em cena.

– Eu? Eu sou um garimpeiro de ouro.

– Garimpeiro de ouro? Um garimpeiro de ouro nesta universidade de porcos? Esse cara é mais maluco que você, Chang! – zombou Peter.

Chang se aproximou e descabelou Marco Polo.

– Duvido!

Marco Polo respirou profundamente. A classe era muito mais complicada do que imaginara.

– Um garimpeiro de ouro não cria o ouro; remove as pedras.

– Como assim? – indagou Jasmine, curiosa.

– Ninguém acredita em vocês, por isso estou aqui. Estou aqui para remover as pedras da sua mente e procurar o tesouro que há dentro de cada um.

Chang se levantou e começou a pular, a dar saltos de alegria. Sam se juntou para dançar com ele. Cantaram, aparentemente felizes da vida:

– Tenho ouro dentro de mim! Tenho ouro dentro de mim!

Mas logo Sam parou e começou a movimentar o ombro direito ansiosamente. Depois gritou a plenos pulmões, revelando sintomas de sua síndrome de Tourette:

– Babaca! Babaca!

Mas Chang, debochando, levantou as mãos para o alto e agradeceu:

– Enfim, um cara para entender as minhas loucuras!

– Seus tolos! Deixem o cara falar – pediu Florence, que atualmente estava sem crise.

– Isso é filosofia barata. Ouro, ouro, ouro. Quem disse que tenho ouro, cara?! – exclamou Jasmine, batendo na testa três vezes.

– Muitos podem ter virado as costas. Mas aqui vocês não serão considerados loucos, insanos, irrecuperáveis, mas seres humanos únicos e irrepetíveis.

Todos caíram na gargalhada. Nunca tinham ouvido isso.

– Mas eu gosto de ser louco – disse Peter, zombando de Marco Polo.

– E eu de ser uma mente irrecuperável – debochou ainda mais Chang.

– O que estamos fazendo aqui? – indagou Florence, curiosa.

Marco Polo ficou preocupado. Pensou que os alunos teriam ao menos sido avisados do treinamento.

– Farão parte de um treinamento sociológico.

Quando Marco Polo disse a palavra treinamento, o mundo desabou sobre os doze alunos.

– Como assim? Que loucura é esta? – gritou Jasmine, explodindo de raiva.

– Eu não sou rato de laboratório! – afirmou Chang.

Peter empurrou Marco Polo novamente:

– Vá se catar, seu doente mental!

– Eu sabia. Isso é uma conspiração. Vão fazer uma lobotomia em nosso cérebro – disse Victor, sempre crendo em teorias macabras.

Chang olhou para ele, fazendo troça:

– Oh, bonitão. Você por acaso tem cérebro para ser lobotomizado? – E caiu na gargalhada.

Victor partiu para cima dele. Marco Polo se apressou em apartá-los, mas, ficando no meio dos dois, recebeu um murro na cara. A ferida em seu supercílio, recentemente adquirida na reunião dos políticos, ainda não estava totalmente cicatrizada. O ferimento se abriu um pouco e sangrou. Ele tirou um lenço do bolso e estancou o sangue. Respirou profundamente; era impossível continuar. Virou as costas e deu alguns passos. Iria desistir. Mas lembrou-se das gargalhadas de Vincent Dell e dos outros reitores, e isso o perturbou. Lembrou-se também da insistência do Mestre dos mestres em dar tudo o que tinha para os que nada tinham, inclusive em chamar seu traidor, no ato da traição, de amigo: "Amigo, para que vieste?" Lembrou-se ainda da ferramenta de gestão da emoção que ensinava que "sucesso sem riscos é um sucesso inglório". Recuou. Virou-se para os alunos e os apoiou:

– Mil desculpas. Vocês têm razão de estarem irados. Eu pensei que o reitor, quando os convocou, tivesse ao menos explicado por que haviam sido escolhidos.

Muitos deles detestavam o reitor.

– Sim! Merecemos explicações – enfatizou Florence.

Alguns se acalmaram, mas Peter não.

– Não quero ser escolhido para nada nem participar de nada. Quero continuar na lama em que vivo. – E foi empurrando Marco Polo para fora da sala.

E não é isso que o reitor quer? – indagou Marco Polo. – Que me expulsem do meio de vocês?

– Se ele quer, conseguiu – falou Peter, mas titubeou.

Marco Polo, mesmo sendo empurrado, provocara seu intelecto.

– Como pode uma pessoa inteligente como você precisar usar a força para expressar suas ideias? – disse ele. Peter o largou e Marco Polo prosseguiu: – Serei breve. Se acharem loucura o que proponho, cairei fora imediatamente.

Observando a paciência do professor, Jasmine disse:

– Deixe o cara falar.

– É isso aí. Loucura ou não, vamos deixar o professor falar – concordou Florence.

Peter se sentou. Marco Polo começou então a falar sobre o projeto:

– Eu sou psiquiatra.

Os psiquiatras e os psicólogos são exploradores de mundos incríveis. São poetas da medicina. Quando competentes e altruístas, são dignos de ilibado respeito. Mas não naquela turma. O caos recomeçou. Muitos bateram os pés no chão e as mãos nas carteiras.

– Psiquiatra, não! – gritou Sam.

– Invasor de cérebros! – bradou Victor.

Mas Chang, debochado e irônico, foi mais complacente:

– Cara, desista! Já passei por uns dez psiquiatras. Peter, por uns vinte. E nós pioramos eles... – E caiu na gargalhada.

Peter discordou do amigo:

– Chinês, você ficou mais maluco.

– Obrigado pela deferência – disse Chang com ironia. Depois completou: – Ah, três psiquiatras entraram em crise depois que me trataram. Fui o garimpeiro de ouro que removeu as pedras das loucuras deles. – Todos deram risadas, enquanto ele exaltava a si mesmo: – Cara, eu sou bom demais!

Até Marco Polo sorriu.

– Qual a grana envolvida? – indagou Yuri Rumanov, o aluno russo designado pelo reitor Alex Molotov para participar do experimento.

Yuri amava dinheiro acima de tudo. Era um especialista em falcatruas, um hacker muito inteligente que já havia fraudado suas notas na universidade, contas bancárias e a bolsa de valores de Moscou. Estava sendo processado em seu país. Só conseguira autorização para ir para os Estados Unidos pela intervenção do reitor, que era amigo do ministro das Relações Exteriores.

– Não tem grana nenhuma – respondeu Marco Polo sem mais delongas.

– Se não tem grana, estou fora.

– Mas posso lhe dar algo que o dinheiro não pode comprar – afirmou o psiquiatra, deixando-o pensativo.

– Eu protesto! – resmungou Victor, que sempre estava desconfiando. – Quer nos fazer de cobaia e nem sequer tem grana?

– Vocês participarão de um dos mais incríveis projetos educacionais para formar mentes livres.

– Já sou livre! – berrou Peter.

– Tem certeza?

– Tenho!

– Você se preocupa com a opinião dos outros? – questionou o psiquiatra.

– Juro que não – afirmou Peter.

– Claro que ele se preocupa! – atalhou Chang, que o conhecia muito bem.

– Rumina mágoas? – perguntou Marco Polo.

– Claro que não! – disse ele, esbravejando.

– Claro que sim! – afirmou Chang.

– Fica irritado por pequenas coisas?

– Não! Não! – gritou Peter.

– Claro que sim! Acabou de entrar em crise!

– Cale a boca, Chang!

– Seja honesto, Peter. Confesse que somos livres por fora, mas malucos por dentro.

Depois dessas declarações que comprometiam Peter, Marco Polo olhou para os demais alunos e indagou:

– Algum medo os assombra?

– Não temos medo de nada! – disse Jasmine. – A não ser de picaretas...

– Como você! – acusou Victor.

E deram gargalhadas.

– Desista, cara. Não conseguirá nada. Você não enxerga? – afirmou Sam, que, em seguida, começou a assoviar alto.

– Exato! Não perca tempo. Vá dar aulas para os idiotas desta universidade – comentou Peter ironicamente.

Quando Peter falou a palavra idiota, Marco Polo aproveitou o momento para bombardeá-los com suas ideias:

– Sim, há muitos idiotas emocionais nesta universidade. Eles falam nas redes sociais, mas não sabem dialogar consigo mesmos. Enaltecem a liberdade, inclusive para usar drogas, mas são escravos dentro dos próprios pensamentos perturbadores. Debocham das tolices dos outros, mas não enxergam a própria loucura. Proclamam que são destemidos, mas têm medo de perscrutar os bastidores da própria mente e detectar o que os vampiriza. E, pior ainda, têm medo de se abrir para outras possibilidades. – E foi irônico: – Pelo visto, aqui não há idiotas emocionais. Amanhã estarei aqui, no mesmo horário.

E deu as costas para a pequena plateia boquiaberta.

– Falará para as moscas – disse Chang antes que Marco Polo saísse.

– Ótimo! Quem sabe as moscas estejam mais aptas a aprender... – comentou ao passar pela porta.

Segundos depois, Chang coçou a cabeça e disse para seu amigo:

– Peter, por acaso esse cara nos chamou de idiotas emocionais?

– Acho que sim...

– Não vai mandá-lo para o cemitério?

– Estou pensando nisso.

A turma havia ficado embasbacada com a ousadia do psiquiatra. Marco Polo não lhes passara sermão, não dera uma aula expositiva, tampouco fizera críticas. Apenas os instigara a viajar para dentro de si mesmos. Fora um embate duríssimo e imprevisível. Marco Polo acreditava que nunca mais os veria.

No corredor, o psiquiatra encontrou The Best e Vincent Dell. O reitor, percebendo que a aula tinha sido interrompida bruscamente, abriu um sorriso e lhe disse:

– Meus pêsames.

Marco Polo continuou a andar calado. The Best ainda acrescentou:

– Os heróis, ao contrário do que acontece no cinema, morrem mais cedo.

– Você foi bem programado, The Best, até para simular ironia. Mas nunca sentirá as angústias de ser rejeitado. Será eternamente solitário, sem o saber – concluiu o psiquiatra.

The Best olhou para Vincent Dell, pois sabia que o outro tinha razão.

Marco Polo saiu da universidade pensativo e entristecido. Pegou seu carro no estacionamento e, em 30 minutos, já estava em casa. Logo que abriu a porta, se deparou com Sofia. Ela o esperava ansiosa. Eufórica, sem demora lhe perguntou:

– Como foi a primeira aula?

– Não poderia ter sido pior.

– Eles são difíceis, não é? Têm muitos conflitos? – questionou ela.

– Depressão bipolar, síndrome de Tourette, transtorno paranoide, personalidade explosiva, necessidade neurótica de poder e de manipular os outros são alguns dos conflitos que detectei. Mas os transtornos emocionais não são o problema. O problema é a agressividade, a intratabilidade e a rejeição contumaz por qualquer pessoa que queira lhes ensinar qualquer coisa – concluiu Marco Polo.

Ela levou as mãos à boca e disparou:

– Vai desistir deles?

– A questão não é eu desistir deles, Sofia, mas eles desistirem de mim. Aliás, já o fizeram! Eu sou um idiota emocional.

– Por quê, Marco Polo?

– Sou prepotente e destituído de criatividade. Sou parte do sistema que eu critico severamente.

– Como assim? – indagou Sofia, atônita com sua autocrítica.

– Por mais flexível e democrático que eu seja, por mais preocupação que eu tenha em formar pensadores, e não repetidores de dados, sou um professor que quer colocar os alunos dentro da minha própria pedagogia, e não a pedagogia dentro deles. Eles são seres humanos complexos, muito maiores do que meus métodos. Preciso me recolher ao escritório para pensar um pouco.

E assim Marco Polo o fez. Sentou-se em sua poltrona e permaneceu horas refletindo, tentando encontrar o melhor caminho para o coração de seus novos alunos. Havia algum tempo, ele planejava uma viagem a Jerusalém para tentar estudar, através da paleografia, da arqueologia e de outros elementos, a história dos alunos do carpinteiro da emoção. Mas os planos mudaram. Agora estava mergulhado no desafio dos desafios: usar os mesmos instrumentos que Jesus utilizara para lapidar toras brutas e fazer delas obras de arte. Parecia algo impossível para os jovens que hoje o haviam rejeitado. Sentia-se derrotado.

Depois de algum tempo, levantou-se e foi até a geladeira tomar um copo d'água. Estava inconsolável. Escreveu um bilhete com uma simples frase e o colou na porta da geladeira: "Um capitão nunca abandona seu navio, um professor jamais abandona sua classe." Ainda que falasse para as moscas.

7

ALUNOS TOTALMENTE DESEQUILIBRADOS

No dia seguinte, Marco Polo caminhava compenetrado pelos corredores da universidade, dirigindo-se à sala de aula onde a turma de rebeldes o rechaçara. Era estranho, mas, ao se aproximar dela, viu que a porta estava aberta. Subitamente sua expressão de desilusão foi substituída por uma surpresa arrebatadora. Todos os alunos estavam lá. Ficou feliz, mas não lhes agradeceu. Sabia que, se os bajulasse, os perderia, e se os tratasse como crianças, mais ainda. Mas como cativá-los? Como seduzir mentes que aparentemente não se importavam com nada nem ninguém?

Nesse momento o psiquiatra teve um insight e se lembrou da metodologia do Mestre dos mestres. Ele sempre deixava a mente dos seus alunos em suspense, além de ser um especialista em bombardeá-los com perguntas e um perito em provocá-los com metáforas. Era um fascinante professor da emoção. Foi então que Marco Polo decidiu deixar de lado o método tradicional, baseado em orientações e na exposição fria do conhecimento. Elevaria o nível das suas aulas, ao invés de baixá-lo. Resolveu começar por abordar fenômenos complexos que estão nos bastidores da mente humana e que são responsáveis pelas nossas loucuras e sanidades, por crises fóbicas e comportamentos seguros. Perguntou:

– Quem conta mais mentira para vocês?

– Meus pais – afirmou Jasmine.

– Os religiosos – respondeu Florence, que tivera decepções religiosas.

– Quem mais os engana? – indagou novamente o psiquiatra.

– Os políticos – atalhou Sam.

– Os líderes do mercado financeiro – emendou Peter.

– Os profissionais de laboratórios farmacêuticos – apontou Victor, sempre crendo em teorias da conspiração.

– Alguns políticos, empresários, religiosos e donos de laboratórios podem, sim, mentir e enganar, mas quem mais os engana, ludibria e dissimula é a sua própria mente. A mente mente.

– Caramba! Ele acertou na mosca – brincou Chang. – Sempre achei que eu mesmo me enrolava, que mentia para mim mesmo. Penso o que penso, mas o que penso não é o que eu mesmo penso. Entenderam?

– Não – disseram em uníssono seus colegas, debochando dele.

– Chang está correto. Vocês pensam somente o que querem pensar? – indagou Marco Polo.

Essa era uma pergunta simples, mas dificílima de responder e que tinha consequências seriíssimas para a formação de transtornos mentais, o processo de gestão da emoção, a viabilidade da humanidade e o futuro de nossa espécie.

– Não! – disseram todos outra vez, a uma só voz.

Marco Polo, como um dos raros pensadores que haviam produzido conhecimento sobre os tipos, a natureza e os processos construtivos e gerenciais dos pensamentos, queria provocar a plateia de alunos completamente desacreditada pela reitoria. Eles também poderiam se tornar pensadores, embora essa fosse uma missão educacional quase impossível.

– Se não pensam apenas o que querem pensar, quem pensa o resto? Sua mente é uma terra de ninguém?

– A minha é! – concordou Chang.

Foi nesse momento que Marco Polo começou a fisgar a atenção deles, dizendo:

– Por que ficamos presos em pensamentos que detestamos? Porque nos meandros da mente humana há fenômenos que atuam sem nossa permissão consciente, sem a participação do nosso Eu. Ela é muito mais complexa do que imaginaram os notáveis pensadores que usaram o pensamento de maneira brilhante para construir suas teorias, mas não estudaram sistematicamente o próprio pensamento. Pensar não é apenas uma opção do Eu, mas também um ato inconsciente e irrefreável. Até mesmo a interrupção do pensamento já é um pensamento.

– Não entendi nada – comentou Florence confusa, mas curiosíssima, pois sonhava em desvendar pelo menos um pouco de sua mente, que era frequentemente assaltada por pensamentos perturbadores. – Queria entender por que sou uma pessoa que vai do céu da euforia para o inferno da depressão. Que gangorra emocional é esta? Minha mente é um caldeirão de pensamentos que não controlo.

Florence deixou escorrer lágrimas. Marco Polo se aproximou da jovem, pegou em suas mãos e lhe disse:

– A mente produz ideias angustiantes não porque tenhamos escolhido fazer isso conscientemente. Não é que sejamos autodestrutivos. Claro, há momentos em que nos autossabotamos e nos autopunimos, mas grande parte dos pensamentos que nos fazem sofrer pelo futuro, remoer mágoas do passado ou nos preocupar no presente existe porque o pensamento é produzido por atores coadjuvantes do Eu. O ato inicial do teatro mental é inconsciente.

– Pirou! Agora mesmo que complicou tudo – afirmou Sam, dando uma risada alta e desproporcional.

– Então minhas loucuras não são produzidas por mim? Iuhuuuuu! – exclamou Yuri.

– São produzidas por um E.T., então? – questionou Jasmine com deboche.

Chang também caiu na gargalhada. Mas entendeu um pouco mais que a turma.

– Minha mente, às vezes, é uma casa de terror.

Nesse momento Marco Polo lhe propôs um exercício que o abalou. Um exercício que, daquele momento em diante, aplicaria a todos os alunos de todas as suas turmas.

– Existe uma técnica não profissional, chamada de TTE, ou técnica da teatralização da emoção, que exterioriza o que somos, nossa essência, nossos cárceres. Teatralize seu terror mental, Chang.

– O quê? Está brincando? Não sou ator!

– Reitero, não é uma técnica profissional, mas experimental. Você vive o terror em sua mente. Expresse apenas o que você vive, um fragmento do que você é.

Chang hesitou.

– Você consegue – afirmou Marco Polo.

Foi então que, ousado, numa voz altissonante, Chang tentou:

– Socorro! Estou preso num cárcere horrível, fétido, escuro, úmido. Preso pelas barras do medo. Medo do futuro! Medo de ser quem sou! Medo de ser um fracassado! Alguém me ouve? Liberte-me daqui! Ah, mas grito todos os dias e ninguém me ouve! Há apenas um silêncio mortal. – Ele fazia um ar de assustado, como se fantasmas estivessem em seu encalço. Levantando-se, ofegante, chacoalhava os ombros de seus colegas e gritava aos prantos: – Tirem-me daqui! Soltem-me! Quem me aprisionou? – E, subitamente, mudando a voz, disse para si mesmo. – Chang, Chang! Você mesmo construiu seu presídio? – Mas ele se rebatia. – Eu? Como? Está me dizendo que me detesto? – Chorava e se contorcia todo. Seus colegas ficaram preocupados, tudo parecia real. E, gemendo, se arrastava no chão e pegava as pernas de seus colegas e dizia: – Meus pensamentos estão me estrangulando! Quero... ser livre! Me ajudem! Não me deixem neste calabouço mental! Socorro...!

E foi perdendo a voz, fechando os olhos.

– Chang, Chang! – chamou Peter, cutucando suas costas. Estava apavorado.

Chang despertou.

– Como você fez isto? Onde aprendeu teatro? – indagou Peter.

– Eu não estava encenando. Apenas vivi um pouco a peça que se passa na minha mente.

Os demais alunos ficaram profundamente abalados. O pensador da psiquiatria continuou provocando-os.

– Parabéns, Chang. Você teve a ousadia de revelar um pouco do terror silencioso que nos asfixia por dentro. E esse terror, em sua fase inicial, não tem a participação do Eu, da nossa vontade consciente.

– Esse cara é mais maluco que eu. Mas eu também sinto que crio meus monstros, como Chang encenou – expressou Peter.

– Vasculhe sua mente e ficará perplexo com o que encontrará – comentou Marco Polo.

– Esperem. Não sejamos estúpidos. Precisamos entender o que acabou de acontecer – atalhou Florence, manifestando seu comportamento de chefe da tribo. – Como Chang demonstrou, nossa mente é complicada mesmo, mas é muitíssimo reconfortante essa sua descoberta. Sempre me culpei pelas ideias loucas que eu não queria produzir, mas que me dominavam. Penso todos os dias que sou horrível, feia, disforme, sem atrativos. E, às vezes, fico tão ansiosa que me mutilo no banheiro. – E mostrou cicatrizes nos braços.

Seus colegas ficaram abalados com seu relato.

– Mas você é linda, espetacular, fantástica, Florence – afirmou Chang. – Só falta um namorado do meu nível.

Alguns deram risadas, mas ela estava com os olhos úmidos.

– Você não sabe o que eu vivo, Chang. Todos os dias acho meu corpo horroroso, repugnante.

– Mas não entendo. Seu corpo é lindo – comentou Peter, confuso.

– Você não se olha no espelho? Babaca! – exclamou Sam.

– Eu olho, mas não consigo me ver. É tão deprimente. É tão complicado! – confessou ela, desesperada, colocando as mãos na cabeça.

Marco Polo delicadamente pegou suas mãos e lhe disse:

– A sua dor é inenarrável. E eu a respeito. Mas você, além de seu tratamento, pode usar algumas técnicas para domesticar sua mente, para gerir sua emoção. – Foi então que Marco Polo sugeriu: – Coloque a TTE em prática, a técnica da teatralização da emoção, na presença de seus amigos. Ela permitirá que a conheçamos em sua essência e, ao mesmo tempo, que você descubra e reflita sobre algumas camadas mais profundas do seu ser.

– Impossível! Sou inibida demais, não tenho o dom de Chang.

Marco Polo fitou-a, encorajando-a:

– Essa técnica liberta nossa criatividade e empatia. Ela expande o pensamento antidialético, ou imaginário, e leva quem está ao nosso lado a se colocar em nosso lugar. Ela nos ajuda a encontrar a nossa essência, a descobrir quem realmente somos por dentro. Seja você mesma. Teatralize a forma como você se vê e se sente.

Foi então que ela foi para o centro da roda e começou a expressar um pouco do seu currículo emocional dramático:

– Estou emocionalmente mutilada, dilacerada. Eu ando, mas não caminho. Eu corro, mas não saio do lugar. Sinto-me leprosa, deformada, sem atrativos. – Ela passava as mãos pelo rosto, deformando sua face. Colocava a mão direita na frente dos olhos, como se fosse um espelho, e bradava: – Veja como você é assombrosa e repugnante! – E olhava para os colegas e lhes suplicava com lágrimas nos olhos: – Me deem um pouco de atenção! Eu existo! Posso ser repulsiva, mas eu existo! – E, pegando nos braços dos colegas, pedia-lhes: – Por favor, Peter, não vire o rosto para mim. Jasmine, estou aqui! Chang, seja afetivo. Victor, por que desvia seu olhar? – E ela começou a fazer gestos como se estivesse se cortando. Mas subitamente sua voz mudou e ela começou a dizer para si mesma: – Florence, Florence! Acorde! Ninguém a abandonou, só você mesma. É você que desvia os olhos de si! É você que se desfigura! – Mas ela rebateu em voz alta: – É mentira! É mentira! Não é possível que eu me deteste tanto assim! Não é possível! – E caiu em prantos.

Depois de sua performance, seus colegas, emocionados, a abraçaram. Eles, que pareciam tão alienados, começavam a revelar sua solidariedade com essa técnica de gestão da emoção.

– Meus parabéns, Florence. Você foi fascinante. Vocês estão entendendo agora que a mente mente. Não é o que as pessoas dizem que sequestram nossa emoção, mas o crédito que damos às suas críticas e, em destaque, o crédito que damos ao que pensamos sobre nós mesmos. Sejam consumidores emocionais responsáveis, não comprem o que não lhes pertence. Levem a vida mais leve. Seu Eu deve ser treinado a dar menos crédito às ideias tolas que ele não produziu diretamente.

Florence começou a iluminar seu ser com as primeiras técnicas de gestão da emoção. Disse com os olhos úmidos:

– Sou escrava dos meus pensamentos. Tenho depressão bipolar. Depois da fase de euforia, me odeio, me culpo. Acho-me indigna de viver. Mas eu não queria me destruir... Só queria ter a chance de ser feliz... Mas nunca fui...

A pequena plateia se sensibilizou mais uma vez com sua honestidade.

– Eu já disse. Se precisar de um namorado, eu me candidato – brincou Chang.

– Eu também – expressou Sam.

Mas ela, em vez de ficar chateada, começou minimamente a levar a vida com mais leveza:

– Ainda não estou na fase de namorar trambolhos.

Eles caíram na gargalhada. E, deste modo, entre brincadeiras e seriedade, frieza e sensibilidade, estupidez e inteligência, "os rebeldes", como ficou conhecido o grupo de alunos de Marco Polo, começaram a pensar criticamente sobre o mundo insondável da própria mente.

– Há mais dinossauros em nossa mente do que no passado distante – afirmou Yuri, reflexivo. E, com seu inglês sofrível, comentou com propriedade: – Sou um hacker invejável, sempre desvendei os mistérios dos programas dos computadores, mas nunca consegui penetrar nos mistérios da minha mente. A minha mente é um poço de mentiras. De onde vêm os pensamentos que não quero pensar, Dr. Marco Polo? Por que caio nas suas ciladas?

Todos eles produziam lixo mental, construíam pensamentos que os sequestravam e emoções que os asfixiavam. Não eram livres.

Marco Polo, aos poucos e com muita dificuldade, foi levando esses alunos rebeldes a fazer a mais importante viagem de suas vidas: uma viagem para dentro de si mesmos. Sabia que, se fosse superficial, os perderia; se fosse bajulador, não os atrairia. Teria de instigá-los a enxergarem a própria ignorância.

– Vamos lá. Deixe-me falar de outra forma. Vamos voltar à metáfora do teatro. O primeiro ato da peça mental não depende da sua capacidade de escolha, da sua autonomia nem do seu autocontrole, mas de quatro fenômenos inconscientes que agem em milésimos de segundos: o gatilho cerebral, as janelas da memória, a âncora e o fenômeno do autofluxo. Se entenderem isso, nunca mais serão os mesmos.

Mas os alunos eram impacientes, agitados, não esperavam o professor explicar. A hiperatividade de Jasmine se manifestou. Ela se levantou e começou a andar de um lado a outro, não conseguia ficar parada, ainda mais diante de assuntos incompreensíveis. Começou a passar as mãos pelos cabelos freneticamente.

– Quatro fenômenos inconscientes que agem em milésimos de segundos? – perguntou ela.

– Você deu um nó no meu cérebro – expressou Sam, manifestando sua síndrome de Tourette ao piscar os olhos sem parar. Em seguida, com um grito ensurdecedor, começou a bater na própria cabeça: – Babaca! Você não manda em você!

– Espere, Sam, espere. Não se puna. Quanto mais estressado, menos controle tem sobre si mesmo – disse Marco Polo delicadamente. Tentou continuar a explicação: – No ato inicial da construção dos primeiros pensamentos e emoções, não há participação do Eu, não há livre-arbítrio.

– O quê? Não há livre escolha? Tá brincando com nossa cara, doutor? – indagou Victor. E depois, voltando-se para Chang e Peter, falou em voz baixa, mas audível: – Esse psiquiatra está querendo implantar um vírus em nossa mente para nos controlar?

– Também acho – concordou Chang em tom baixo. – Isso é coisa dos russos.

Yuri ouviu e não gostou nada. Rebateu:

– Não, é coisa de chinês!

– Chinês uma ova. Chinês não conspira contra os americanos.

– Adora o nosso dinheiro, isso sim – afirmou Victor.

Chang o pegou pelo colarinho. Mais uma vez Marco Polo perdera o controle da classe.

– Acalmem-se. A mente mente! – bradou. – Será que vocês quiseram provocar e agredir uns aos outros de verdade, intencionalmente, ou seu Eu se tornou escravo do gatilho cerebral, que abriu janelas killer?

– Acho que não – ponderou Chang.

– No primeiro ato não houve livre escolha ou arbítrio, mas, antes de seu pensamento se tornar um comportamento, deveria ter havido livre--arbítrio. Só que vocês foram frágeis, não o exerceram.

Os alunos estavam começando a entender que a mente humana é uma fonte inenarrável de segredos.

– O que é janela killer? – indagou Yuri, se acalmando um pouco.

– É uma janela traumática que assassina a liderança do Eu, que fragmenta nossa capacidade de decidir, que contém traumas, humor depressivo, fobias, impulsividade, ideias e emoções perturbadoras.

– Como é fácil perder o controle! – comentou Florence.

– Nossa mente é frequentemente um veículo sem motorista, desgovernado – admitiu Jasmine, agora diminuindo sua agitação e sentando-se.

O psiquiatra percebeu que o céu e o inferno estavam muito perto da sua classe.

– Vocês estão começando a ver que, no primeiro momento da interpretação, que é rapidíssimo, o processo é inconsciente, o Eu não participa. Mas no segundo ato, ele tem de participar. Vou dar outro exemplo. Para vocês entenderem uma frase que eu disse, esses fenômenos entraram em ação: o gatilho disparou, abriu as janelas ou arquivos, a âncora se fixou numa região para gerar concentração.

Nesse momento todos entenderam.

– Mas será que os religiosos do mundo inteiro sabem que não há livre-arbítrio na fase inicial do teatro mental? – questionou Jasmine, respirando profundamente.

– Muito provavelmente não – afirmou Marco Polo. – Tanto religiosos quanto juízes, promotores, políticos, engenheiros e até profissionais da psiquiatria e psicologia não sabem que as primeiras centelhas dos pensamentos e das emoções, como o ciúme, a raiva, o ódio, a irritabilidade, o sentimento de vingança, o sentimento de culpa e a autopunição, são invariavelmente produzidas fora do controle consciente.

– Caramba! Somos tão complexos que criamos nossos próprios monstros – concluiu Chang.

– Mas as pessoas não são responsáveis pelos seus atos? – indagou Peter.

– Sim! Atos são comportamentos. Antes de pensamentos e sentimentos se tornarem um comportamento, o Eu tem de confrontá-los e criticá-los, ou seja, exercer sua livre decisão. Se o Eu não aprender a treinar ou educar diariamente a mente humana, a humanidade se tornará inviável, um caos, e sua história será ainda mais manchada por guerras, discriminações, exclusões, ditaduras, desigualdades, violências das mais diversas formas. Sem gerenciar nossas emoções e nossos pensamentos somos e seremos...

– Idio... idiotas emo... emocionais – afirmou Alexander, um jovem tímido e misterioso, mas afetivo, que tinha um problema de gagueira.

Ele ainda não havia se manifestado, e Marco Polo gostou de ouvi-lo falar.

– Rapaz! Estou começando a entender por que eu e meu amigo Peter somos tão idiotas... – disse Chang.

Peter levou as mãos à cabeça. Sempre achou que era forte, mas no fundo era um fraco quando se tornava agressivo.

– Mas em que universidade ou escola se ensina isso? Harvard? Stanford? Aqui? – questionou Florence.

Marco Polo suspirou. Era uma voz solitária.

– Que eu saiba, nenhuma. O mais importante tema para desenvolvermos uma mente livre e emoção saudável foi banido das universidades. Estamos na Idade da Pedra em termos de gestão da emoção. O sistema educacional está doente, formando pessoas doentes para uma sociedade doente.

– Você pega pesado, doutor. Pensei que eu é que era crítica do sistema – expressou Jasmine, admirada.

– Sem estudar a construção de pensamentos, seus tipos, sua natureza e seu gerenciamento, nossa mente vira terra de ninguém – sentenciou o psiquiatra.

Estava feliz, pois "os rebeldes" demonstravam ter capacidade de entrar em camadas mais profundas do seu próprio intelecto.

– Eu quero saber mais, doutor. Dê outros exemplos – pediu Florence, sedenta de conhecimento.

– Quando você recebe uma crítica, em primeiro lugar o gatilho cerebral é acionado. Em seguida, as janelas da memória são abertas. Em terceiro lugar, a âncora se fixa na área de leitura e, dependendo do volume emocional da janela aberta, se há raiva, sentimento de rejeição, ansiedade, ela se torna uma janela killer, que assassina o autocontrole, a autonomia, fechando, portanto, o circuito cerebral e dificultando o acesso a milhões de dados. Tudo em milésimos de segundo. Se o Eu não atua nesse momento, em quarto lugar atuará outro fenômeno inconsciente, o autofluxo, que começará a ler e reler as janelas abertas, mantendo um fluxo contínuo de ideias que resgatam tanto a ofensa quanto o ofensor.

– Entendi. Por isso o nome autofluxo – comentou Jasmine.

– Exatamente.

Marco Polo abriu um leve sorriso e explicou:

– Você não pode impedir que um pássaro pouse em sua cabeça, mas pode evitar que faça um ninho.

– Como assim? Está dizendo que eu posso gerenciar os meus pensamentos momentos depois de eles serem produzidos? – indagou pela primeira vez Michael, outro aluno que fora convocado pelo *Robo sapiens* The Best. Ansioso, provocador, emocionalmente instável, mas portador de um raciocínio notável.

– Isso mesmo. Ter pensamentos tolos, débeis, absurdos, não depende do Eu, mas não deixar esses pensamentos se transformarem em cobranças, gritos, atitudes violentas, explosões é uma responsabilidade nossa.

– Em minhas aulas de direito, um professor, citando o filósofo Jean-Paul Sartre, disse que o ser humano está condenado a ser livre. Ele sempre tenta escapar de um ditador, de um presídio, de pressões sociais – comentou Michael novamente.

Marco Polo ficou felicíssimo por seus alunos estarem raciocinando num nível mais profundo, ainda que em muitos momentos ficassem confusos. Abrindo um leve sorriso disse:

– Sartre não estudou o processo de construção de pensamentos nos bastidores do inconsciente. Suas teses são corretas exteriormente, mas interiormente, não. Não somos tão livres quanto ele imaginava, pelo menos não nas primeiras fagulhas do instante em que iniciamos a construção de pensamentos e emoções.

Marco Polo disse ainda que, assim como a teoria da física quântica mudou o pensamento sobre o macrocosmo ao estudar o microcosmo do átomo, estudar os microprocessos de construção de pensamentos recicla muitas teses sobre o planeta mente estudadas pela psiquiatria, pela psicologia, pela sociologia, pela psicopedagogia, pelo direito e pela filosofia. Ele continuou:

– Pensem comigo. O gatilho dispara e abre os arquivos cerebrais rapidamente. A partir daí, os primeiros pensamentos e sentimentos são produzidos sem que o Eu tenha escolha ou liberdade. Além disso, se uma janela killer ou traumática for aberta pelo caminho, ela poderá nos encarcerar, gerando ideias ou emoções que detestamos. Onde está a liberdade proclamada por Sartre, Nietzsche e outros filósofos existencialistas? Por isso repito: você não pode impedir que um pássaro pouse em sua cabeça, mas pode evitar que faça um ninho. Eis aqui a liberdade. Você é livre, Michael? Você é líder de si mesmo, Peter?

– Eu... Acho que não – admitiu Peter.

Chang foi mais ousado:

– Sou um presidiário dentro de mim. Estou cheio de ninho de corvos, de águias, de corujas em meu cérebro.

– Então o gatilho cerebral nem sempre é ruim – ponderou Florence. – Depende das janelas ou dos arquivos abertos.

– Correto. O problema é quando ele abre uma janela killer ou traumática, que fecha o circuito cerebral, gerando fobias, impulsividade, pessimismo. Todavia, sem o gatilho da memória disparando contínua e incontrolavelmente, não haveria consciência existencial instantânea, pois não se abririam milhares de janelas para distinguir minha personalidade da sua, uma flor de uma nuvem, um rosto de outro, um verbo de um substantivo. Sem esses atores inconscientes, nossa espécie não existiria como *Homo sapiens*. Seríamos mentalmente cegos, sem condições de pensar, sentir, ter consciência de existir, de ser e de pensar. Entenderam?

– Quer dizer que o gatilho dispara segundo a segundo, abrindo milhares de janelas diariamente, e nos leva a ter consciência do mundo mental e do mundo exterior em cada momento existencial? – questionou Florence magistralmente.

– Mil parabéns, Florence. Você entendeu.

– Vocês talvez não saibam, mas estudei um pouco de filosofia. Estudei, por exemplo, o filósofo alemão Heidegger.

– Não acredito! Você tão doidona, Florence – debochou Chang, que nunca lera as ideias de um filósofo.

– Sou ansiosa, agitada, intolerante, mas não sou tão maluca assim, Chang. Em minha rara jornada pela filosofia, sempre ouvi falar que a consciência humana é o fenômeno mais complexo da ciência, pois, sem ela, não há ciência, conhecimento, raciocínio. Heidegger dizia que, para ter consciência, o Eu tem que se autoquestionar. Mas você ensina diferente, Marco Polo. Para você, parece que a consciência é que cria o ambiente para o Eu se formar a cada momento existencial. E depois de formado, ele tem que gerenciar os pensamentos e emoções que se iniciaram, para não deixar que pensamentos perturbadores e ideias autopunitivas se aninhem em nosso cérebro.

– Correto novamente, Florence – concordou Marco Polo.

– O Eu tem que atuar num circo já armado, tendo que dar uma direção ao lixo mental que já começou a ser produzido – inferiu Michael.

– Exato, Michael – disse o professor com um sorriso de satisfação.

Mas nem todos haviam compreendido. Sam movimentou os ombros continuamente e gritou para si mesmo:

– Babaca! Abre a sua mente! Entenda que você é complicado!

Todos levaram um susto, mas deram risadas de seu jeito despojado.

Peter, por sua vez, ficou profundamente perturbado. Um rei nunca quer perder o trono, pelo menos não sem lutar. Falou asperamente:

– Tenho uma vontade louca de sair por aquela porta e nunca mais voltar. Sempre me considerei livre, mas você está dizendo que sou um prisioneiro.

Marco Polo observou sua face. Era difícil para Peter mergulhar nas águas da emoção, era temerário reconhecer sua pequenez. Mas ele não o poupou. Mais uma vez lhe mostrou que tinha liberdade.

– Saia na hora que quiser e não volte nunca mais se assim o desejar.

Intolerante à frustração, Peter reagiu como sempre fazia quando desafiado: explosivamente. Levantou-se, foi na direção de Marco Polo aos gritos e o segurou pelo colarinho.

– Está me mandando embora?!

Marco Polo geriu seu estresse e não comprou a agressividade que ele não havia produzido. A agressividade de Peter pertencia apenas a ele.

– Não. Estou lhe dando liberdade para partir.

– Peter, largue o doutor. Por que não cai fora? – indagou Florence com firmeza.

Peter deixou Marco Polo e foi na direção dela.

– Não fique no meu caminho!

Marco Polo temeu por ela, mas arrumou o colarinho da camisa e não se intimidou:

– O pior cárcere é quando um ser humano se esconde de si mesmo. Quem tem medo de enxergar as próprias loucuras jamais será saudável.

– Estão vendo, colegas? Mais uma vez esse invasor de cérebros me chamou de louco.

O ambiente ficou muito tenso, prestes a implodir. Marco Polo fez uma pausa para respirar. Depois fitou cada um deles. Decidiu que, em vez de abrandar o clima emocional, colocaria mais lenha na fogueira do estresse deles. Propôs o primeiro exercício de gestão da emoção:

– Quero que vocês entrem agora na sala de um professor de ciências exatas e interrompam a aula.

– Para quê? – indagou Florence angustiada.

– Peçam licença para o professor e lhe digam: "Caro professor, sua aula de ciências exatas não condiz com a inexatidão da mente humana. A mente mente. Poderia nos deixar fazer uma enquete sobre as mentiras que a mente dos seus alunos contam para eles mesmos?"

Os alunos selecionados pelos reitores como "causadores de problemas" ficaram congelados. Eles se entreolharam, abalados. Pareciam tão ousados, mas se intimidaram como crianças. Depois de um fúnebre momento de silêncio, Chang não se aguentou:

– Professor, eu sou considerado louco, mas você é louco ao quadrado.

– Tem medo da minha loucura, Chang?

– Não é possível! Tem ideia do exercício que está propondo? – questionou Florence.

– Seremos crucificados vivos – afirmou Jasmine.

Mas Marco Polo estava irredutível.

– Muito provavelmente suas imagens seriam crucificadas, sim. Mas vocês não têm curiosidade para descobrir o caos que causarão e as mentes que se abrirão? – indagou o psiquiatra.

– Encontramos um cara mais doido do que nós. Seremos apedrejados publicamente – disse Peter, que antes parecia tão ousado.

– Vocês têm medo de que o gatilho cerebral encontre janelas killer, seus fantasmas mentais? Têm medo de fechar o circuito da memória? De cair no ridículo, ser objeto de ironia? Mas talvez já o sejam e não saibam – discorreu Marco Polo.

– Essa é uma conspiração para nos expulsar da universidade – concluiu Victor.

– Não me peça essa loucura – atalhou Yuri.

– Pensei que vocês fossem mais corajosos, mais despojados e muito mais fora da curva. Se não têm coragem de fazer esse mero exercício, eu mesmo o farei. Apenas me sigam.

E, assim, ousadamente, o psiquiatra seguiu pelos corredores da universidade. Os alunos seguiram-no, trêmulos. Alguns quase se escondiam, com medo de serem identificados. De repente, Marco Polo viu um professor de engenharia dando uma aula de cálculo. Ele subitamente entrou na sala com a turma de rebeldes. Porém, em vez de fazer ele mesmo a solicitação ao professor, pediu que seus alunos o fizessem.

– Estimado professor, meus alunos gostariam de lhe dizer uma coisa.

O professor se espantou. Os alunos preferiam morrer a estar ali. Todos ficaram petrificados. Peter e Chang viraram o rosto porque começaram a ser identificados pela classe. Uns indagaram: "Esses daí não são aqueles loucos da universidade?" Enquanto outros questionaram: "Eles já não tinham sido expulsos?" Diante do silêncio dos alunos,

Marco Polo tomou a frente e começou a falar com o professor de engenharia e sua classe de 54 alunos:

– Professor, a mente mente. Ela, ao contrário das ciências exatas, é inexata. Também sou professor nesta instituição. Permita-me fazer um questionamento sobre as mentiras que a mente de seus alunos conta para eles – disse Marco Polo, sem no entanto se identificar nem dizer que era um psiquiatra.

O professor ficou em estado de choque, sentiu-se invadido em sua privacidade. Abalado, foi indelicado, rejeitando-o:

– Saia imediatamente da minha sala.

– Mas, professor... – tentou inutilmente argumentar o psiquiatra.

– Não atrapalhe a minha aula, já disse. Não aceito que um bando de malucos venha interrompê-la.

Peter, Chang, Jasmine, Florence e os demais foram saindo timidamente, como cachorrinhos com o rabo entre as pernas. Estavam corados de vergonha. Mas Marco Polo insistiu:

– Professor, o senhor acabou de confirmar minha equação emocional: sua reação aversiva e desproporcional é uma ótima demonstração de que a mente é inexata.

– Saia daqui! – bradou o outro. – Chamarei os seguranças.

Os alunos começaram a bater o pé, querendo expulsar Marco Polo.

Florence, mostrando certa empatia, pediu:

– Vamos, professor. O clima está horrível.

Mas Marco Polo fitou bem os olhos do arrogante professor de engenharia e, falando com certa autoridade, contou-lhe uma história:

– Tudo bem. Vou me retirar. Mas você se lembra de um jovem professor que, há mais de dez anos, estava no começo da carreira e sofreu um infarto diante dos alunos? Lembra que ele gritava desesperadamente, como se estivesse vivendo seu último suspiro existencial? Mas de repente apareceu um psiquiatra que o socorreu e, depois de algumas perguntas, constatou que ele não estava em colapso cardíaco, mas em colapso emocional. Estava tendo um ataque de pânico. Lembra-se?

O professor começou a mudar de cor. Seus alunos, que já estavam saindo da sala, voltaram alguns passos para tentar entender o que estava ocorrendo. E Marco Polo continuou:

– E o jovem professor agradeceu muito e lhe pediu que o tratasse, mas, como o psiquiatra tinha vários livros para escrever e muitas conferências internacionais agendadas, não pôde tratá-lo. Porém indicou-lhe um colega.

O professor de engenharia ficou com a voz embargada e, trêmulo, disse:

– O jovem professor teve apenas um único encontro com o psiquiatra e nunca mais o viu. Mas foi um encontro marcante. O jovem professor era lógico demais, errou, e não procurou o profissional recomendado. Mas o doutor que o atendeu em sua crise o ensinou uma técnica poderosa, chamada DCD. E ele a praticou continuamente. Impugnava diariamente seus medos, desafiava seus ataques de pânico e seu medo da morte. A partir daí, ele aprendeu a ter mais autocontrole.

Os alunos não entenderam nada. De quem o professor Albert estava falando? Mas alguns desconfiaram. Depois de uma breve pausa, o professor deu um suspiro e disse:

– Era eu esse jovem professor. Mas, quando você entrou nesta sala, jamais imaginei que fosse o psiquiatra que me atendeu, o famoso doutor Marco Polo. Desculpe-me, sempre quis encontrá-lo e agradecer-lhe, mas pensava que era difícil conseguir contatá-lo. – Albert abraçou Marco Polo e acrescentou algo muito sério: – As universidades nos adoecem, o ativismo profissional nos asfixia. Como eu pude esquecer que a mente mente? A classe é sua.

Os alunos ficaram impressionados com toda aquela história. Em seguida, com a autorização do professor de engenharia, Marco Polo indagou quais mentiras assombrosas a mente deles lhes contava. Cada aluno começou a contar qual era o pensamento mais recorrente que o asfixiava.

– Sou marcado para o insucesso, sofro pelo futuro, não vou ser nada na vida – disse um.

– Todos os dias minha mente diz que vou morrer contaminado por um vírus – comentou outro.

Os relatos continuaram:

– Diariamente penso que ninguém gosta de mim.

– Serei depressivo para sempre.

– Meus pensamentos dizem que sou impotente sexualmente.

– Tenho pavor de aranhas. Sonho que estou sendo picado por elas.

– Tenho pensamentos que dizem que vou me atirar da sacada de um prédio.

– Penso constantemente em morrer, a vida perdeu o sentido.

– Penso que vou enfartar a qualquer momento. Já fiz dez eletrocardiogramas.

– Penso todos os dias que estou com câncer. Já fiz mil exames.

– Penso todos os dias que meus amigos estão dando risada de mim, falando de mim pelas minhas costas.

– Penso diariamente que vou morrer solitário, sem esposa, filhos ou amigos.

E, assim, muitos outros alunos de engenharia, que estudam a lógica, se abriram e começaram a entender como a mente humana é ilógica. Marco Polo lhes contou sobre as armadilhas da mente, sobre os fenômenos que leem a memória sem autorização do Eu. Foi uma aula rápida, mas poderosamente preventiva. Descobriram que o problema não são as mentiras escabrosas que a mente conta, mas a ingenuidade do Eu, que acredita nelas. O Eu, frágil, não as impugnava, não criticava nem duvidava. Eram consumidores emocionais irresponsáveis. Descobriram que as universidades, seja nos cursos de ciências exatas ou nas ciências humanas, estavam doentes. Ensinavam os alunos a conhecerem o mundo exterior, mas não seu próprio mundo; a conhecerem tecnologias científicas, mas não tecnologias para serem líderes de si mesmos.

Quando Marco Polo e seus alunos saíram da classe e começaram a caminhar pelos corredores, ele continuava desvendando-os. Dirigiram-se para um imenso anfiteatro e se sentaram no palco, em roda.

– Como lhes disse, o processo de construção de pensamentos é uma das últimas fronteiras da ciência. Pensar o pensamento de forma sistemática é uma ousadia que poucos tiveram na história. E estou honrando sua inteligência, inclusive a sua, Peter, ao propor este tema, pois creio que vocês são dotados das habilidades intelectuais necessárias para assimilá-lo, ainda que muitos de seus professores e até o reitor desta universidade acreditem que não.

– Eu sempre odiei psiquiatras – falou Peter, e surpreendentemente completou: – Darei a você uma chance para tentar admirá-lo...

Chang caiu na gargalhada.

– É a primeira vez que alguém faz este supremacista branco pensar.

– Sai fora, seu energúmeno – esbravejou Peter.

– O que é energúmeno? – indagou Chang.

– Um outro nome para idiotas emocionais – afirmou Martin, um aluno alemão, que gostava pouco de falar. Era alienado, vivia fatigado, tudo era difícil para ele.

Marco Polo enfatizou:

– Quando a âncora fecha o circuito da memória, consequentemente bloqueiam-se milhares de arquivos, gerando a síndrome predador-presa. Nesse caso o Eu fica encarcerado, levando as pessoas a reagir por impulso, como animais, sem pensar.

– Esse sou eu – confessou Chang. – Quer dizer, às vezes.

– Você que descobriu essa síndrome? – indagou Florence, admirada.

– Sim, mas isso não importa. O que importa é que ela é responsável por discussões, agressões, homicídios e suicídios.

– Espere aí, cara! Então, quando perco o controle, eu sou o predador e o outro é a presa? Como assim? Se eu fui provocado e o outro mereceu um soco... – falou asperamente Peter, sempre explosivo. – Não poupe quem não merece, cara!

– Dar um soco em alguém é agredir o outro de forma brutal ou abrir mão de ser líder de si mesmo? – questionou o psiquiatra.

– Não sei, cara! – disse Peter gritando com Marco Polo.

O psiquiatra não se curvou:

– As duas coisas. – E foi fundo na crítica da retroalimentação da violência, repetindo algo que costumava contar: – Há pessoas que me dizem: "Dr. Marco Polo, nunca levo desaforo para casa!"

– Eu sou assim! – afirmou Peter.

Mas essa era uma característica coletiva da turma.

– Então eu respondo: "Claro, você é impulsivo porque é um desequilibrado! Não leva desaforo para a casa física, mas leva desaforo para a casa mental."

– Eu não sou desequilibrado! – expressou novamente Peter em voz alta, ficando cara a cara com Marco Polo.

– Pelo amor de Deus, Peter. Tudo com você é na porrada... – comentou Florence.

– Como assim, doutor? – indagou Jasmine. Fungava como se houvesse algo obstruindo suas narinas, uma das manifestações do seu TOC.

Peter sentou-se novamente e ouviu a explicação.

– Há um fenômeno que chamo de RAM, registro automático da memória, que registra, sem autorização do Eu, toda a raiva, o ódio, a indignação, qualquer sentimento de vingança, acumulando cada vez mais lixo em nossa mente.

– Ei, você acabou de dar um tapa em todos nós – afirmou Florence.

– Então o ódio, a raiva e o ciúme fazem mal é ao hospedeiro! – concluiu Chang.

Nesse momento, Sam ficou tão impressionado que começou a cantar e dançar usando as palavras de Marco Polo como letra:

– Sou um merda! O ódio e o ciúme acabam comigo. Sou desiquilibrado geral, detesto minha casa mental.

Os colegas o acompanharam em sua bizarrice. As ideias rápidas do psiquiatra caíram como uma bomba na mente daqueles alunos considerados irrecuperáveis pelo sistema educacional. Eles raramente tinham o mínimo de autocontrole. Sua emoção flutuava entre o céu e o inferno. Mas, um a um, todos foram declarando seus fantasmas mentais.

– Doutor Marco Polo, você está entrando na nossa mente. Cuidado, gente! Esse psiquiatra é perigosíssimo! – disse Victor mais uma vez, revelando sua personalidade paranoica.

– Sou predadora de quem me decepciona – admitiu Jasmine lucidamente.

– Eu não. Gosto de sabotar os outros subliminarmente – afirmou Chang.

– E você, Peter? Não tem nenhuma loucura a declarar? – perguntou Sam com um sorriso. Mal o conhecia.

Todos riram, mas Peter se descontrolou mais uma vez e tentou dar um tapa no rosto de Sam. Pegou de raspão.

– Não se meta comigo, islamita!

Florence e Jasmine socorreram Sam.

– Só tem animal aqui – comentou Florence.

O clima ficou tenso. Marco Polo percebeu que, por mais que tentasse explicar os conflitos deles, aqueles jovens saíam das primaveras para os invernos em questão de segundos. Eram dramaticamente ansiosos e intolerantes às frustrações. Interveio rapidamente:

– Se não conseguem ser amigos, pelo menos respeitem as ideias uns dos outros, tentem não ser inimigos. Mais uma vez vocês fecharam o circuito da memória.

Em seguida o psiquiatra explicou melhor seu projeto, mas sabia que entraria em outra zona de guerra. Foi cauteloso:

– Vocês foram inscritos num projeto para formar mentes proativas, empreendedoras, ousadas, criativas, capazes de realizar sonhos incríveis – disse Marco Polo, colocando azeite no experimento.

– Cara, você quer nos transformar em E.T.s? – questionou Chang.

– É melhor ser um E.T. do que um sujeito medíocre olhando para o céu, esperando a morte chegar – comentou Marco Polo.

– Eu sempre quis ser um extraterrestre – disse Chang, constrangido.

– Qual é o projeto, cara? Desembucha logo – falou Peter.

Marco Polo passou os olhos pelos doze alunos e teve a sensação de que, ao descrever o projeto, eles entrariam em pânico. E estava certo.

– Bom, o treinamento consiste em aplicar as principais técnicas intelectuais, emocionais e sociais que Jesus Cristo aplicou a seus alunos.

Os "rebeldes" estavam começando a abrir o leque do seu intelecto, penetrando em camadas mais profundas da própria mente, mas, quando o psiquiatra falou sobre Jesus, o anfiteatro quase veio abaixo.

8

A PROPOSTA DO INCRÍVEL TREINAMENTO

Os alunos, que viviam numa gangorra intelecto-emocional, alternando entre momentos de radicalismo e períodos de reflexão, minutos de obscurantismo e minutos de lucidez, ficaram perplexos quando Marco Polo explicou que eles seriam treinados com as ferramentas educacionais utilizadas por Jesus para formar mentes brilhantes. Todos ficaram escandalizados. Num instante, saíram do céu da admiração para o inferno da decepção. Imediatamente começaram a artilharia:

– Religião? Tô fora! – disse Jasmine, levantando-se e tentando dar uma cusparada em Marco Polo, que, no entanto, acabou pegando em Peter.

– Você cuspiu em mim, sua vaca! – reagiu Peter agressivamente.

– Acalmem-se! – gritou Florence, mas não foi ouvida.

– Vaca é a sua... – Jasmine caiu em si e engoliu as palavras, pois sabia que enfrentá-lo seria um risco enorme. Ela respirou fundo e confessou: – Meu pai era um líder religioso e sempre me obrigou a ir à igreja. Dizia que eu era uma condenada, perdida, por meu comportamento rebelde. Por fim, ele traiu minha mãe e nos abandonou quando eu era adolescente. Minha mãe teve que se prostituir para sobreviver. Detesto a religião.

Com o relato da colega, Peter se sensibilizou e se abriu:

– Tô mais que fora também. Meu pai era um padre que largou a batina e se casou com minha mãe. Algumas vezes ele era violento. Ele era... – Antes de terminar a frase, interrompeu a própria fala, perturbado: – Não quero falar sobre isso...

Marco Polo percebeu que havia um mar de dor represada em Peter. Respeitou seus limites.

– Esperem, por favor! Eu não falei nada sobre religião. Estou falando não de práticas espirituais, mas das ferramentas de gestão da emoção que o carpinteiro de Nazaré usou em seus problemáticos alunos, levando-os da agressividade ao autocontrole, da ansiedade a uma mente tranquila, da timidez à boa oratória.

– Boa oratória? – debochou Florence, dando risadas. – Eu nunca vou falar em público!

– Mas os caras que Jesus chamou já eram santos. Nós somos malucos. Essas técnicas não vão funcionar – retrucou Jasmine.

– Não, vocês estão enganados – assegurou Marco Polo, e fez um longo comentário sobre o perfil psicológico dos discípulos de Jesus. Os alunos ficaram espantados.

– Pedro era ansi... ansi... oso e... e... impulsi... si... sivo? – indagou Alexander, que aparentemente era o mais calmo da turma.

– Bateu-levou? – indagou Peter, impressionado com o discípulo Pedro, seu homônimo e que fora muito semelhante a ele.

– Tomé era paranoico, não confiava em nada nem em ninguém? – questionou Victor, identificando-se. Ele ficou pensativo, pois se encaixava nas mesmas características de personalidade. Desconfiava da própria sombra.

– Pessoal, eu nasci no ateísmo chinês, mas já ouvir falar desses caras que seguiram Jesus. Pensei que eles fossem perfeitos, não um bando de malucos como nós – comentou Chang.

A turma deu risada.

– João tinha uma emoção bipolar? Como é possível? – perguntou Florence, eufórica. Sua emoção também era uma gangorra.

– A emoção de João flutuava entre o céu da generosidade e o inferno da agressividade – explicou Marco Polo.

– Como assim? – questionou Hiroto Sakawa, o aluno introspectivo que viera do Japão. Ao contrário da média dos estudantes japoneses, que são muito disciplinados, ele era muito preguiçoso. Estava obeso e amava comer fast-food, mas, apesar de ser mais lento, era ciumento e impetuoso. Sabotava aqueles de quem tinha mágoas.

– Queria chamuscar quem não andava com Jesus. Ou seja, propôs que ele fizesse descer fogo do céu para consumi-los – contou o psiquiatra.

– Como assim? João era incendiário!? – exclamou Chang. – Ele era maluco como nós, Peter!

– Você também é uma bomba ambulante, chinês – afirmou Peter.

– Mateus, para os fariseus, era um exemplo de corrupção – disse Marco Polo. – Quando ele foi chamado por Jesus, os líderes religiosos se rebelaram.

– E Judas Iscariotes era o maior crápula do grupo? – questionou o jovem alemão Martin.

– Não, não! Por incrível que pareça, era o melhor deles! – respondeu Marco Polo.

– Está brincando com minha cara? – disse Martin, duvidando de Marco Polo.

– Não. Estou falando sério. Judas era o mais culto, da tribo intelectual dos zelotes, o mais dosado, o que tinha mais vocação para ajudar os outros.

– Mas qual era o problema dele, então? – indagou Yuri.

– O problema era que ele dissimulava, se autoenganava, não era transparente.

– Chang, descreveram você – afirmou Peter, sorrindo.

– Esses caras eram barra pesada! – bradou Sam, levantando-se e movimentando seus ombros. – Mas não vai dar para participar desse treinamento. Não sou cristão, sou muçulmano.

– E daí, Sam? Você não ouviu o que Marco Polo disse? Não é um treinamento religioso – comentou Florence.

– Bom, faz sentido no Alcorão, em quase todos os capítulos ou suratas em que ele é mencionado, se exalta o personagem Jesus – ponderou Sam, titubeando.

Marco Polo reiterou:

– De fato, Sam. Não é um treinamento religioso, mas de gestão da emoção e gerenciamento do Eu. Só não é para alunos frágeis ou alienados. Os riscos são grandes – completou, provocando-os.

– Riscos? Quais? – perguntou Florence, curiosa e preocupada.

– Só descobrirão no processo. Mas previamente lhes digo que esse intrigante, intrépido e inteligente líder, o mais incrível professor que pisou no teatro da humanidade, usou há dois milênios pelo menos doze ferramentas impactantes, doze tipos de habilidades, ou de poderes, capazes de colocar de cabeça para baixo a personalidade dos seus alunos, de seus discípulos.

E então Marco Polo começou a discorrer sobre o assunto, apresentando didaticamente cada uma dessas habilidades a seus próprios alunos:

O poder de proteger as emoções e superar a síndrome predador-presa, a impulsividade, a hipersensibilidade e a intolerância social.

O poder de gerenciar os pensamentos para ter uma mente livre.

O poder de superar o cárcere da mesmice para sair da mediocridade existencial.

O poder de rejuvenescer a emoção para ter uma felicidade sustentável.

O poder da resiliência, para superar as perdas, mágoas e frustrações.

O poder de reeditar as janelas da memória para prevenir transtornos emocionais.

O poder de perdoar, para ter uma psique livre de inimigos.

O poder de ser líder de si mesmo, dentro e fora dos focos de tensão.

O poder de domesticar os fantasmas mentais, para ter autonomia.

O poder de desinflar o ego, para libertar a criatividade e contemplar cada ser humano como único e irrepetível.

O poder de praticar a tese dos grandes empreendedores: "Quem vence sem riscos triunfa sem glórias."

O poder de transferir o capital das experiências para oferecer à humanidade o que o dinheiro jamais pode comprar.

Os alunos de Marco Polo sentiram na pele sua própria pequenez diante do impactante relato das ferramentas mais importantes que

Marco havia aprendido com o Mestre dos mestres e que trabalhavam direta ou indiretamente a mente e a emoção de seus discípulos para que eles lutassem dia e noite contra o cárcere da mediocridade existencial, para que não morressem na insignificância e se tornassem atores sociais revolucionários, capazes de impactar a humanidade mesmo diante dos seus gritantes defeitos. Os "rebeldes" despiram-se de sua falsa grandeza.

– Fui atirado ao solo! Não tenho nenhum desses poderes que o carpinteiro de Nazaré esculpia em seus alunos – confessou Chang. – Não sei perdoar, tenho medo de correr riscos, meu ego é inflado e devo ter uma legião de fantasmas mentais dentro de mim.

– Eu também – concordou Hiroto. – Minha emoção não tem proteção, meus pensamentos são rebeldes ao meu controle, e, por mais forte que eu pareça ser, no fundo não sei lidar com perdas e frustrações.

– Nem me diga – comentou Jasmine. – Escondo minha infelicidade e minha fragilidade atrás de explosões emocionais.

Todos estavam muito abalados com a proposta de Marco Polo e, passado o choque inicial, os alunos pareciam começar a refletir. Ainda sentados em roda no palco do anfiteatro, fez-se um longo silêncio. O psiquiatra ficou muito animado em ver que os jovens, talvez pela primeira vez em muitos anos, faziam uma introspecção saudável, perscrutando os segredos da própria alma. Porém, infelizmente, precisaria interrompê-los. Anoitecia, e o professor soube que seria melhor voltarem para a sala de aula. A curta caminhada até o prédio da universidade seria uma boa oportunidade para continuarem refletindo.

– Caros alunos, infelizmente precisarei interromper a reflexão de vocês. Temos de voltar para a sala de aula. Já está anoitecendo. Podemos continuar nossa conversa lá dentro.

E Marco Polo se levantou e foi conduzindo os alunos, que, um a um, o seguiram em direção ao edifício próximo.

Continuaram calados ao longo de todo o caminho e logo já atravessavam os corredores e se aproximavam da sala que costumavam ocupar. Todos entraram na sala, se acomodaram com calma, algo que surpreendeu Marco Polo positivamente. Não imaginava que seus alunos mostrassem tão rápido que poderiam permanecer calmos e serenos, mesmo que por poucos minutos. No entanto, o psiquiatra foi despertado bruscamente de sua própria reflexão. A porta da sala em que estavam desabou, causando um estrondo considerável e assustando todos no recinto e nas proximidades. Peter caiu na gargalhada:

– Estamos todos abalados! Somos muito medrosos – comentou, enquanto quase chorava de tanto rir.

Os seguranças do campus vieram rapidamente. Mas Marco Polo lhes assegurou que estava tudo bem, que ninguém havia se machucado. Tudo não passara de um grande susto.

The Best logo apareceu. Ninguém sabia que ele era um *Robo sapiens*, pois o projeto ainda era secreto e Marco Polo se comprometera a não revelar nada quando aceitou o desafio de Vincent Dell. O robô examinou a porta e viu que alguém havia mexido nas dobradiças. Não fora um mero acidente.

– Quem é o louco que quer colocar abaixo a universidade? Agora todos se comportam como santos, não é? – disse The Best.

Ninguém falou nada. Não havia como saber o autor daquela piada de mau gosto. Depois de examinar bem o olhar de cada aluno, o robô se retirou, deixando claro que aquilo não ficaria por isso mesmo.

– Que cara mal-humorado...! – comentou Peter.

Marco Polo estava visivelmente tenso.

– Uma gracinha como essa poderia causar um desastre! Pessoas poderiam se ferir – disparou, olhando para Peter.

– Acalme-se, médico de loucos. Não fui eu. Mas poderia ter sido... – disse Peter com ironia.

– Aceito que elevem o tom de voz, que tumultuem o ambiente e me expulsem de sua vida, mas colocar a vida das pessoas em risco é inaceitável.

– Já disse que não fui eu! Não aceito ser acusado. Estou fora! – falou Peter em alto e bom som. E ordenou: – Vamos, Chang!

Mas Chang hesitou.

– Puxa-saco! – gritou Peter.

– Res... respeitem o Pe... Peter, gen... gente. Ele é um ca... cara legal – ponderou Alexander.

– Não preciso da sua compaixão, seu boca-mole – resmungou Peter, fazendo bullying com Alexander.

Não era afetivo nem com quem o era com ele. E foi saindo. O psiquiatra, temendo nunca mais vê-lo, o enfrentou, mas com brandura:

– Respeito-o. É sua especialidade partir quando contrariado.

Peter parou, pensou, mas não deu o braço a torcer. Continuou e deu mais alguns passos.

Michael, menos polido que Marco Polo, provocou-o:

– Medo do novo sempre foi o instrumento de fuga dos fracos.

Peter bufou de raiva.

– Não mexe comigo, garoto! Detesto negros, odeio imigrantes e tenho asco de quem passa na minha frente.

– Pensamento típico de um idiota emocional – afirmou Michael, levantando-se para enfrentá-lo. E completou: – Alguns brancos rejeitam os negros, mas os negros são seres humanos iguais a eles. Logo, se conclui que esses brancos detestam sobretudo a si mesmos!

Michael usou o poder do seu intelecto para sair do cárcere da mesmice e impactar seu desafeto. Peter ficou confuso. Mas como tinha mais força física que Michael, partiu para cima de dele. Empurrou-o. Marco Polo rapidamente interveio, dando mais um golpe no radicalismo de Peter:

– Peter! Os fracos usam a força; os fortes, as ideias. Creio que você é forte.

Os dois pararam, mas Michael, ferido, não recuou:

– Concordo, professor! Os fracos, numa disputa, usam armas, pois faltam-lhes ideias para resolver seus conflitos.

– Basta, Michael – pediu delicadamente o psiquiatra.

Michael, sensibilizado, ainda comentou:

– A dor da rejeição sempre me foi indescritível. A cor jamais pode dividir dois seres humanos, pois todos têm a mesma complexidade intelectual, a mesma construção do Eu como gestor da mente humana.

– Andou lendo meus livros, Michael? – indagou Marco Polo.

– Sim, mestre. Posso causar muitos problemas sociais, mas sou leitor de bons livros – falou com a voz embargada.

Foi nesse momento que Marco Polo lhe pediu que fizesse a TTE, a técnica da teatralização da emoção, de um período marcante e triste de sua história. Michael levantou a cabeça, saiu de onde estava e ousadamente ocupou o centro da roda. Então, começou a teatralizar um cálido momento existencial.

– Eu tinha 12 anos e me aproximei de três colegas no recreio da escola: "Posso me sentar com vocês?", perguntei. O primeiro respondeu: "Caia fora, negro!" O segundo gritou: "Você é detestável!" O terceiro bradou: "Volte para as árvores da África!" E deram gargalhadas. Profundamente triste, eu disse: "Eu sou um ser humano como vocês. Eu sinto como vocês, penso como vocês e sonho como vocês." Mas os três responderam: "Mentira!" E me empurraram e derrubaram. E depois disso debocharam, dizendo: "Você sente? Você pensa? Então sinta e pense na dor do nosso desprezo, negro!" – Michael, em lágrimas, interpretou o que respondeu naquele momento: – "Ao me rejeitarem, estão rejeitando a espécie humana." Mas eles não entenderam. Eram cegos, radicais, doentes.

Toda vez que o Mestre dos mestres contava uma parábola saturada de emoções, ele estava, em certo sentido, fazendo a TTE. Ele libertava seu imaginário e levava seus ouvintes a serem transportados para suas histórias e seus personagens. Todos ficaram emocionados com a TTE de Michael, inclusive Peter. Pela primeira vez começou a entender que ser um supremacista branco era diminuir sua própria humanidade.

Alguns colegas abraçaram Michael.

– Me desculpe – disse Peter, estendendo-lhe a mão.

– Não podemos começar esse treinamento nos digladiando – ponderou Jasmine.

– E quem disse que vou participar dele? – indagou Peter. E lhe deu as costas. Iria embora.

– Ficar na mediocridade não é nada de mais para quem se acha acima dos mortais – retorquiu Florence com autoridade.

Ele interrompeu sua marcha. Chang, para abrandar o clima, também disse:

– Tranquilo, homem, tranquilo. Esse psiquiatra também está me fazendo surtar.

Peter desistiu de sair e foi sentar-se um pouco afastado dos outros.

– Não tenho nenhum desses poderes que ele citou – declarou Victor.

– Eu... me... menos ainda – afirmou Alexander.

Marco Polo se levantou e disse:

– Deem-me um voto de confiança. Vamos continuar nossas aulas. Se aprenderem bem um terço dessas ferramentas e as aplicarem às suas relações sociais, vocês terão possibilidade de brilhar, ainda que não ganhem os holofotes da fama.

– Duvido! Somos imutáveis! Personalidade não se muda! – afirmou Peter, sempre combativo. Num momento, ele recolhia as armas; no outro, as empunhava.

– Mas habilidade se adquire! Seja aplicado e você vai ver! – assegurou o mestre da psiquiatria. E observando Jasmine e Victor acessando seus celulares, ficou constrangido. Instigou-os mais ainda: – Se realmente desejam participar deste treinamento, desta fascinante experiência sociológica, terão de se entregar por completo. Nada de celular.

– Você está nos controlando! – disse Peter raivosamente.

– Errado, quero treiná-los para ter autocontrole.

Nesse momento, Peter trocou de lugar, voltando a sentar-se perto de seus amigos. Num tom baixo, mas audível, ele fez um comentário jocoso e preocupante:

– Experiência sociológica? Não falei que esse cara quer nos fazer de ratos de laboratório?

– Aposto que ele tem ligação com a indústria farmacêutica e quer usar alguma droga que domina nosso cérebro – disse Victor, preocupado.

– É possível – atalhou Jasmine, concordando com Peter e Victor.

– Talvez estejam fazendo testes de arma química de destruição em massa – palpitou Harrison, outro aluno que compunha o time dos doze, de caráter tenso e compenetrado, que até agora não se manifestara.

Como crianças que recitam ideias, mas não as praticam, mais uma vez desconfiaram de Marco Polo. Este, por sua vez, dizia a si mesmo: "respira", "tenha paciência", "não se perturbe". Fazia um esforço tremendo para manter a calma e não abandonar o barco do treinamento. Depois que retomou o autocontrole, provocou-os ousadamente:

– O caldo emocional entornou novamente! Vocês pareciam estar indo tão bem, pareciam ter compreendido minimamente que o Eu tem de conquistar sua liberdade, impugnar seus pensamentos perturbadores e paranoicos. Mas agora estão outra vez irredutíveis. No fundo, têm medo de andar por ares nunca antes respirados, são prisioneiros de seu conformismo.

– Eu não sou prisioneiro de nada! – bradou Peter.

– Acho que somos, sim – discordou Chang.

Eis que nesse momento alguns jovens que Marco Polo não conhecia pararam diante da porta aberta. Tinham uma expressão brincalhona no rosto e era evidente que iam aprontar alguma. Em coro, gritaram:

– Rebeldes! Malucos!

Peter foi o primeiro a reagir:

– Maluco é teu pai, tua mãe, teus irmãos.

Chang se intrometeu:

– Mas somos malucos mesmo!

– Somos, mas não admitimos! – gritou Peter.

– Eu admito! – rebateu Chang.

Yuri, Martin, Victor, Sam e Peter, enraivecidos, se levantaram e iam partir para cima dos rapazes que zombavam deles. Mas Marco Polo tentou evitar a briga, falando com autoridade:

– É a especialidade de vocês reagir sem pensar. Não podem ser contrariados que se comportam pelo fenômeno bateu-levou.

– É isso aí, somos imparáveis! – afirmou Victor.

– Acorda! Nenhuma técnica tola de psicologia pode controlar nossos grandiosos cérebros – disse Peter categoricamente.

Porém, de repente, ouviram de Marco Polo uma bomba:

– Passarão por esta breve existência sem deixar um legado! Morrerão provavelmente na insignificância, acessando seus celulares e enchendo os bolsos dos donos das redes sociais, seguindo estupidamente influenciadores e acreditando que seus seguidores realmente se importam com vocês. Quanta mediocridade! Não precisam vir à próxima aula. Chamarei outros jovens para participar deste projeto!

– Esse cara nos mandou embora? – indagou Florence, perplexa.

Mas Chang começou a cantarolar:

– Estamos livres da psiquiatria! Estamos livres da psicologia! Liberdade aos loucos!

Porém, tanto ele quanto os demais detestavam ser colocados na periferia da história. Sam começou a piscar os olhos e movimentar os ombros fortemente. Olhou para a turma e gritava sem parar. Não se sabia se os estava ofendendo ou elogiando.

– Babacas! Babacas! Detesto ser despachado!

A turma de rebeldes se entreolhava e não acreditava que Marco Polo os rejeitara. Ainda por cima dizendo que tinham grandes chances de morrerem vazios, na insignificância, sem ter uma história que valesse a pena ser vivida.

Saíram bufando de raiva.

9

O PODER DE SAIR DO CÁRCERE DA ROTINA E SUPERAR A MEDIOCRIDADE EXISTENCIAL

Desafiados, todos os doze alunos de Marco Polo – Peter, Chang, Yuri, Florence, Jasmine, Michael, Martin, Victor, Alexander, Hiroto, Sam e Harrison – voltaram à aula no dia seguinte e finalmente aceitaram participar do projeto. Mas não tinham a menor ideia do caldeirão de estresse em que estariam entrando. O treinamento de Jesus era saturado de pressões fortíssimas, desafios inesperados, riscos dramáticos e situações imprevisíveis. Enfim, era um exercício intelectual-emocional jamais tentado nas universidades, nem para formar os mais ousados executivos do Vale do Silício. O nível de exercícios físicos era brando, mas a exigência mental era inimaginável.

– Pensem comigo – sugeriu Marco Polo. – Como o professor da Galileia conseguiu convencer aqueles jovens individualistas, saturados de conflitos e que amavam o poder, a segui-lo? Ele não era belo, não lhes prometeu ouro nem prata, tampouco cavalos, carruagens, palácios ou comida.

– É verdade. Como ele conseguiu isso? Não amava o poder. Deveria parecer um... um maltrapilho – questionou Florence.

– Nem sabiam quem eles estavam seguindo. Podia até ser um farsante ou psicótico – ponderou Peter, mais relaxado. Por fim, ele fora cativado pelo borbulhar das ideias.

– Interessante. Pois bem: como ele seduziu seu time de malucos? –

tornou a perguntar o psiquiatra. – Eles foram seduzidos pelo poder de sair do cárcere da rotina e superar a mediocridade mental e existencial. Talvez mais de 90% dos seres humanos estejam robotizados, vivendo numa mesmice infindável. Eles acordam, trabalham, se estressam, reclamam e dormem da mesma maneira. Mediocridade não é um termo ruim. Medíocre quer dizer mediano, apagado, e, às vezes, insignificante. Mas Jesus queria que seus futuros alunos saíssem da mediocridade, fossem mentes brilhantes, capazes de contribuir para transformar a humanidade: "Sigam-me e eu os farei pescadores de homens!"

– Já pensou, branquelo? Um cara medíocre como você se tornar um cara brilhante? Será a piada do ano – falou Chang, provocando Peter.

– E você, chinês? Se deixar de ser palhaço, será a piada do século – rebateu Peter.

Pescar seres humanos, ser capaz de seduzir pessoas, de conquistar seguidores, é algo com que religiosos, políticos e influenciadores digitais sonham dia e noite. Mas os seguidores que o carpinteiro de Nazaré buscava não eram torcedores fanáticos, tampouco fãs cegos, mas mentes em treinamento para serem intrépidas, sonhadoras, empáticas, livres. O complicado time de alunos de Marco Polo estava impaciente, nenhum deles sabia como se dariam as aulas. Os jovens pensavam que fossem aulas teóricas. Ledo engano! Havia aulas práticas, mas, antes delas, Marco Polo fazia uma reconstituição ficcional da época, usando uma análise psiquiátrica, psicológica e sociológica dos comportamentos de Jesus e seus alunos. Era uma reconstrução de tirar o fôlego.

✦

Era uma tarde ensolarada no pequeno mar da Galileia, cujas águas eram doces, não salgadas. As brandas ondas iam e vinham, mostrando uma assinatura irreproduzível. As bolhas estouravam nas margens do imenso lago como se fossem a segurança e a autoestima de um ser humano se rompendo diante das intempéries da vida. Tudo era muito belo, mas se repetia num ciclo contínuo. Nada de novo ocorria havia décadas.

Alguns pescadores retiravam as redes dos barcos completamente desanimados. Mais uma vez a pesca estava escassa. Mas eram pescadores, exalavam de seus poros euforia e fracasso; morreriam pescadores.

Estavam na praia dois irmãos, João e Tiago, que eram um pouco mais prósperos do que outros pescadores. Seu pai tinha alguns barcos e, vendo a frustração dos filhos estampada nas faces tensas, tentou turbinar sua motivação:

– Pescar é um exercício da paciência, é ser um amante da surpresa. Hoje está ruim, amanhã a sorte muda.

– Sorte, sorte, sorte... – repetiu o adolescente João. – Cadê a sorte, meu pai, que nunca chega?

– Ela nos abandonou – atalhou Tiago categoricamente. E largou as redes irritado com a vida. – Esse lago tem mais pescadores que peixes.

Eles tinham razão. Eram exploradores vorazes. Pescaram muito por décadas, a natureza cobrava seu preço. Vendo seu desespero, seu pai advertiu:

– Jamais abandonem este negócio, meus filhos. A fome está no encalço de Israel. E não esqueçam que os romanos são implacáveis, cobram pesados impostos da nação, mas, felizmente, nossos peixes não são transportados para Roma.

Com o ânimo esfacelado, estavam presos no cárcere da rotina, como presidiários condenados. O conformismo sempre foi um presídio de segurança máxima para os humanos.

Mas João reclamou de seu irmão:

– Se Tiago fosse mais valente, remaríamos para mais longe. Mas ele tem medo!

– Medo? Você é irresponsável. Não enxerga os perigos.

O pai tentou acalmar a mente do mais jovem:

– É melhor ser conservador, João. Apesar de calmo, o mar da Galileia é muito traiçoeiro.

Enquanto isso, não muito distante dali, estavam André e seu irmão Pedro, que enfrentava mais uma crise de ansiedade. Estava fatigado pelos resultados fracos, logo ele, que era tão experiente e não seguia as rotas que todos percorriam, pois queria chegar a lugares que ninguém alcançara. Todavia corria atrás de um sucesso que não vinha. O problema não estava no seu ímpeto, mas no foco errado, no sonho errado.

– Só essas merrecas! – reclamava ao puxar as redes.

André colocou as mãos nos ombros dele e lhe disse:

– Acalme-se, irmão.

– Como me acalmar? Não sou uma pedra. Essa ninharia não sustenta minha família.

– Nossos avós eram pescadores, nossos pais foram pescadores e nós somos pescadores. A vida poderá ser difícil, mas teremos o que comer. Espero...

O cárcere da rotina era quase incontrolável para quem não pensa em outras possibilidades. O medo de fracassar, de ser esmagado pela fome e de ser socialmente rejeitado os fazia recolherem-se dentro de si como ursos que hibernam no frio.

– Dias melhores virão – disse André, tentando se animar e animar seu abatido irmão.

De repente, um estranho que ouvia toda aquela conversa, mas que não fora notado por eles, falou:

– Dias melhores virão ou vocês deverão ir atrás deles.

Pedro, que pingava suor, olhou para o estranho e, desconfiado, disse:

– Pesco desde os 7 anos neste lago, estou há anos nesta labuta, e os dias são cada vez piores.

O estranho deu mais alguns passos. Aproximou-se deles. O vento movimentava seus cabelos longos. Fitou-os e teve a coragem de dizer:

– Sigam-me!

– Seguir você? Quem é você?

– Tenho uma proposta.

– Proposta?

Pedro, o mais velho, olhou para André e falou baixinho:

– Mais um aventureiro.

Mas o estranho os magnetizou. Penetrou seus olhos nos olhos deles e lhes fez um convite para o mais absurdo projeto:

– Sigam-me e eu os farei pescadores de homens. Pescarão no oceano da humanidade, num lugar sem limites. Deixarão de ter uma vida comum, saturada de mesmice e reclamações. Viverão aventuras surpreendentes.

Os dois irmãos se entreolharam e quase desmaiaram com a proposta.

– Pescar homens? Que loucura é essa? – indagou André.

– Pescar peixes é um sonho pequeno; pescar homens é um sonho grandioso. Já pensou em contribuir com as pessoas, influenciá-las, inspirá-las, sem distinção de raça, cor, religião? Já pensou levá-las a se reconhecerem como seres humanos fascinantes?

Os dois sentiram algo queimar no peito. Pegar peixes era um projeto de vida ligado à sua sobrevivência, mas pescar homens era ter o poder de reciclar suas mentes, de levá-los a pensar quanto a vida era um mistério insondável. Era retirá-los dos cárceres mentais para uma liberdade indecifrável. Era um sonho estranho e incompreensível, mas indubitavelmente bombástico. Estavam eles diante de um louco? Sim, louco pela humanidade. Eles olharam para o forasteiro com perplexidade.

– Qual será a isca? – perguntou André a Pedro.

– A isca? – O forasteiro, que tinha a habilidade de implodir preconceitos, medos e sofismas, ouvira o comentário. – O abraço sem medo, o acolhimento sem esperar o retorno, a generosidade desprendida, o perdão incondicional, o autoperdão...

– Mas com que propósito? – questionou Pedro.

– Unir a humanidade pelas ataduras do amor, independentemente de raça, cor, diferenças.

– E o salário? – retrucou André.

O mestre ouviu o inaudível.

– Não haverá salários. Mas serão mais ricos que os mais abastados dos homens, mais poderosos do que os mais poderosos reis – disse o estranho, dando-lhes as costas e começando a caminhar.

– Vamos, André.

– Aonde?

– Seguir o homem! – respondeu Pedro.

– Mas estamos numa seca danada, e ele nos promete ouro neste deserto. Como segui-lo?

Nesse momento, flashes iluminaram suas mentes obscuras. Lembraram-se de que já tinham ouvido rumores sobre Jesus, o homem cujas palavras e gestos estavam emocionando multidões da Galileia. Alguns estavam tendo insônia por causa das suas palavras. Seria ele? Só podia ser!

O forasteiro seguiu adiante. Eles deixaram tudo para trás e o acompanharam.

O chamamento dos demais não foi menos perturbador. O pai de João e Tiago era um comerciante de peixes relativamente bem-sucedido e, embora seus filhos reclamassem muito, sonhava que eles ampliassem seus negócios.

Quando a proposta veio, o pai entrou em estado de pânico.

– Vocês estão ficando loucos? Seguir um forasteiro com um plano de mudar o mundo?

– Mas, pai, é uma grande oportunidade – argumentou Tiago.

– Oportunidade de quê, Tiago? De passar fome? De passar vexame? De serem tachados de malucos? Você sempre foi mais equilibrado. Repense sua atitude.

João coçou a cabeça e, tenso, tentou dar um ar messiânico ao seu chamamento. Mas o pai o advertiu:

– E não me fale de messias nesta terra de ninguém. Nada mais insano...

– Pai, as pessoas precisam de nós. Israel precisa de...

Mas o pai o interrompeu, falando com propriedade:

– A nação de Israel precisa de exército, de armas, de generais, não de um estranho, franzino e malvestido, com um bando de pescadores sem qualquer experiência política atrás dele.

– Este homem mexeu com a minha cabeça... Não sei o que é pescar homens, mas sei que não quero ser apenas um pescador. Quero mais. Não apague meus sonhos, não apague o brilho dos meus olhos... – pediu João vendo seu pai em lágrimas.

– Nós amamos o senhor, mas precisamos tentar – completou Tiago.

Deixar tudo para trás parecia a decisão mais insana que alguém poderia tomar. Um salto no escuro. Não havia qualquer segurança, nenhuma garantia de que sobreviveriam. Não havia sequer a certeza de que teriam o que comer no dia seguinte. Mas havia esperança, havia uma fagulha de luz que iluminava suas mentes, bradando no silêncio: "Vale a pena se entregar a esse projeto!"

Era uma empreitada que beirava a loucura, mas também o fascínio. Foi assim que jovens rudes, toscos e arredios, como Pedro, André, João e Tiago, foram cativados a sair do cárcere da rotina e superar a mediocridade existencial. Eles ousadamente largaram tudo em poucos instantes. Todo ser humano precisa de uma segunda jornada, a jornada do coração, que não traz dinheiro para o bolso, mas irriga de sentido a vida; caso contrário, viverá e morrerá reclamando de tudo, terá uma história entediante, sem sabor e sem aventuras.

✦

Após contar-lhes esta emocionante história, Marco Polo viu a sua pequena plateia de rebeldes alunos atenta, envolvida, mais disponível para se reinventar. Comentou sem meias palavras:

– Os alunos da Galileia passaram a seguir Jesus, um homem que não sabiam se era o maior psicótico do mundo ou o homem mais inteligente que já existiu, o mais bem resolvido emocionalmente e o maior líder da história.

– Surpreendente! Mas qual resultado obtiveram? – questionou Jasmine, ansiosa e curiosa.

– Estudaremos juntos. Apenas cito que saíram do cárcere da mesmice e tornaram-se escritores, influenciadores sociais poderosos, tochas que iluminariam ambientes injustos, defensores vorazes da igualdade social, educadores que resgataram seres humanos feridos e discriminados, ensinando-lhes que não nasceram para ser servos ou escravos, mas mentes livres.

Os alunos ficaram reflexivos, metabolizavam essa avalanche de ideias em suas mentes, algo raro. Marco Polo também comentou que pagaram um alto preço nesta nova jornada e aproveitou para criticar mais uma vez o sistema educacional mundial.

– As escolas e universidades têm formado frequentemente alunos que chafurdam na lama da mediocridade mental e emocional, sem garra, ousadia, empatia ou capacidade de não se curvar à dor, de se reinventar no caos e ambicionar contribuir com a humanidade. Poucos estudantes de medicina, engenharia, direito, administração se tornam empreendedores, executivos, produtores de conhecimento, artistas, líderes sociais. Raros são os que mudam o mundo, pelo menos o seu mundo. As universidades e escolas racionalistas estão no banco dos réus, pois atrasaram em séculos a evolução socioemocional da humanidade.

Os alunos de Marco Polo se entreolharam perplexos. Nunca imaginaram que ele chegaria a uma conclusão tão ousada.

– Bravo! Bravo! Bravo! – bradaram três vezes Peter e Sam, eufóricos, pois eram críticos do sistema que os rejeitava. Só não sabiam que também eles se sentariam no banco dos réus.

Florence, perturbada, indagou ao psiquiatra:

– E os milhões de jovens das mais diversas religiões da atualidade? Eles saíram da mediocridade?

– Definitivamente não. A grande maioria dos jovens, sejam católicos, protestantes ou de outras religiões, é igualmente formada de gente mediana, apagada, frágil. Eles são prisioneiros do conformismo, jamais se submeteram a um treinamento parecido com o que o Mestre propôs aos seus alunos ou discípulos. Se o tivessem feito, seriam os melhores empresários e líderes sociais, os mais fascinantes cineastas, os mais argutos escritores, os mais ousados construtores de startups. Exaltam nos natais um personagem muito diferente daquele que pisou na Judeia e na Galileia.

– Cara, você foi fundo nessa análise. Estou embasbacado – disse Michael.

– Acho que dessa mesmice nós escapamos. Somos aventureiros – comentou Peter.

Mas o pensador da psicologia quase os fez cair da cadeira.

– Vocês não se adaptaram aos currículos acadêmicos, foram alijados do sistema educacional, mas são inteligentes, destemidos, rebeldes, capazes de falar o que lhes vem à mente, não se rendem à mesmice.

Todos se encheram de orgulho com esses elogios.

– Taí, estou começando a achar que a psiquiatria conserta os malucos – falou Chang com o ego inflado.

Mas, em seguida, Marco Polo olhou demoradamente para todos eles, criando certo constrangimento.

– Só que, se espremermos o que vocês realizaram na vida até agora, o que já construíram de importante para a sociedade, provavelmente veríamos que todos vocês vivem e se lambuzam também no continuísmo socioemocional doentio.

– O que você está dizendo? – questionou Florence, pasmada.

– Me desculpe, mas é exatamente isso, Florence. Todos vocês se acham muito rebeldes, mas na realidade são excessivamente medianos e comuns – afirmou Marco Polo.

– Não diga isso! – rebateu Peter.

– Por que não? Sua rebeldia é estéril, pois não aprenderam minimamente a ser líderes de si mesmos nem líderes capazes de tratar das feridas da humanidade!

– Que feridas? – perguntou Jasmine, no fundo temendo realmente ser medíocre.

– O preconceito, o suicídio, o bullying, as injustiças sociais, inclusive contra as mulheres – explicou o professor, jogando um balde de água gelada nos alunos, que se achavam acima dos demais estudantes da universidade.

– Você não é um deus, deve ter muitos defeitos – retrucou Florence.

– Correto, Florence. Só há heróis a distância. Eu tenho defeitos, mas tenho reconhecido, ao longo de mais de duas décadas, minha mediocridade existencial e venho tentando me reciclar. Você e seus pares teriam a mesma coragem?

Após dizer essas palavras, Marco Polo se levantou e saiu de cena sem se despedir, deixando seus alunos hiperfalantes e hiper-reativos completamente silenciosos. Voltaria no dia seguinte, sem saber se algum herói de carne e osso se arriscaria a colocar em prática as ferramentas que ele apresentaria.

10

O PODER DE GERIR A MENTE HUMANA PARA REEDITAR E CONSTRUIR JANELAS

Os discípulos do intrigante homem Jesus, ao aceitarem seu inusitado convite, entraram num complexo labirinto, sem mapa, sem conhecer os obstáculos e desafios do caminho, sem saber como retornariam. Seguiriam um louco? Um visionário político? Um revolucionário social? Um enviado de Deus ou o filho do próprio Autor da existência? Não sabiam. Só sabiam que ele mexera com seus sonhos e agora não conseguiam mais ficar paralisados.

Teriam de aprender a se doar para quem os excluísse, a encorajar quem errasse continuamente, a enxergar dores nunca verbalizadas e aliviá-las, impactando mentes incautas com gestos ímpares. Tudo era novo e extremamente difícil. Mas fariam a mais fantástica escola de formação de líderes de si mesmos, a mais difícil e complexa liderança. Poucos poderiam sobreviver. Sair da diminuta existência ao redor do mar da Galileia para ser um influenciador da humanidade – numa época em que qualquer agitador social era morto sumariamente – era um risco extraordinário.

Do mesmo modo, os alunos de Marco Polo, se embarcassem em seu treinamento, não tinham a menor ideia dos acidentes e contratempos a que estariam sujeitos. Enfrentariam os vales dos fracassos? Dissecariam sua arrogância, sua loucura e estupidez intelectual? Desinflariam seu ego? Destruiriam a sua necessidade doentia de que o mundo gravitasse na sua órbita? Libertariam seu imaginário para dar respostas inteligentes nos mais diversos focos de tensão? Transformariam lágrimas em sabedoria? Encantariam? Escandalizariam? Seriam aplaudidos? Seriam vaiados? Não se sabia aonde poderiam chegar. Executivos, políticos, cientistas submetem-se a treinamentos muito mais simples.

Realizar o treinamento do Mestre dos mestres ou o de Marco Polo talvez fosse mais complexo do que desenvolver diversas teses de doutorado simultaneamente, mas sem manuais e sem proteção social – o que era muito pior. Ao defender uma tese, o doutorando é um aluno protegido e dirigido pelo seu orientador. Ele faz suas pesquisas ou estuda áreas bem controladas e utiliza uma gama de referências bibliográficas para apoiar ou contestar suas hipóteses. Além disso, usa técnicas bem específicas para escrever sua tese, até o tamanho da letra. Tudo é bem controlado para que ele não dê vexame na defesa nem corra risco de ser reprovado por uma pequena banca de cinco doutores.

Ao contrário, os "rebeldes" de Jesus e de Marco Polo, além de serem desregrados, indisciplinados, ansiosos e intelectualmente desclassificados, não teriam a proteção de um orientador nem controle dos temas de suas insondáveis teses socioemocionais. Não havia referência bibliográfica nem regras para escrevê-las – e elas seriam escritas nas tábuas de sua mente. Eles seriam julgados não por cinco examinadores, mas por milhares de membros da sociedade, inclusive pelos inimigos feitos ao longo do caminho ou por desafetos movidos a inveja e ciúme. Era um treinamento inimaginável, com possibilidades de fracasso altíssimas.

No dia seguinte, depois de Marco Polo ter desafiado seus alunos a saírem de sua própria insignificância, todos estavam reunidos nos jardins da universidade, numa pequena praça, à exceção de Peter e Chang. O psiquiatra ficou feliz por um lado, mas triste pela ausência dos dois. Sem demora, iniciou mais uma de suas sofisticadas aulas. Porém, subitamente, os ausentes apareceram.

– Chegamos, turma! Ser medíocres nunca mais! – disse Chang, esfuziante.

Peter, mais contido, não estava tão eufórico. Queria entender seu papel no mundo e, em destaque, em seu mundo psíquico. Marco Polo fez uma breve pausa para que se acomodassem. Nesse momento, ouviu os pássaros gorjearem alegremente. Era primavera. Aproveitou para ensinar:

– Em que época surgem as flores?

– Na primavera, é claro – disse Michael.

– Errado. As flores surgem secretamente nas dores dos invernos, em meio à escassez hídrica, ao frio dramático, aos ventos cortantes, e saem do anonimato nas primaveras, gerando frutos que conterão as sementes para perpetuar as espécies.

– Nunca pensei por este lado. Na Rússia amamos as primaveras, mas desprezamos os invernos rigorosos – comentou Yuri, compreendendo mais um segredo do complexo psiquismo humano.

Marco Polo aproveitou para ensinar fenômenos ainda mais profundos para sua inusitada turma de alunos. Tinha dúvidas se eles conseguiriam assimilá-los, mas preferia correr esse risco a deixá-los no superficialismo intelectual.

– No planeta Terra, os invernos e as primaveras duram alguns meses, mas, no planeta mente, as primaveras e os invernos emocionais podem se alternar no mesmo dia ou até na mesma hora, dependendo, como já vimos, do tipo de janela aberta no cérebro. Se a janela for killer, se contiver experiências angustiantes, poderemos experimentar um inverno intenso. E o tempo de duração de cada inverno emocional dependerá do Eu: ou ele será submisso à dor e aos pensamentos mórbidos ou atuará como gestor, impugnando e reciclando tais emoções e pensamentos causadores de sofrimento. Reeditando as janelas, portanto.

– Incrível. Pelo que entendi, um inverno emocional pode durar meses, dias ou mesmo minutos, dependendo da disposição do Eu em reciclar suas mazelas mentais – comentou Jasmine.

– Exatamente, Jasmine – disse o psiquiatra.

– Somos nós, portanto, que determinamos o tamanho da dor – concluiu Chang.

– Talvez não só o tamanho da dor, Chang, mas em destaque a duração dela. Se uma mãe perde um filho, sua dor é inenarrável. Mas, se o Eu dela usar a dramática perda não para se deprimir ou se punir, mas para homenagear todos os dias esse filho, sendo mais feliz e procurando fazer os outros felizes, então a duração do inverno emocional poderá ser pequena, e ele logo será substituído por uma longa primavera, ainda que ela chore de saudade durante anos... – Depois de uma pausa, Marco Polo completou: – A saudade nunca deverá e nem poderá ser resolvida.

– Claro, é isso que nos torna seres humanos – concordou Florence.

Sam se emocionou quando se lembrou da perda da irmã quando ela tinha apenas 2 anos:

– Não me esqueço de minha pequena irmã, Sarah... – E não conseguiu dizer mais nada.

Michael sentiu seus olhos lacrimejarem:

– Perdi meu irmão Thomas quando eu tinha 10 anos e ele, 7. Meu mundo desabou. Minha mãe viveu um eterno inverno emocional, remoendo a ausência dele. Nunca mais foi a mesma. Ah, se ela soubesse o que aprendemos hoje. Eu poderia ter lhe ensinado a homenageá-lo todos os dias não se deprimindo, mas sendo mais feliz, antes que fosse tarde demais.

Os ensinamentos do Mestre dos mestres eram de fato uma mudança de paradigma. Marco Polo tomava muitos dos seus ensinamentos e os juntava como quebra-cabeças para treinar seus alunos. Claro que ele ensinava também muitos conteúdos novos, da área da psicologia. A teoria das janelas da memória era um ensinamento profundo, desconhecido, inclusive, por grande parte dos profissionais de saúde mental.

Jasmine começou então a fungar e esfregar as mãos na cabeça freneticamente. Seu TOC piorava toda vez que experimentava um inverno emocional. Ansiosa, perguntou:

– Você falou em impugnarmos, reciclarmos, enfim, gerenciarmos experiências de sofrimento das janelas traumáticas. Mas não é possível deletá-las, como facilmente fazemos nos computadores?

– As únicas possibilidades de deletar as janelas da memória são através de quatro tipos de injúrias ou destruições físicas: acidente vascular cerebral (AVC), degeneração cerebral (como o Alzheimer), tumor cerebral ou traumatismo cranioencefálico grave. Excetuando-se esses casos físicos, é impossível que o Eu, por sua livre escolha, seja capaz de deletar nossos traumas, capitaneados por perdas, decepções, abusos, rejeições, fobias, TOC, ansiedade.

– Mas e daí? Estamos condenados a viver com o lixo do passado? – perguntou Martin.

– Não. Há duas possibilidades psicológicas que são usadas intuitivamente por todas as correntes psicoterapêuticas sérias, mesmo pelas antagônicas entre si, como a psicanalítica, a cognitivo-comportamental, a logoterapia, a positiva e outras: reeditar as janelas traumáticas ou construir janelas paralelas ao redor do núcleo traumático. Todas as correntes psicoterapêuticas, quando têm sucesso no tratamento de um paciente, ou reeditaram janelas killer ou construíram janelas light que estruturam a liderança do Eu e nutrem a segurança e a autonomia, estabilizando a emoção e fomentando o prazer de viver.

– Mas há possibilidade de usar técnicas que poderiam acelerar os resultados da psicanálise ou da terapia cognitivo-comportamental? Eu já passei pelas duas linhas de tratamento – declarou Florence.

– Sim, há – afirmou Marco Polo. – A primeira é reeditar as janelas traumáticas enxertando novas experiências nos lócus delas, por exemplo através da técnica DCD (Duvidar, Criticar, Decidir), que envolve duvidar diária e continuamente do controle que o medo exerce sobre nós, criticar pensamentos que nos aprisionam e decidir ser líder de si mesmo. A segunda é fazer a mesa-redonda do Eu para construir, ao redor da janela traumática, arquivos saudáveis que dão subsídios para o Eu estruturar sua liberdade quando está numa crise ou próximo de entrar nela.

E foi assim que Marco Polo entrou em camadas mais profundas da mente humana com alunos que eram rasos em psicologia e tinham muitos transtornos. Primeiro ele explicou a potente técnica DCD. Seja um psicanalista, seja um comportamentalista, ao ensinar os pacientes a aplicá-la, estes não estariam no deserto estressante da sociedade sem "armas" para se proteger de suas crises e continuariam o tratamento fora do consultório.

Enquanto a maioria dos alunos se concentrava na fascinante conversa, Peter permanecia calado. Chang chegou a estranhar, pois o amigo não costumava ficar tão quieto. Mas como ele parecia bem, não se preocupou e também se deixou envolver pela aula.

Marco Polo explicou que diante de um ataque de ansiedade, de uma fobia ou de uma crise depressiva, os pacientes deveriam usar a arte da Dúvida, que é o princípio da sabedoria na filosofia. Em seguida, usariam a arte da Crítica, que é o princípio da sabedoria na psicologia. E, logo depois, colocariam em prática a arte de Decidir, que é o princípio da sabedoria na área de recursos humanos. Ao juntar os princípios ou essências dessas três ciências, cria-se uma arma poderosíssima para o Eu deixar a posição de vítima e se tornar gestor da mente humana. Essa era uma das descobertas bombásticas de Marco Polo que mudariam para sempre o tratamento e a prevenção de transtornos mentais.

– Duvidar dos nossos cárceres mentais, criticar o lixo mental e decidir reciclá-lo são passos fundamentais para sermos saudáveis, autores de nossa própria história. Assim, a coragem ficará registrada nas janelas killer marcadas pela timidez, a segurança nas janelas marcadas pela fragilidade, experiências prazerosas nas janelas depressivas, autocontrole nas que contenham impulsividade, e assim por diante – completou o pensador das ciências da mente.

– Interessante – disse Sam. Depois aumentou um pouco o tom de voz, mas diminuiu os movimentos dos olhos e dos ombros, e completou: – A técnica DCD para reeditar a mente parece ser muito poderosa mesmo! Nunca soube como atuar no meu estresse. Devo aplicar essa técnica em voz alta ou baixa?

– É melhor fazê-la no silêncio da sua psique – respondeu Marco Polo.

– Ninguém está me ouvindo, mas estou impugnando tudo que me controla, como um advogado de defesa faz, só que no fórum da mente – concluiu Florence, que estudava direito.

– Exatamente, Florence – disse Marco Polo, feliz por ela.

– É como reescrever nossa história – acrescentou Jasmine.

– Sim, Jasmine.

– É como fazer higiene mental – atalhou Chang. – Não gosto muito de banho, mas tomar um banho mental deve ser fabuloso.

– Muitas pessoas nunca tomaram uma ducha mental. Nunca tomaram um banho emocional. Nunca fizeram a técnica DCD ou coisa semelhante – afirmou o psiquiatra. Estava comovido ao ver seus alunos navegando pelas águas do psiquismo. Não eram tão superficiais e toscos quanto os reitores julgavam. Ao contrário. Depois comentou: – A segunda possibilidade consiste em, em vez de reeditar a janela com a técnica DCD, arquivar janelas light, ou saudáveis, ao redor do núcleo traumático, ou killer, usando a técnica da mesa-redonda do Eu. Vou explicar com uma metáfora. Imagine que uma área da sua cidade tenha sido destruída por um projétil ou bomba. Reeditá-la pela técnica do DCD equivaleria a reconstruir a área, enquanto a técnica da mesa-redonda do Eu equivaleria a construir ao redor ou próximo dela um parque, uma farmácia, um supermercado, um cinema.

– Mas não seria melhor reconstruir a área afetada, ou seja, reeditar a janela killer, do que construir janelas paralelas? – indagou Yuri.

– Seria, sim, Yuri. Mas onde elas se encontram? Não sabemos. Nós entramos no escuro do planeta mente e não sabemos onde estão as áreas minadas, ou seja, as janelas killer ou traumáticas. Não há GPS mental.

– E exames de tomografia e ressonância magnética não mostram as áreas doentes? – questionou Sam, preocupado com sua síndrome.

– Eles apenas mapeiam, metaforicamente falando, grandes áreas, como se fossem enormes cidades, mas não endereços diminutos, como residências. Portanto são incapazes de rastrear as janelas traumáticas – explicou Marco Polo. E acrescentou: – E mesmo que soubéssemos localizá-las, não há medicamentos que as apaguem ou reeditem. Se conseguíssemos tais fármacos, um milhão de psicólogos clínicos estariam desempregados amanhã. Mas os psicoterapeutas são fundamentais, pois os medicamentos psiquiátricos atuam nos níveis dos neurotransmissores, como serotonina e dopamina, melhorando o humor depressivo, mas não produzindo alegria. Eles corrigem a ansiedade, mas não geram estratégias para se reinventar. Atuam na insônia, mas não debelam as suas causas.

– Poxa vida! Somos tão complicados assim? – indagou Jasmine.

– Somos dramaticamente complexos, tanto que acabamos criando nossos maiores problemas – afirmou Marco Polo. – Por isso o tratamento não é mágico. Mas as técnicas que ensino para psiquiatras e psicólogos e que estou ensinando a vocês, como a DCD e a mesa-redonda do Eu, não apenas contribuem para tratar das doenças, mas também são preventivas, sendo capazes de evitar o adoecimento mental de milhões de seres humanos.

– Eu não entendi direito essa técnica da mesa-redonda – falou Michael com sinceridade.

Marco Polo explicou então que ela deveria ser usada para construir janelas light próximas ao núcleo traumático para que o Eu, quando estiver no epicentro da crise ou perto de uma, consiga acessá-la, tornando-se assim líder de si mesmo nos focos de tensão. Disse ainda que essa técnica era como uma reengenharia psicológica no cérebro. Por exemplo, um paciente que tem glossofobia, ou medo de falar em público. Ao detonar o gatilho cerebral e entrar numa janela que contém a crise fóbica, se ele previamente tiver construído janelas light paralelas, que contêm autonomia e ousadia, poderá retomar a liderança de si mesmo mais rapidamente. Desse modo, o inverno emocional durará menos tempo e terá menor intensidade.

– Então na crise se usa a DCD, enquanto, fora dela, se usa a mesa-redonda do Eu – concluiu Michael.

– Ao que me parece, a mesa-redonda do Eu pode impedir que o medo pavoroso que tenho de falar em público me sabote ou me hackeie quando eu abrir a boca. Mas como faço essa técnica? – perguntou Yuri.

Marco Polo explicou:

– Como o próprio nome da técnica de gestão da emoção diz, o Eu tem de fazer uma mesa-redonda com os fantasmas mentais que nos assombram. Tem de questionar "como?", "quando?", "por quê?" da glossofobia, da impulsividade, da timidez, dos ataques de pânico ou de qualquer que seja o transtorno emocional. Tem de resgatar os momentos de crise em que falhamos e desenhar na mente o que deveríamos ter feito e como. Tem de indagar, confrontar, discordar, reciclar a experiência dolorosa no silêncio da mente.

– É uma conversa séria e inteligente com os fantasmas que nos assombram? Mas isso não é coisa de louco? – brincou Chang.

– Loucura é não questionar nossas loucuras, insanidade é negar nossas loucuras.

– Pegou pesado, professor – retrucou Chang.

– Quantas vezes tenho de fazer essa técnica? – questionou Jasmine.

– Depende. Talvez duas ou três vezes por semana, por apenas alguns minutos – explicou Marco Polo.

Nesse momento, Peter, que continuava quieto, começou a sentir um aperto no peito. Estava definitivamente passando mal. Por uns poucos instantes, ele se esforçou para permanecer calmo, mas logo se entregou ao medo e, desesperado e ofegante, disse:

– Gente, estou tendo um ataque do coração!

– Que palhaçada é esta, Peter? – perguntou Chang. – Eu conheço você, cara. Sua saúde é de ferro.

– Estou mal. Meu coração! Acho que estou enfartando – disse, começando a suar frio.

Vendo que Peter estava realmente tenso, Marco Polo pediu que tivessem seriedade, mas os outros alunos não perdiam a piada.

– Esse cara é um artista! – falou Martin, brincando.

Mas Peter não estava brincando:

– Vou morrer! Vou morrer! – começou a gritar sem parar.

– Ai, meu Deus, Peter vai morrer! – exclamou Chang desesperado, os olhos arregalados.

– É a primeira vez que tem uma crise como esta? – indagou Marco Polo, pegando em seus pulsos. Viu que estava taquicárdico.

– Já tive três ataques assim este mês. Foi horrível.

– E procurou o pronto-socorro?

– Sim, sim. Disseram que era emocional, mas não é. Tenho certeza. Vou morrer!

Os amigos nunca imaginariam que o grande Peter já tivesse beijado a lona da sua fragilidade. Diante do relato, Marco Polo ficou mais tranquilo.

– Você não vai morrer. Respire profundamente e rejeite seu medo.

– Não consigo – disse ele, apertando o peito. – É mais forte do que eu.

Peter, o jovem mais destemido, explosivo e impetuoso do grupo, era também o que mais escondia fantasmas fóbicos. Sua agressividade era sua máscara. Sem conseguir recuperar o controle de si, continuava a bradar:

– Vou morrer! Vou morrer!

Todos já haviam deixado a brincadeira de lado e entraram em estado de choque. Eles olhavam para Marco Polo, esperando que o professor acudisse o colega.

– Não, você não vai morrer, mas está experimentando um desespero pior do que estar próximo da morte. Você está tendo um ataque de pânico. Se não gerenciar sua emoção, teremos que ir ao pronto-socorro da universidade. A mente mente! Vire a mesa na sua mente! Você consegue! Faça a técnica DCD agora. Eu aposto em você!

Foi então que Peter começou a entrar pela primeira vez no olho do furacão emocional, a impugnar e confrontar seu pânico. A técnica deveria ser feita no silêncio da mente, mas ele estava tão ansioso e angustiado que a fez com uma voz empoderada. Seu Eu começou a deixar de ser um escravo:

– Eu duvido que enfartarei agora! Duvido mesmo. Duvido fortemente que morrerei! Duvido que minha saúde não esteja ótima! Eu critico poderosamente meu medo. Eu critico minhas ideias tolas. Eu sou mais forte que meus pensamentos fúnebres, infantis, irreais. – E, olhando para os colegas, falou com autoridade: – Eu decido, diante de vocês, ser líder de mim mesmo. Decido mesmo!

Peter enxertou coragem na janela do medo, ousadia na janela do pânico, autoridade na janela da insegurança. Seu inverno emocional foi aos poucos cedendo, à medida que fazia a técnica DCD foi se acalmando. Momentos depois, falou com orgulho:

– Não é possível. Eu consegui. Meu coração desacelerou. – Ele pegou o próprio pulso. – Minha falta de ar cedeu. Acho que reeditei esta janela!

– Mas sempre há várias outras arquivadas pelo biógrafo do cérebro, o fenômeno RAM, o registro automático da memória. Por isso, recaídas ocorrem e, por isso também, existe a necessidade de tratamento – afirmou Marco Polo categoricamente. – E cada recaída deve ser encarada como oportunidade para reeditar novas janelas traumáticas e não para se achar frágil e se autopunir.

– Mas como construir janelas paralelas para não ter mais crises? É preciso um psiquiatra ou um coaching? – perguntou Martin fascinado.

– Uma pergunta inteligente. Em primeiro lugar, todo transtorno psíquico, inclusive a síndrome do pânico, precisa ser tratado por profissionais de psiquiatria e psicologia, não por coachings. Há milhares de coachings em todo o mundo que não sabem a diferença entre desenvolver habilidades, que é a sua função, e tratar de doenças, que é a função dos profissionais de saúde mental. Esse erro crasso é perigoso e tem colocado em risco a vida de muitos pacientes. Em segundo lugar, lembrem-se: após sair de uma crise, é importante que as janelas paralelas sejam construídas fora do foco de tensão. O objetivo? Prevenir novas crises e nos fortalecer quando entrarmos nelas.

– Posso aplicar as técnicas DCD e a mesa-redonda do Eu nos sintomas do TOC? – perguntou Jasmine, eufórica com a expectativa de poder amenizá-los. – Eu não suporto meus tiques.

– Não só pode como deve, Jasmine – disse Marco Polo.

– E na depressão bipolar? – questionou Florence.

– Igualmente, para complementar sua psicoterapia e o tratamento farmacológico.

– Mas não é possível curar a mente ou apagar os traumas? – perguntou Chang.

– Não. Nunca! – respondeu o pensador. – Ou você reedita as janelas traumáticas, ou as neutraliza com janelas light paralelas.

– Eu entendi que este treinamento não tem nada a ver com religião. Mas o Mestre dos mestres, que você menciona como grande treinador de personalidades complexas e complicadas, não fez milagres na mente? – questionou Michael.

Marco Polo, desde que começara a estudar e produzir conhecimento havia mais de duas décadas sobre o processo de construção de pensamentos e de formação de pensadores, desde que passara a aplicar suas teses para analisar detalhadamente personalidades como a de Einstein, Freud e, em destaque, de Jesus, sempre evitava entrar nessa seara metafísica. Mas era difícil. As pessoas eram curiosas sobre suas opiniões. Ele respirou lentamente e respondeu com cautela:

– Jesus não "fazia milagres na mente humana". Ele se propunha fortemente a ser o maior líder da história, um verdadeiro médico da emoção, em destaque treinando ferramentas para prevenir transtornos psíquicos. Estudaremos esse tema. Ainda que alguns queiram unir ciência e fé, eu, por ética, como homem da ciência, não entro na esfera da fé, embora respeite quem pensa diferente. Nas quatro biografias de Jesus Cristo universalmente aceitas, as de Mateus, Marcos, Lucas e João, há relatos de que ele suspendia as leis da física e atuava na esfera macro e microatômica para ajudar as pessoas a superar suas mazelas biológicas. No entanto, como esses fenômenos entram na esfera da fé, ultrapassando, portanto, os limites da ciência, reitero que não é minha área de pesquisa e não tenho o que opinar.

– Mas não há relatos de que ele também fez "milagres" na psique humana, como milhões de religiosos creem? – insistiu Jasmine.

– Não – repetiu o psiquiatra. – Não há cura para a mente, Jasmine. Se assim fosse, Pedro não o negaria, Judas não o trairia, os apóstolos não se atritariam décadas depois, como relatado na carta aos Gálatas. Líderes protestantes e católicos não se suicidariam e milhões de religiosos não adoeceriam emocionalmente! Se houvesse possibilidade de mudar a memória num passe de mágica, como alguns religiosos e até alguns coachings atuais acreditam, seria perigoso. Isso poderia destruir a liberdade, a livre escolha, a autodeterminação e se construiriam servos robotizados e mentes controladas.

Nesse momento Marco Polo enfatizou novamente que a saúde mental dependia de reedição lenta da memória ou da formação de janelas light paralelas.

– E Jesus treinava seus discípulos com técnicas DCD e de mesa-redonda do Eu? – perguntou Michael, curioso.

– Muitíssimo – confirmou Marco Polo.

Então o pensador da psicologia apresentou diversos exemplos. Alguns ele retomaria no futuro para discuti-los mais profundamente. Quanto à técnica DCD, Jesus treinava seus alunos com a arte da pergunta, da crítica e da decisão de se reinventar. Depois de resgatar uma mulher, o Mestre dos mestres perguntou quando os carrascos dela tinham saído de cena: "Onde estão seus acusadores?" O objetivo? Queria que ela tivesse autocrítica. E depois recomendou: "Vá e recicle sua história." Para Judas, indagou: "Amigo, por que você está aqui?" Ele sabia a resposta, mas queria que ele se questionasse, duvidasse de não poder usar seu erro para crescer, criticasse todo pensamento autodestrutivo e decidisse se reinventar.

Logo após ouvir esses exemplos, Florence fez um comentário:

– Tem uma passagem a que eu tenho aversão: "Se teu olho te fez errar, arranque o!"

– É uma passagem estranha, Florence, e de difícil compreensão, realmente – afirmou Marco Polo. – Mas, como Jesus era completamente generoso com todos, capaz de colocar em risco a própria vida para proteger os que viviam à margem da sociedade, inclusive leprosos e prostitutas, ele não falava nesta passagem sobre mutilação física. Ele se referia ao treinamento do Eu para impugnar pensamentos débeis e emoções doentias que levam as pessoas a cometerem loucuras. É uma forma de aplicar a técnica DCD.

Quanto à técnica da mesa-redonda do Eu, Marco Polo comentou que Jesus, ao encorajar seus alunos a entrar em seu quarto, em seu espaço mais íntimo, e construir um diálogo aberto e inteligente com o Pai – em vez de fazer recitações robotizadas –, estava encorajando uma espécie de técnica semelhante. Disse, entre outros exemplos, que a mesa do último jantar também era uma representação metafórica dessa técnica. Ao redor dela, Jesus ensinou aos seus seguidores a necessidade de construir janelas light paralelas através da higiene mental, simbolizada pelo ato de lavar os pés dos alunos. Também ao redor dela, ele os treinou a reciclar a necessidade neurótica de poder e a sede doentia de ser o centro das atenções sociais que contamina toda sorte de líderes, e os levou a compreender que maiores são os que servem, não os que são servidos.

Houve um momento de silêncio para que todos os alunos assimilassem esses grandes ensinamentos. Alguns tomaram notas. Eram informações perturbadoras que deveriam ser experimentadas ao longo de toda a vida, até o último suspiro existencial.

– Estou perplexa, doutor Marco Polo – afirmou Florence antes de completar magistralmente: – Sei das teses do déficit de serotonina nas sinapses nervosas como uma das causas da minha depressão bipolar, mas o que você nos transmitiu até agora sobre livre-arbítrio, os fenômenos que constroem pensamentos, a síndrome predador-presa, o biógrafo do cérebro, as janelas da memória e as técnicas de gestão da emoção, é tudo tão novo e tão impactante que me deixou quase sem palavras. Estou assombrada ao ver que conheço tão pouco sobre quem sou.

Muitos menearam a cabeça em concordância. Nesse momento, Marco Polo declarou que a aula daquele dia havia chegado ao fim, e lhes propôs um exercício:

– Nas próximas 24 horas, vocês viajarão por toda a sua história, penetrarão nas camadas mais profundas da sua mente e resgatarão os dias mais tristes, os mais deprimentes, os mais ansiosos de sua vida. Recuperem os momentos em que penetraram nos vales do desespero e os períodos em que perderam o autocontrole. Se entrarem nos focos de tensão, usem a técnica DCD. Se não entrarem, apenas resgatem imaginariamente seu passado turbulento, façam a técnica da mesa-redonda do Eu. Tragam por escrito suas principais experiências.

E, assim, o psiquiatra os deixou. E eles partiram em busca do mais fundamental de todos os endereços, um endereço que bilionários do mundo todo raramente encontraram. E aplicaram as duas técnicas.

Todos os alunos de Marco Polo começaram a descobrir que conheciam apenas a varanda ou a sacada da casa que chamavam de personalidade.

Na aula seguinte, os relatos foram incríveis.

Jasmine, além de sofrer com TOC, impulsividade e ansiedade crônica, se mutilava no banheiro. Florence, além de ter depressão bipolar e de ter sido abandonada pelo pai, teve que lidar com o fato de sua mãe ter sido prostituta e de ela própria ter sido estuprada por dois homens mascarados na rua. Michael, além de ter perdido o irmão mais novo e de precisar lidar com a depressão crônica da mãe, tinha um pai que era um alcoólatra inveterado. Martin fora abusado sexualmente por um tio. Sam, além da síndrome de Tourette, passara fome na infância, tanto de alimentos quanto de afeto. Peter, além da personalidade autoritária e explosiva e da síndrome do pânico, tinha mágoas familiares inenarráveis. Harrison era o patinho feio da família, já fora atropelado e passara um mês na UTI. Chang, o mais bem-humorado da turma, escondia uma história sem sorrisos, tivera meningite e quase morrera. Seu pai, filho do famoso reitor Jin Chang, era um empresário de sucesso. Todavia Chang fora renegado por ser um filho bastardo, fruto de uma relação fortuita de seu pai com uma prostituta.

Eram colecionadores de perdas, crises e fracassos. Todos eles já tinham sofrido bullying em razão de características como biótipo, estatura, cor da pele, notas baixas, comportamentos bizarros, atitudes fora do padrão social aceitável. Todos eles já tinham sido abandonados por pessoas que amavam e todos eles abandonaram também seus íntimos. Todos eles, igualmente, se autoabandonaram, cobravam demais de si mesmos e, embora parecessem alienados, se colocavam num lugar indigno em sua própria agenda. Por isso, todos eles necessitavam fazer a técnica DCD e a mesa-redonda do Eu para tomar duchas mentais, recolher seus pedaços e reeditar suas dilaceradas histórias.

11

O PODER DE RENOVAR CÉREBROS ESGOTADOS E REJUVENESCER A EMOÇÃO

Na aula seguinte, todos resolveram ir para o jardim do campus. Sentaram-se em roda no lindo gramado e Marco Polo os parabenizou pelo progresso, mas ainda havia uma longa jornada pela frente e as chances de terem sucesso eram mínimas. Um bom mestre prepara seus alunos para o sucesso; um mestre excelente os prepara para os fracassos. Não poderia irrigá-los com aplausos; em vez disso, seu papel era equipá-los para as vaias.

– Já pensaram nos deboches, nas ironias e rejeições que os alunos de Jesus passaram ao deixar suas redes e o mar da Galileia para seguir aquele estranho personagem?

– De... de... devem ter si... do muitos – disse Alexander com dificuldades.

– E vocês? Têm medo das críticas, exclusões e humilhações que poderão enfrentar por participarem deste treinamento?

– Bom, eu não... – expressou Jasmine, titubeante.

O psiquiatra os advertiu:

– Se tiverem, poderão não sobreviver a este processo.

– Eu não tenho medo – afirmou o sempre rápido Chang. – Traço qualquer coisa.

– E você, Peter? Não tem medo? – questionou Marco Polo.

– Não tenho medo de nada – declarou ele.

– Peter, noutro dia você teve um ataque de pânico. Como pode fazer essa afirmação?

– Mas aquilo é eventual...

– Eu também não tenho medo – afirmou Michael, mas, esperto, se corrigiu: – Só de mim mesmo.

– Vocês trocam de estação emocional muito rapidamente. Só não tem medo quem está num cemitério – disparou o psiquiatra. – O que farão quando entrarem em contato com os vampiros da sua mente?

– Não acredito em vampiros – atalhou Peter.

Marco Polo tinha convicção de que Peter estava progredindo, mas ele vivia o efeito sanfona: avançava e recuava. Sabia ainda que ele influenciava todo o grupo com sua arrogância, impulsividade e sua necessidade neurótica de estar sempre certo e de controlar os outros. Precisava fazê-lo desinflar seu ego.

– Qual a sua idade emocional, Peter?

– Vinte e cinco.

– Não indaguei sua idade biológica, mas sua idade emocional.

– Não entendi.

Marco Polo raramente dava respostas prontas.

– Vou conduzi-lo a encontrar a sua idade emocional por si mesmo. E creio que você será honesto para responder às minhas perguntas. Responda: você é imediatista?

– Sim – respondeu Peter prontamente.

Marco Polo falou sério, mas em tom de brincadeira:

– Todo imediatista acrescenta mais dez anos à sua idade biológica! Mas vamos continuar mapeando seus vampiros emocionais. Você sofre pelo que ainda não aconteceu?

Peter mentiria, dissimularia, mas, como o psiquiatra o provocara a ser honesto, depois de hesitar, o jovem confessou:

– Sim... Sofro pelo futuro.

– Não acredito, cara. Você sofre pelo futuro? Mas parece tão alienado e irresponsável – intrometeu-se Chang, dando gargalhadas.

Peter ficava perturbado com as alfinetadas do amigo, mas ele era o único ser humano que podia provocá-lo sem assinar uma sentença de morte.

– Some mais dez anos à sua idade emocional. Reclama muito? – continuou Marco Polo.

– Quem não reclama, cara? Eu... vivo reclamando.

– Tudo bem – disse Marco Polo. – Acrescente mais dez anos.

– Pô, eu também sou assim – falou Yuri.

– Eu também – afirmaram Michael e Harrison ao mesmo tempo.

Jasmine tinha uma mente cansada de tanto pensar bobagens e reclamar de tudo e de todos.

– Eu mais ainda – confessou ela.

– É impaciente com quem não corresponde às suas expectativas?

Nesse momento, os movimentos repetitivos de Sam aumentaram, pois ele sabia que esperava excessivamente retorno dos outros.

Peter, já transpirando, respondeu:

– Claro, claro!

– Mais quinze anos à sua idade emocional – ponderou o psiquiatra.

– Mas o que você quer, cara? – esbravejou Peter, finalmente perdendo a paciência. – Vai me dizer que estou num asilo emocional?

– Sim, está. Aliás, praticamente todos vocês estão. Cérebros esgotados envelhecem a mente precocemente. Precisam treinar o rejuvenescimento da emoção. Caso contrário, serão infelizes e farão os outros infelizes.

– Eu acho que o Peter é velho mesmo – afirmou Chang. – É um sujeito desmotivado, não tem sonhos, acorda cansado, é preguiçoso e vive pendurado no celular.

– Espere aí – retrucou Peter. – Você está acabando comigo! E você? Não está num asilo?

– Confesso que estou com o pé na cova por dentro – brincou Chang.

– Mas vo... cê não brin... brinca com tudo? – indagou Alexander.

– O sorriso é um bom disfarce – disse Chang, deixando todos silenciosos. Quando notou o clima pesado, fingiu chorar, mas logo voltou aos deboches: – Caramba! Estou ficando profundo.

– Sinto que tenho 200 anos de idade emocional! – comentou Florence.

E, emocionada, acrescentou: – Estou viciada em redes sociais, tenho um desejo compulsivo de ser igual a essas influenciadoras com o corpo sarado e sempre de bem com a vida. Sei que elas são hipócritas e medíocres como eu, que vivem uma vida *fake*, mas não consigo sair da gaiola do meu celular.

– Estamos na era do envelhecimento precoce da emoção – explicou o psiquiatra. – A busca da fonte da eterna juventude sempre fascinou o ser humano. Em 1513, o navegador espanhol Ponce de León, em sua busca ansiosa pela fonte da juventude, atracou num lugar em que acreditava ser capaz de encontrá-la, mas não a descobriu. Apesar disso, encontrou uma terra saturada de flores coloridas e belas, a que chamou de florida e que, por fim, se tornou o estado da Flórida. No século XXI, a busca pela juventude tornou-se poderosíssima, com tantas cirurgias plásticas, procedimentos estéticos, medicamentos e academias. Mas, em contraste com a juventude física, está ocorrendo um envelhecendo dramático da emoção, mesmo entre adolescentes. Reclamam de tudo e de todos, são impacientes, não relaxam.

– O que fazer para rejuvenescer a emoção? – indagou Jasmine, curiosa e preocupada.

– Vocês têm de aprender a construir janelas light em toda a paisagem da memória, e não apenas ao redor do núcleo traumático, como propus na técnica da mesa-redonda do Eu. Têm de treinar ser um simples ser humano, capaz de sentir a vida pulsar, de colecionar amigos, de se conectar com a natureza. Ah, além disso, um ser humano saudável não expulsa o tédio da vida nem maltrata a solidão, pois através deles ele pode namorar a vida e libertar sua criatividade.

– Quem detesta a solidão e o tédio não se conecta consigo mesmo? – questionou Martin.

– Eu reafirmo que não!

– E além disso tem baixa criatividade? – perguntou Yuri.

– Exato – disse o psiquiatra sem meias palavras.

– Por isso, no último ano não produzi quase nada. Não consegui hackear os segredos dos computadores – comentou Yuri.

– Somos velhos emocionalmente e desconectados de nós mesmos – concluiu Chang. – Estamos enrolados.

– Mas eu sou criativo – afirmou Victor.

Marco Polo aproveitou para dar uma lição nele.

– Você é muito criativo, Victor, não tenho dúvidas, pois vive solitariamente dentro de si. Toda pessoa tímida tem maior tendência à criatividade. Mas de que tipo? Saiba que a solidão branda é a mãe da criatividade saudável, mas a solidão tóxica, ou seja, o isolamento social, é a fonte de ideias destrutivas e autodestrutivas. Muitos que atiram e matam seus pares inocentes vivem uma solidão tóxica.

– Que tipo de exercício podemos fazer para mudar a paisagem da memória? – perguntou Jasmine.

Marco Polo respirou profundamente e lhes propôs exercícios inesperados que deixaram todos atônitos e reticentes em fazer.

– Peter e Chang, estão vendo aquelas duas árvores?

– Sim – disseram.

– Vão lá abraçá-las. Sintam a vida pulsando nas intempéries que elas já atravessaram.

– Está brincando, homem – zombou Chang.

Peter ficou petrificado:

– Não, não, não.

Mas Marco Polo nem deu importância à resistência deles.

– Jasmine e Michael. Vão até aquela faxineira idosa e lhe deem um abraço também. E, além disso, indaguem quais foram os dias mais emocionantes de sua história.

– Não, professor, é impossível – respondeu Jasmine, espantada.

– É impossível porque você é emocionalmente mais idosa ou porque chafurda na lama da solidão? Liberte-se – provocou Marco Polo. E depois continuou: – Florence e Yuri. Estão vendo aquele rapaz tocando violão? Cheguem até ele, elogiem seu talento musical, peçam para ele tocar uma música que vocês saibam e a cantem em voz alta para todos ouvirem.

– O que é isso, professor? Sou desafinada demais. Não dá – recusou Florence, desesperada.

– Eu também – completou Yuri.

– O problema não é ser desafinado em sua voz. O problema é ser desafinado em sua emoção, ser mentalmente engessado e ter alodoxafobia.

– Alodoxafobia? Que bicho é esse? – perguntou Michael.

– Medo da opinião dos outros, aversão a críticas.

E assim foi propondo exercícios similares para os doze. Inseguros, olhando de lado, profundamente temerosos, acabaram indo.

Chang já tinha passado por aquela árvore milhares de vezes, mas nunca a notara. Era um carvalho. Ficou meio receoso, mas pouco a pouco a acariciou e percebeu sua beleza e afetividade. Afetividade? Sim, pensou. Ela recebe os pássaros à noite para repousar e de manhã eles partem sem se despedir. E na noite seguinte os recebe novamente sem nada cobrar. Pela primeira vez chegou a essa conclusão. E abraçou delicadamente seu tronco carcomido.

Peter olhava de um lado para outro. Parecia um jovem tão autônomo e forte, mas no fundo vivia um personagem, um disfarce. Dentro de si era frágil, inseguro, tinha uma alodoxafobia dramática mas inconfessável, pois a opinião dos outros o controlava. Tocou a árvore e sentiu algo estranho. "Como ela sobreviveu a tantos invernos? E às tempestades? E à escassez hídrica?", pensou. Nunca havia pensado na resiliência das árvores, na força da natureza. Era um explorador, não um pensador. E, nesse momento, não teve vergonha de abraçar sua árvore. Mas, quando o fez, ouviu vozes gritando a uns 50 metros de distância.

– Doidos varridos! Malucos! Psicóticos!

O ressoar dos tambores do bullying vindo de outros jovens o perturbou. Mas ele mesmo já havia feito coisa parecida muitas vezes. E começou a se arrepender de sua estupidez, da sua inumanidade. E pensou consigo novamente: "Eu posso suportar o inverno dos deboches agora?" E afirmou para si: "Posso e devo!" Foi assim que continuou abraçando a árvore e acariciando-a. Sua paz começou a valer ouro; o resto era lixo.

Vincent Dell, que observava o jardim da janela de sua sala, ao longe, também fez coro ao deboche. Bradava:

– Loucos! – Torcia para que o experimento de Marco Polo fosse um fracasso. E depois disse para seu servo The Best: – Serão execrados. Esse treinamento nunca dará certo.

Nunca ninguém havia abraçado árvores no pátio da universidade. Mas os dois rebeldes começaram a entender que quem nunca abraçou uma árvore nunca amou o pulsar da natureza de verdade.

Jasmine e Michael tiveram uma experiência incrível com a faxineira idosa.

– Qual seu nome? – indagou Michael.

– Carol, meu filho. E o de vocês? – perguntou ela de volta, mas com docilidade.

Depois das rápidas apresentações, Jasmine perguntou:

– Poderia nos contar uma das partes mais importantes de sua história?

– Por quê, minha filha? Não sou nenhuma celebridade.

– Mas pessoas anônimas podem ter histórias mais espetaculares do que as celebridades – destacou Jasmine, que antes não acreditava nisso. Quem sabe por essa razão ou talvez por sua ansiedade e por sua superficialidade, ela mesma rarissimamente tinha paciência para ouvir um simples anônimo.

Carol silenciou-se e sorriu. Depois falou:

– Trabalho há 30 anos nesta universidade. Já limpei vômitos de alunos, catarro de infectados e até o sangue de um massacre causado por um psicopata que matou dez pessoas há quinze anos, mas nunca ninguém perguntou quem sou. Talvez nem saibam que existo. Vocês são diferentes.

Os dois se entreolharam e ficaram constrangidos. Eram iguais aos demais alunos.

– Somos idiotas emocionais como a grande maioria dos estudantes, indiferentes à história dos outros – afirmou Michael. – Mas estamos iniciando um novo aprendizado.

E, assim, para a surpresa deles, Carol começou a contar sua história:

– Sou imigrante mexicana. Deixei meus amigos e meus parentes para vir aos Estados Unidos com minha mãe quando eu tinha apenas 9 anos. Fugíamos da miséria e da fome. Ao atravessar o rio da fronteira...

– A voz de Carol ficou embargada. – Minha mãe gritava: "Nade, filha! Nade mais forte!" E me segurava. Mas eu não sabia nadar direito, nem ela. Ao final da travessia, ela estava sem forças. Quando me empurrou para a margem, me agarrei num arbusto. Logo antes de afundar para sempre, ela declarou seu amor por mim: "Te amo, filha. Te amo! Nunca a esquecerei." Desesperada, eu gritava: "Mamãe! Mamãe! Não me deixe!" – Carol fez outra pausa enquanto recordava sua história. Com os olhos úmidos, falou poeticamente: – As lágrimas que derramei naquele rio encheram o oceano da minha vida. Elas evaporaram e se transformaram em gotas do céu. Por isso, toda vez que chove, vou para fora sentir as gotas de chuva para recordar que é pelo amor da minha mãe que estou viva.

Michael lembrou-se de sua mãe, que morrera de câncer havia três anos. Entristeceu-se. Deveria ter passado muito mais tempo com ela, declarado seu amor e tê-la abraçado até o seu último suspiro existencial, mas estava ocupado demais com festas, drogas e seus prazeres imediatos.

A mãe de Jasmine estava viva. Ela havia afundado no rio da prostituição para suprir suas necessidades quando fora abandonada com a filha. Mas a menina, que sempre tivera vergonha da mãe, agora queria lhe dizer que tinha orgulho dela.

Carol atravessou desertos com outros imigrantes. Acabou indo parar num orfanato religioso. Perdeu tudo, mas não a fé na vida nem a motivação para viver. Sem qualificação, tornou-se faxineira. Até que foi trabalhar na universidade. Sua pele desidratada e suas cicatrizes refletiam seu trabalho árduo por décadas, mas era emocionalmente mais jovem que os jovens da era digital. E ela terminou sua história dizendo:

– A solidão é difícil de suportar. Preocupada com os idosos de Los Angeles, para que não sejam abatidos pela solidão por morarem sozinhos, sem que seus filhos ou outros parentes o visitem, montei um pequeno grupo sem fins lucrativos para irrigar o final da história deles.

– Que surpreendente! – exclamaram Michael e Jasmine.

– Fazemos festas de aniversários e prestamos pequenos serviços, como dar medicação, lavar roupas, limpar suas residências.

– Com você, Carol, Los Angeles tem um pouco menos de solidão tóxica – comentou Jasmine, impactada.

– Talvez, se lhes ensinasse a técnica DCD e a mesa-redonda do Eu, você também cuidasse da emoção deles. – E Michael rapidamente explicou como colocá-las em prática.

– Poxa! O que essas pessoas solitárias mais precisam é lidar com suas emoções. Conte-me mais sobre essas técnicas – pediu Carol, curiosa.

Enquanto isso, Florence e Yuri se aproximavam do músico para fazer seu exercício prático de gestão da emoção. Venceram a timidez ao elogiá-lo e, depois, solicitaram que tocasse a famosíssima música de Paul McCartney, "Yesterday". Começaram a cantá-la timidamente. Alguns jovens se aproximaram e começaram a dar risadas da atitude dos dois. Florence já era conhecida de alguns, fosse por seu isolamento, fosse por seu comportamento depressivo. Pareciam ridículos. E, temerosos com a rejeição que sofreram, desafinaram. Interromperam seu cântico em meio às gargalhadas.

Quando ia partir envergonhada, Florence lembrou-se da aula de Marco Polo. Recordou que sua inibição era fruto do complô entre o gatilho cerebral e a janela killer que continha seu complexo de inferioridade. Não havia livre-arbítrio no primeiro momento. Mas, no segundo momento, teria de haver, caso contrário continuaria sendo uma escrava emocional. Seu Eu poderia debelar o foco de tensão através da técnica DCD: duvidar drasticamente do controle do medo, criticar severamente a sua insegurança e decidir convictamente ser protagonista de sua história. Foi o que fez. Retomou o autocontrole, fitou os alunos que zombavam deles e lhes impactou com informações desconhecidas por eles.

– Paul McCartney gravou "Yesterday" em 1965. É a música mais transmitida mundialmente pelas rádios, com mais de seis milhões de execuções só neste país. Ele a compôs depois de um sonho, mas, inseguro, achou que poderia estar plagiando alguma música já existente, o que o levou a indagar desesperadamente durante um mês se alguém conhecia uma melodia parecida. Depois de se assegurar de que era dele mesmo, a terminou. E vocês plagiam quem? Celebridades ocas?

YouTubers vazios? Predadores que fazem bullying? Modelos que vivem padrões tirânicos de beleza?

A plateia silenciou com a crítica inteligente de Florence. Imediatamente ela encarou Yuri e demonstrou com o olhar que não se importava em ser ridicularizada, desde que não plagiasse ninguém, desde que fosse ela mesma e fizesse o que amasse.

– Por favor, toque "Yesterday" novamente – solicitou Florence e, para a surpresa de todos, pediu licença poética aos Beatles em sua mente e usou a melodia da música, mas substituiu a letra pela sua história. Cantou o seu passado nebuloso, o seu *yesterday* dilacerado. E foi afinadíssima:

Yesterday. Meus problemas me roubaram de mim mesma.
Eu era uma pequena e inocente menina,
Que encontrou um predador que a violentou.
De repente, eu não fui metade da mulher que queria ser.
Existe um fantasma que me assombra todos os dias.
Oh, Yesterday, furtou minha felicidade.

Eu sempre fugi de mim mesma, agora sei
A mente mente.
Pensava que era impossível recolher meus pedaços.
Eu choro com saudades de mim mesma,
Do dia antes de Yesterday.

O amor é um jogo tão difícil de jogar.
Mas não vou desistir.
Vou procurar por mim mesma.
Oh, eu choro meu Yesterday, mas sorrio para meu futuro.

Os alunos que haviam dado gargalhadas de Florence empalideceram. Descobriram que ela cantava a sua própria história. Alguns foram às lágrimas ao ouvi-la. Yuri, inteligentíssimo mas frio, também lacrimejou ao ouvi-la e, ousado, escavou sua história e cantou:

Yesterday, minha mãe fechou seus olhos quando abri os meus.
A vida me tirou de seus abraços, foi tão difícil sem você.
Meu pai me culpou por te perder, não sabia me amar, só me espancar.
Hoje tento hackear a todos que encontro,
Mas no fundo tento escavar as camadas do meu ser.
Me achar em meio às minhas loucuras.
Oh, Yesterday.
Talvez amanhã eu deixe de me odiar e passe a me reinventar.

Profundamente comovido, não conseguiu cantar tão bem quanto Florence, mas foi lindo. Os jovens que os observavam ficaram sensibilizados com esse russo que tinha um inglês sofrível, tão carregado de dores. Entenderam que o *yesterday* dele fora angustiante, e o dela, deprimente, mas estavam aprendendo a abraçar para ter melhores dias no futuro.

Florence e Yuri se aproximaram da turma eufóricos para lhes contar sua história. Depois dos relatos emocionados, Yuri pediu para falar em particular com Marco Polo. O psiquiatra atendeu a seu pedido, e os dois se afastaram um pouco do restante do grupo.

– Professor, estão hackeando nossos celulares. Sinto que estão seguindo nossos passos, inclusive sua fala.

Marco Polo ficou tenso.

– Como isso é possível?

– Não sei, mas tem de ser alguém muito bom para fazer isso.

– Vincent Dell?

– Ele não teria essa capacidade.

Nesse momento, Marco Polo lembrou-se do ultrassecreto *Robo sapiens* The Best. Mas considerou que era melhor, até para ninguém correr riscos, continuar seu trabalho sem se importar com seus algozes.

– Não temos nada a esconder – afirmou.

Em seguida foram até os demais e ouviram seus admiráveis relatos. Marco Polo abraçou-os, um por um. Escalaram uma montanha com pequenas cordas. Mas o que não sabiam é que à frente deles havia penhascos íngremes e perigosíssimos para escalar.

12

O PODER DE NÃO EXIGIR DOS OUTROS O QUE ELES NÃO PODEM DAR

No dia seguinte, antes de qualquer ensinamento teórico, Marco Polo encontrou seus alunos no imenso saguão da universidade. Sem dar maiores explicações, distribuiu uma sacola a cada um e pediu que fossem catar o lixo do pátio, dos corredores e das salas de aula.

– Isso é demais. É humilhante! – contestou Peter.

– Humilhante? Os desinteligentes emocionais falam da preservação do meio ambiente, mas quando você olha para seus comportamentos, eles não saem do lugar, não têm coragem de tomar uma atitude concreta para cuidar do planeta – comentou Marco Polo.

– Mas vão gozar de nossa cara – argumentou Chang.

– E daí? Sucumbirão à alodoxafobia? Ontem vocês deram provas de que não querem ser escravos da opinião alheia – lembrou-os o psiquiatra.

Jasmine esfregou as mãos umas nas outras sem parar. Sam batia na própria testa continuamente e deu uma gargalhada fora de contexto. Florence ficou muda.

– Cara... caramba, eu não dou con... conta! – exclamou Alexander.

– Meus amigos vão me cozinhar vivo – comentou Victor.

Marco Polo olhou para eles e, um pouco decepcionado, disse:

– Quanta preocupação doentia! Enquanto retiram o lixo da universidade, pensem que os hipócritas emocionais não apenas não têm atitudes reais para preservar o planeta Terra, como também não fazem nada pelo planeta mente. Coloquem em prática as técnicas que lhes ensinei para reciclar o lixo mental.

E, contrariados, eles foram. Passaram recolhendo tudo. Alguns jovens ficaram paralisados com as atitudes deles.

– Meu Deus, o que está acontecendo com aqueles rebeldes? – perguntou um.

– Ontem abraçaram árvores e cantaram em público. Esses caras estão pirando – comentou outro. – Nunca limparam nem a cadeira em que sentam, agora querem limpar o campus.

Um deles, que era desafeto antigo de Peter, jogou um toco de cigarro no chão na frente dele. Peter o catou. Em seguida pegou um papel amassado e jogou na cara dele. Peter catou o papel também. Chang, que observava a cena, se intrometeu e disse ao mal-educado:

– Cai fora!

Mas o rapaz, não se conformando com a falta de reação de Peter, chegou próximo aos seus ouvidos e falou alto:

– Oh, maluco! Não quer engraxar meus sapatos? – E vendo que mesmo assim ele não reagia, descalçou o sapato direito, cuspiu nele e o esfregou na cara de Peter.

Peter, sem conseguir mais se conter, num ataque de raiva, lhe disse:

– Quero engraxar é a sua cara!

E lhe deu um tapa no rosto que o atirou longe. O caso foi parar na diretoria. Vincent Dell acusou Peter de agressão.

– É isso que você tem aprendido com o doutor Marco Polo?

– Não, mas ninguém passa por cima de mim assim!

– Um sujo educando o mal lavado. Você é um jovem violento e, com esse treinamento, continuará estressando seu cérebro e ficará mais agressivo ainda.

– Acabou o sermão? – disse Peter ao reitor, se levantando.

– Seu insolente! Desista antes que você assassine alguém.

– E você? Quantos alunos você já assassinou?

– Estou louco para acabar com você.

Peter percebeu claramente que Vincent Dell odiava Marco Polo e detestava o treinamento que realizava. O tiro saiu pela culatra. Em vez de querer desistir, ele foi instigado a continuar.

✦

Os demais alunos cumpriram a sua tarefa. Eles deram o exemplo de que estavam coletando lixo do ambiente e começando a coletar o lixo da própria mente, reeditando-o.

– Eu falhei – confessou Peter para seus colegas e para o professor.

– Não creio. Exceto pela sua agressividade. Pelo que Chang me contou, você suportou um nível de estresse que seria impensável no passado. Vitórias e derrotas, aplausos e vaias fazem parte daqueles que ousam.

Marco Polo e seus alunos começaram a caminhar pelos corredores da universidade. Enquanto caminhavam, ele lhes ensinava. Ele disse que, para o Mestre dos mestres, o egoísmo – pensar só em si –, o individualismo – ser só para si – e o egocentrismo – ser o centro do mundo – são bombas que implodem a saúde emocional e a felicidade inteligente.

– Quem tem essas características, ainda que alcance sucesso intelectual e financeiro, será um miserável? – indagou Florence.

– Sim.

– Não terá sucesso emocional? – atalhou Hiroto.

– Não terá – respondeu Marco Polo claramente.

– Mas então está tudo errado. O dinheiro pode empobrecer – interveio novamente Hiroto.

– Se o dinheiro possuir seu proprietário, ele falirá seu cérebro – discorreu o psiquiatra. – E, sinceramente, talvez eu possa dizer que mais de 99% dos endinheirados empobrecem emocionalmente.

E assim continuou ensinando. Comentou que, para o carpinteiro de Nazaré, só haveria felicidade se ela fosse coletiva.

– Não há felicidade personalista, apenas a social. Se a sociedade for infeliz, o sujeito, por mais sucesso que tenha, será infeliz.

– Isso tem a ver com o socialismo? – questionou Florence.

– Não. O socialismo matou milhões de pessoas por causa da ideologia e o capitalismo selvagem alienou milhões de pessoas pela falta de oportunidade. Toda vez que o ser humano serve à ideologia e não a ideologia serve ao ser humano, ela é doente, atroz, inumana. O socialismo está doente e o capitalismo está enfermo. O ideal seria que a razão fosse capitalista, que a economia fosse liberal, mas o coração fosse social, ou seja, se preocupasse com a falta de igualdade, oportunidade e bem-estar dos desvalidos.

O psiquiatra comentou que os personalistas, que só vivem para si e pensam apenas em si, são estupidamente enganados, traídos por sua própria emoção. Todos os corruptos são infelizes, todos os egocêntricos são miseráveis. Um dos maiores prazeres humanos é possuir não poder, tesouros, bens materiais, mas a capacidade de irrigar os outros com prazeres. Por isso, o Mestre dos mestres tratava os rejeitados socialmente como seus diletos amigos. Haja vista que as arenas dos esportes são lotadas, pois o prazer coletivo é arrebatador.

Depois de todos esses ensinamentos, Marco Polo interrompeu sua marcha e fitou cada um de seus alunos.

– Para conquistar uma felicidade coletiva, ainda que seja familiar ou empresarial, temos que superar a necessidade neurótica de mudar os outros. Ninguém muda ninguém. Temos o poder de piorar os outros, mas não de mudá-los.

– Caramba, não sabia disso – disse Peter, um jovem que amava pressionar os outros.

– Lembre-se do fenômeno RAM, o biógrafo do cérebro. Pressionar os teimosos, os lentos, os tímidos, tentar mudá-los, produz janelas killer que apenas os pioram, cristalizando o que mais detestamos neles.

– Vixe. Eu piorei muita gente então – admitiu Chang.

– Quem cobra demais dos outros é carrasco deles; e quem cobra demais de si mesmo é seu próprio algoz. O Mestre de Nazaré via um charme nos defeitos que não eram graves. E vocês? São bem-humorados ou intragáveis? Cobram demais dos outros? São implacáveis consigo mesmos também?

– Eu cobro muito dos outros – confessou Victor.

– Sou uma idiota emocional. Cobro demais de mim mesma. Sou implacável com meus erros. Não relaxo! – admitiu Florence.

– Eu excluo os diferentes – apontou Sam.

– Eu cobro de todo mundo – declarou Michael. – Principalmente de meus irmãos e amigos.

Marco Polo continuou:

– Alegro-me ao ver que estão aprendendo a admitir sua estupidez socioemocional, pois muitos a escondem sob o tapete de seus disfarces, sob status, poder, cultura acadêmica. O ser humano é infeliz formando pessoas infelizes, é emocionalmente doente contribuindo para que os outros sejam doentes. Não são leves, não são livres, não são pacientes.

Todos ficaram em silêncio por alguns instantes. Vendo-os reflexivos, Marco Polo propôs outro exercício socioemocional que os abalou:

– Procurem os funcionários desta universidade, em todas as repartições, e perguntem a eles como estão suas relações. Indaguem se cobram demais de si e dos outros. Perguntem se são bem-humorados a ponto de considerarem um charme os defeitos das pessoas que amam.

Muitos alunos ficaram com um nó na garganta. Alguns engoliram em seco. Eram superficiais e pessimamente humorados. Viver com eles era um martírio. Nunca entraram na intimidade das pessoas e tampouco sabiam como fazê-lo. Não eram psicólogos, psiquiatras, terapeutas; eram rebeldes egocêntricos, egoístas e individualistas. Mesmo seus pais e seus amigos eram, para eles, um túmulo inviolável. Somente Yuri e Jasmine tiveram a experiência de conversar com a faxineira Carol. Mas era muito pouco. Pasmados, tentaram recuar.

– Quem vai se abrir conosco? – indagou Sam, tenso.

– Vão nos tachar de terroristas – disse Harrison.

– Invasores, malucos, sei lá o que mais... – acrescentou Michael.

– Não dá. Vivi na cultura japonesa, que é extremamente fechada. Há filhos deprimidos ou à beira do suicídio, como eu já estive, e os pais nem sequer sabem disso – afirmou Hiroto, emocionado. – Não tenho ideia de como entrar na vida das pessoas.

– Ótimo, é uma boa oportunidade para aprender – disse Marco Polo.

– Mas onde está o manual, professor? – questionou Florence.

– Dentro de vocês! Libertem seu imaginário, se virem! – exortou o psiquiatra.

– Mas todos podem achar estranho e vão chamar a segurança – disse Jasmine, deixando-se tomar pela ansiedade.

– Que chamem. Indaguem se os seguranças são leves com os próprios filhos. Se eles são seres humanos que abraçam e brincam ou são cobradores.

– E se chamarem o re... reitor? – perguntou Alexander, desesperado.

– Tô fora – disse Peter. – O reitor vai me expulsar.

Mas Marco Polo os tranquilizou:

– Acalmem-se. A menos que chamem o reitor, para os demais colaboradores da universidade vocês podem dizer que estão fazendo uma pesquisa sociológica, o que não deixa de ser verdade. Alguns poderão estranhar, mas é provável que outros cheguem a rasgar seu coração emocional. As pessoas vivem numa solidão tóxica. Creiam.

E lá foram eles, receosos. Tiveram muitas dificuldades no início, mas depois foram pegando o jeito. O resultado foi impressionante.

"Eu sou carrasco da minha filha", disse um secretário.

"Eu me esmago de tanto cobrar de mim mesma", comentou uma assistente.

"Sou agressiva com quem falha. Preciso ser mais leve", declarou uma chefe de departamento.

"Cai fora daqui. Minha vida particular não diz respeito a ninguém", disse um dos contadores da universidade.

Dez funcionários abordados recuaram, consideravam que os jovens eram intrusos, um bando de insanos. Mas 42 deles se abriram em diversos níveis. Destes, 38 disseram que eram implacáveis cobradores de si mesmos e/ou dos outros. Um deles comentou para Peter e Chang:

"Eu não me suporto mais. Se dou uma opinião que acho que não foi adequada, me puno. Se me calo, me puno mais ainda. Se não consigo realizar meu trabalho, me cobro. Se faço todo ele e algo sai um pouco diferente do que esperava, me cobro mais ainda. Se agrado a todos, me torturo porque não estou sendo eu mesmo. Se desagrado alguém, me torturo muito mais. Estou cansado. Sou mutilador de mim mesmo", e foi às lágrimas.

Ao ouvir tais relatos, Marco Polo disse:

– Como cobradores, eles estão aptos a trabalhar numa financeira, mas não a viver relações saudáveis.

Seus alunos nunca imaginaram que poderiam ensinar pessoas radicais ou fechadas a ver com simpatia e charme determinados defeitos das pessoas, como irritabilidade, impulsividade, impaciência. Quinze funcionários agradeceram muito a eles. Disseram que treinariam cobrar menos e abraçar muito mais, fossem os próprios pais, fossem namorados ou namoradas, ou mesmo colegas. Vinte e cinco disseram que tomavam medicamentos para induzir o sono, controlar a ansiedade e/ou depressão. Vincent Dell não sabia que seus colaboradores estavam doentes, esgotados, fragilizados. Nunca fizera uma pesquisa sobre a qualidade das relações socioemocionais das pessoas com quem trabalhava. Era uma empresa e uma universidade doente.

Marco Polo se emocionou, não imaginou que teriam um resultado tão surpreendente. Ao fazer o relato do que haviam escutado, os "rebeldes" começaram a ousar mais e ver a humanidade sob outras perspectivas. Peter, depois de seu relatório, concluiu:

– Como as pessoas estão carentes, meu Deus! Nunca imaginei que elas abririam sua intimidade nos corredores da universidade.

– Será que vocês também não são carentes, Peter? – questionou Marco Polo, a título de provocação.

– Fiquei impressionada em ver como as pessoas na era digital estão tão doentes e solitárias – declarou Florence. – Mas, pensando bem, eu também estou.

– As redes sociais venderam a maior mentira da história. Alegam nos conectar com o mundo, mas nos desconectam de nós mesmos – concluiu Jasmine.

Depois desse momento de reflexão, Chang perguntou a Marco Polo:

– Doutor, meus entrevistados estão na rua da amargura da ansiedade. Muitos estão tomando tranquilizantes. Mas toda ansiedade é doentia?

– Não. Existe uma ansiedade saudável, Chang, que é a mola propulsora que nos motiva a construir relações sociais, projetos, pesquisar, enfrentar desafios. A psiquiatria reconhece a necessidade dessa ansiedade vital. A ansiedade só é doentia quando asfixia o prazer de viver, esgota o cérebro, causa sintomas como insônia, irritabilidade, hipersensibilidade, angústia, baixo limiar para suportar frustrações, agitação mental, preocupações intensas, ou quando gera sintomas psicossomáticos, como dores de cabeça, dores musculares, taquicardia, aumento da pressão sanguínea, diarreia, aperto no peito e outros.

Marco Polo comentou que há dois milênios o maior líder da história se antecipou no tempo e, com fascinante maestria, diferenciou estar ansioso de *ser* ansioso, ou seja, mostrou a diferença de ter uma ansiedade motivadora a ter uma ansiedade devastadora.

– Jesus, ao treinar seus alunos a gerir a emoção, falou por quatro vezes sobre a ansiedade doentia, alertou para não terem um andar angustiante. Ele comentou: "Quanto ao vestuário, por que andais ansiosos?", "Não andeis ansiosos quanto à vossa vida!", "Não andeis inquietos, dizendo: 'O que comeremos e o que vestiremos?'", "Não vos inquietais pelo amanhã."

Marco Polo comentou que, como educador, ele queria formar mentes livres, e, como gestor da emoção, queria formar mentes saudáveis.

– Notem que o Mestre dos mestres não exigiu de seus alunos que não tivessem ansiedade, pois ela é inerente à vida, mas os advertiu de que viver ansioso é ser autodestrutivo, um prisioneiro de si mesmo. E apontou as causas da ansiedade, que até hoje são igualmente perturbadoras.

A primeira causa era se preocupar doentiamente com as vestes e, consequentemente, com a imagem social. Vestir roupas que nos fazem sentir bem, cuidar da saúde física, praticar exercícios e ter uma vida saudável são objetivos excelentes, mas o culto ao corpo é a expressão solene da necessidade ansiosa de ser o centro das atenções, ainda que subliminarmente. É uma necessidade que dilacera tanto a leveza da existência quanto o prazer de viver. Hoje, nas mídias sociais, o culto ao corpo virou febre. Isso está tirando o oxigênio da alegria de muitos "sarados" e dos que neles se espelham.

A segunda causa da ansiedade eram as preocupações da vida. Mentes inquietas, que vivem em função de resolver problemas, são esponjas que absorvem tudo de todos. Ainda que seus portadores sejam pessoas maravilhosas para a sociedade e para a empresa em que trabalham, são as inimigas número um da própria saúde mental. Na parábola do semeador, o carpinteiro da emoção reportou que as inquietações da existência e a fascinação por riquezas destruíram a capacidade de frutificar do terceiro tipo de solo. As sementes desabrocharam, as plantas se desenvolveram, mas a ansiedade as sufocou.

Depois de falar longamente sobre isso, o psiquiatra concluiu:

– O problema não é trabalhar e ter sucesso, mas ser possuído pelo sucesso. O problema não é ganhar dinheiro, mas ser fascinado por ele. "De que adianta ganhar o mundo inteiro e perder a vida?", advertiu o homem de Nazaré! Mas, por incrível que pareça, uma mente ansiosa é viciada em querer ser a mais abastada no leito de um túmulo, quando não poderá usufruir nada do que construiu. A ansiedade nos trai.

A terceira causa da ansiedade era a clássica paranoia de sofrer pelo futuro. O Mestre dos mestres foi contundente. Por mais notável que alguém seja, jamais poderá prolongar a vida depois que ela terminar. Ele advertiu seus discípulos de que a vida é saturada de imprevisibilidades, de que viver era um contrato de risco, por isso bastavam os desafios do presente. Inquietar-se pelo dia de amanhã é deixar de aplaudir o presente.

– O médico da emoção queria treinar seus alunos a terem um novo estilo de vida, uma caminhada emocional inteligente, proativa, verdadeiramente feliz. Como está o estilo de vida de vocês? – provocou Marco Polo.

A discussão das causas da ansiedade a partir das ideias ditas há tanto tempo mas tão atuais animou os alunos a exporem as próprias mazelas psíquicas sem resistência.

– Eu me chamo *ansiedade*. Estou me sentindo melhor, mas minha mente é continuamente um trevo de preocupações – afirmou Martin, esfregando as mãos na cabeça.

– E a minha, então? Às vezes minha cabeça parece que vai estourar de tanto que penso e me preocupo – disse Jasmine apertando o nariz várias vezes. Ela era tão hiperpensante que não se concentrava. Lia várias páginas de um livro e parecia que não tinha lido nada.

– Acordo moído, parece que nem dormi – relatou Hiroto. – Pareço irresponsável e alienado, mas me preocupo muito com minha imagem social.

– Eu sinto um aperto no peito, minha cabeça parece que vai estourar e meus músculos todos doem – confessou Yuri. Já havia passado por vários médicos na Rússia, mas sua ansiedade era persistente.

– Eu tenho tremores nos lábios e nas pálpebras quando estou ansioso – comentou Michael.

– Eu tenho tanta ansiedade que procuro usar o celular para neutralizá-la, mas, quando desligo, minha mente não desliga. Parece que minha ansiedade foi turbinada – contou Harrison.

– Tenho taquicardia, dor no peito, falta de ar. Tenho certeza de que a minha mente é mais agitada do que a de vocês. Não desligo nunca, nem quando durmo. Várias vezes acordo à noite sobressaltado, parece que estou numa guerra – disse Peter, que vivia com o cérebro esgotado.

– Tento relaxar, mas não consigo. Como rápido, ando rápido, faço tudo como se o mundo fosse acabar hoje – afirmou Florence.

– Minha mente fica ligada na tomada de dia e de noite. O culto ao corpo me pega. Sou hiperpreocupado com roupas – afirmou Victor, que tinha uma história emocional sofrível.

– O culto ao corpo me pega também. Mas, também, com essa belezura oriental, não poderia ser diferente – disse Chang. Os amigos deram risadas. Alguns assoviaram. Mas ele confessou: – Tenho que admitir, pareço tão descolado, debocho da vida, mas lá dentro sou muito preocupado com a minha imagem social. Não ser aceito me asfixia. Vivo ansioso por saber se a minha piada agradou – afirmou Chang, revelando que o palhaço também chora nos bastidores da vida.

Sam ficou impressionado em ver como seus amigos se abriram. Particularmente foi tocado pela honestidade de Chang. Desse modo, se encorajou a abrir também o portfólio da própria emoção, deixando escapar algumas lágrimas.

– Eu também, Chang, eu também. Sou muito preocupado em ser aceito socialmente. Fico observando dia e noite se as pessoas estão reparando em meus comportamentos. É difícil! Quase insuportável!

Marco Polo se emocionou com suas palavras. Sabia que havia dores imensas represadas no oceano da sua mente. Foi então que pediu a ele que fizesse a técnica de gestão da emoção TTE.

– Você deve ter sofrido intensa e solitariamente. Mas está entre amigos. Poderia teatralizar um período da sua história para entendermos um pouco mais do Sam? Quem é você lá dentro? Que dores o sequestram? Que olhares furtam sua saúde emocional?

Sam começou a respirar rapidamente e exacerbou os movimentos involuntários decorrentes da síndrome de Tourette. Não parava de dizer:

– Babaca! Babaca! Babaca!

Observando que sua ansiedade se intensificara muito, Marco Polo o tranquilizou:

– Se não conseguir agora, não há problemas, Sam. Faremos outro dia.

Mas ele topou. Começou a mostrar que ouvia o que as pessoas diziam dele:

– Olhe aquele louco! Ele não para de piscar. Veja seu ombro, movimenta-se sem parar. Coitado! É um doente mental. – Depois fez uma pausa e bradou para si: – Babaca! Ele é um babaca! – Em seguida Sam foi até Florence e, como se ela fosse uma mãe com dois filhos, disse: – Ouça a mamãe, aquele cara é um esquizofrênico. Loucura é contagiosa, filhos, cuidado. Está se aproximando! Corram! Corram desse babaca! Babaca!

Após a TTE, Sam desatou a chorar, mas estava aliviado. Todos os seus colegas colocaram as mãos no rosto, impressionados com o sofrimento dele. Não imaginavam que sua dor fosse tão grande até ver sua teatralização. Alguns também ficaram com os olhos cheios de lágrimas. E, comovidos, fizeram uma roda para abraçá-lo.

A humanidade estava adoecendo rápida e coletivamente no território da emoção. Essa tese de Marco Polo era recorrente e sempre enfatizada por ele. Raros eram os seres humanos com uma mente tranquila, calma, regada a prazer, que não andavam ansiosos, que não puniam nem se autopuniam. Somos cobradores numa sociedade pesada, tensa, pouco acolhedora.

Sam pela primeira vez recebera afeto e acolhimento nesse nível. Agradeceu aos amigos. E depois de se refazer deste momento solene, expressou:

– A TTE é um bálsamo. – E acrescentou: – Nunca imaginei que Jesus se preocupasse com a ansiedade dos seus alunos!

– Por que as religiões não falam disso? – indagou Michael.

– Como ele pode ter falado sobre a psicologia da ansiedade 20 séculos antes da psicologia moderna? – indagou fascinada Jasmine, que cursava psicologia.

– Não é sem razão que ele foi o maior líder da história – concluiu Marco Polo. – Eu achava que ele era fruto de um grupo de galileus que queriam libertar Israel das mãos do tirânico imperador Tibério César. Mas, estudando detalhadamente sua personalidade, suas ferramentas para proteger a emoção e para formar mentes brilhantes, percebi que ele não cabe no imaginário humano. Nenhum escritor teria habilidade para construir um personagem com suas características de personalidade.

– Mas as religiões o conhecem nessa perspectiva? – perguntou Chang.

– Conhecem-no sob os ângulos da espiritualidade, mas quase nada sabem sobre suas técnicas de educação. Menos ainda sobre sua complexa mente. Durante 2 mil anos procuraram estudá-lo em monastérios, conventos, centros teológicos, escreveram teses sobre sua divindade, mas raramente estudaram sua humanidade. Muitos profissionais desta universidade que vocês entrevistaram e que estão com o cérebro esgotado praticam suas religiões com regularidade. E, no entanto, desconhecem ferramentas de gestão da emoção para prevenir a ansiedade e outros transtornos que Jesus usou amplamente em seus frágeis e conflitantes discípulos.

Depois dessa experiência sociológica, Marco Polo sentou-se no chão no pátio central da universidade com seus alunos e lhes disse:

– Amanhã faremos aulas práticas.

Os "rebeldes" se perturbaram com essa afirmação.

– Aulas práticas? Está brincando? Nós já estamos tendo aulas práticas, não? – questionou Chang.

– Refiro-me às aulas práticas fora dos muros desta universidade. O mundo pulsa lá fora. Aqui é um ambiente protegido. Mas é nas savanas da sociedade que terão que domesticar seus instintos predadores, seu individualismo, seu ego inflado, sua sede de poder. Será nesse ambiente que precisarão desenvolver sua empatia e sua capacidade de raciocinar multifocalmente.

– Como assim? – perguntou Sam com as mãos tremendo.

Foi então que o psiquiatra começou a explicar a parte mais desafiadora do treinamento.

– No mundo empresarial, todos querem "pescar" e reter os clientes e, para alcançar seus objetivos, usam inúmeras estratégias, como atendimento encantador, prêmios, programas de fidelização, descontos, marketing digital e até *story telling*. Mas vocês serão pescadores de homens, usarão tudo que lhes tenho ensinado para libertar as pessoas do cárcere da rotina, da mediocridade existencial, das suas mentes herméticas, de seus intelectos toscos, das emoções encarceradas.

– Como? – indagou Jasmine, exacerbando seu TOC.

– Mas mais uma vez: cadê o manual? – questionou Yuri, desesperado.

– Mais uma vez lhes digo: não tem manual. Usem as mesmas ferramentas que tenho usado para cativar vocês.

– Mas você é um psiquiatra experiente, provocador, desafiador, e nós somos simples aprendizes – comentou Florence, ansiosa.

– Os alunos farão coisas mais grandiosas que o mestre. Nas suas dificuldades ou crises, não usem o pensamento dialético, lógico-linear, que copia os símbolos da língua, que empregamos para ler, escrever e falar. Esse pensamento é o mais pobre do psiquismo humano, e as escolas e universidades nos intoxicam com ele. Usem o pensamento antidialético, que não emprega os símbolos da língua. Ele é multifocal, capaz de abrir o leque da mente humana para encontrar respostas fascinantes.

– Mas que pensamento é esse? Você nunca nos explicou em detalhes – disse Peter.

– Entretanto o demonstrei constantemente. É o pensamento imaginário, metafórico, que liberta a criatividade. Lembrem-se das metáforas do Mestre de Nazaré.

– Como fazer isso? – questionou Hiroto.

– Uma dica: em qualquer foco de tensão em que se sentirem estressados, angustiados ou mentalmente paralisados, façam a mesa-redonda do Eu, bombardeiem-se de perguntas, e assim libertarão o pensamento antidialético, turbinarão sua imaginação e encontrarão suas respostas.

– Poderemos até correr risco de vida – atalhou Sam, esfregando as mãos.

– A vida é um contrato de risco cujas cláusulas mais importantes não estão escritas. Não tenha medo da vida, tenha medo de não vivê-la intensa e inteligentemente – afirmou o pensador das ciências humanas. – Quero que vocês cativem prostitutas, alcoólatras, sem-teto, pessoas desesperançadas, mesmo que engravatadas. Enfim, seres humanos que vivem à margem da emoção.

– Espere aí! Já contemplei flores, abracei árvores, investiguei a qualidade das relações sociais das pessoas desta universidade. Agora, sair deste centro acadêmico para cativar prostitutas nas ruas é insuportável! – disse Peter.

– Está exaltando seus cabelos loiros, seu biótipo alto e seu currículo genético, Peter? – retrucou Florence, provocando-o.

– Não se atreva, Florence! – gritou ele.

– Você é muito prepotente – declarou Jasmine.

Peter deu um murro no banco onde estava, ferindo-se. Logo se levantou. Mas a força bruta outrora seria direcionada a elas. Mais uma vez os invernos emocionais surgiram repentinamente. O pesquisador da psicologia ajudou Florence e Jasmine a bombardear a mente de Peter para libertar o pensamento antidialético e debelar, assim, o câncer do preconceito. Para Marco Polo, o preconceito tem uma mãe, ou uma fonte, que é o pensamento dialético usado à exaustão na formação humana, que leva as pessoas a terem a mente fechada, não empática. Mas havia um antídoto: o pensamento antidialético, ou multifocal. As pessoas discriminam por déficit de inteligência, não pela presença dela.

– Peter, analise comigo – estimulou o psiquiatra. – Você é considerado por este sistema acadêmico doente um zero à esquerda, um aluno desqualificado, desinteligente, alijado e sem futuro algum. Você tem medo de quê, ao pensar em tentar resgatar quem está à margem da sociedade? A não ser que se ache melhor que as prostitutas...

Peter teve uma crise tremenda ao ouvir essas palavras. Sentir-se comparado às prostitutas era uma heresia para seu machismo. Imediatamente detonou o gatilho, abriu uma janela killer que tinha sentimento de indignação e gerou um volume de tensão enorme, que fez com que a âncora fechasse o circuito da sua memória. Isso o levou a se comportar como um predador, um *Homo bios* instintivo, e não mais um *Homo sapiens*.

– Cale-se! Cale-se! – bradou duas vezes com o dedo em riste para Marco Polo. – Não me compare jamais com uma prostituta!

E partiu para cima dele.

As janelas da memória revelam nosso passado, explicam nosso presente e, se não forem reeditadas, definem nosso futuro. A palavra "prostituta" abriu as janelas killer de seu sombrio passado. Sua mãe fora prostituta na juventude. Seu pai a livrara dessa vida, mas, como um carrasco emocional, nunca deixou de acusá-la quando se embriagava: "Prostituta! Vagabunda! Eu tirei você da vida promíscua!" Sua mãe, que já sofrera muito no passado, sofria humilhações diante de um marido alcoolizado. Ninguém sabia disso, nem seu amigo Chang.

Diante da explosão de Peter e mesmo com a possibilidade de ser agredido fisicamente, o psiquiatra, em vez de se intimidar, dobrou a aposta ao desafiar seu aluno mais ainda. Só que, dessa vez, procurou provocar os fenômenos inconscientes que atuam no primeiro ato do teatro mental. Precisava elogiá-lo antes de criticá-lo, necessitava desarmá-lo. Precisava detonar o gatilho cerebral para abrir janelas light, e não killer, nos solos do seu inconsciente.

– Você é tão inteligente e tem dado um salto neste treinamento! Por que, nessa aula prática, não usa sua notável intelectualidade para ser empático, para se colocar no lugar das pessoas que estão na periferia da sociedade, para poder aliviar a dor do desprezo que as asfixia? Uma dor que talvez exista em você e que provavelmente você nunca admitiu. Um ser humano ferido, que chorou lágrimas que nunca se encenaram no teatro do seu rosto, pode enxugar as lágrimas que serpenteiam na face dos discriminados, feridos, excluídos, pode inspirá-los a sonhar com dias melhores.

Peter ficou impactado. Abriu o circuito de sua memória e se lembrou de sua mãe. Emocionado, apenas meneou a cabeça que sim. Os demais alunos ficaram sensibilizados com o desafio. Foi então que aceitaram passar por essa ímpar e complexa experiência socioemocional.

Diante disso, o psiquiatra solicitou:

– Caros alunos, dividam-se em grupos como quiserem e apliquem as ferramentas que aprenderam. Aguardarei o relato de vocês dentro de três dias.

E foi saindo. Mas eis que avistou o fantasma onipresente, The Best. Achava estranho o robô humanoide estar sempre por perto. The Best estava atrás de uma árvore, ouvindo tudo. Todavia, o *Robo sapiens* franzia a testa sem entender nada sobre as complexas emoções dos alunos e as sofisticadas intervenções do psiquiatra. Pensou que os alunos estivessem discutindo com o professor e que o treinamento estivesse indo de mal a pior. Posteriormente encaminharia seu relatório para Vincent Dell e para os demais reitores.

Marco Polo não disse nada a ele. Apenas fitou-o nos olhos, o que o encorajou a gritar uma última recomendação aos alunos:

– Ah! E se encontrarem professores no caminho, os elogiem, os exaltem. Ainda que possam odiar alguns deles. Sem eles, os céus da sociedade não teriam estrelas e os solos de nossa emoção seriam pantanosos.

– Seremos internados! – afirmou Sam em voz alta e piscando muito. – Dirão que sou um superbabaca!

As provas acadêmicas que os alunos faziam eram previsíveis e restritas, mas as provas do Mestre dos mestres propostas por Marco Polo eram imprevisíveis, abertas e revolucionárias. Os "rebeldes" sairiam dos jardins da universidade para lugares lúgubres, ameaçadores. Seriam traumatizados ou libertados, vaiados ou aplaudidos, elogiados ou debochados? Era difícil saber, mas o certo era que, depois desse treinamento, nunca mais seriam os mesmos.

13

O PODER DE TER UMA MENTE LIVRE

Embora os alunos de Marco Polo fossem despojados, alguns falantes, outros desbocados, por alguns instantes não souberam o que fazer. Nunca havia regras claras, manuais detalhados de conduta. Começaram a entender que provavelmente nenhuma empresa ou escola em tempos de crise treinara seus líderes e seus alunos desse modo. Não sabiam por onde começar, o que falar, como abordar as pessoas. O mundo deles passara por uma revolução inimaginável.

Peter, vendo o silêncio geral dos colegas e temendo que não tivesse parceiros para essa dramática aula prática, tomou a frente e perguntou:

– Quem vai no meu grupo? Irei liderá-los com maestria!

Nem Chang, seu velho amigo, quis sua liderança. Estava com medo de que, com ele, a tentativa de cativar, encantar, inspirar pessoas pudesse se converter em pesadelo.

Mas, inteligente, Peter, pela primeira vez, encorajou seus companheiros a enfrentarem o deserto que lhes aguardava:

– Se querem fazer parceria com os caras mais certinhos deste time de malucos, não me sigam. Mas perderão a oportunidade de ter as mais incríveis experiências que o doutor Marco Polo nos ensinou. Comigo, sairão da mediocridade e andarão por espaços nunca respirados.

Ao dizer essas palavras, Chang se animou:

– Tô dentro, chefe!

Logo Jasmine e Sam se juntaram a eles e se arriscaram a formar o quarteto detonador. E, assim, formaram três grupos de quatro alunos. No caminho de saída, Victor abriu algumas janelas que continham sua paranoia, sua desconfiança fatal, e recuou:

– Ainda me sinto um rato de laboratório. Acho que não dou conta.

Mas Florence o incentivou:

– Nós não estamos confinados! Ratos de laboratório ficam confinados em gaiolas.

– Ou em sites na internet. Você está livre para partir. Caia fora ou confie – disse Yuri. Ele mesmo se sentia um presidiário da internet.

Não foi suficiente para convencê-lo.

Então Chang também interveio:

– Victor, você já deve ter feito tantas coisas malucas, algumas até devem ter colocado sua vida em risco. Por que não tentar mais esta maluquice?

Ele hesitou por um momento, mas logo virou-se, decidido:

– Eu vou!

Muitos o aplaudiram. Mas eles não sabiam se riam ou se choravam diante do que os aguardava. Quando o grupo de Peter chegou a uma larga avenida, de repente surgiu um trio de jovens que pareciam universitários. E eram: um de psicologia, outro de direito e o terceiro de engenharia. Seria fácil abordá-los, pensaram. Quem sabe teriam sucesso como tiveram ao abordar os funcionários da universidade sobre suas relações interpessoais? O ruído sonoro era grande. Jasmine, um tanto constrangida, interrompeu a marcha deles.

– Olá! Gostaríamos de falar com vocês. Poderiam nos dar um minuto de atenção?

Eles pararam, olharam-na de cima a baixo e, em seguida, para os companheiros dela. Ficaram surpresos. Ela continuou:

– Vocês sabiam que são muito mais do que um número de cartão de crédito ou de identidade? Sabiam que são seres humanos importantes?

Eles ficaram em silêncio por um instante, depois se entreolharam e caíram na gargalhada.

– O quê? Que doidice filosófica é essa? – perguntou o estudante de direito.

– Não se trata de filosofia – atalhou Chang. – Mas de treinamento do Eu.

Só que os três não entenderam nada. Sam entrou em cena e disse:

– Vocês são mentes complexas, caras incríveis.

– E você é um palhaço dizendo que sou um cara incrível – rebateu o estudante de psicologia, caindo na gargalhada.

A síndrome de Tourette de Sam piorou diante desse deboche. Ele começou a ter tiques mais grosseiros e a gritar sem parar:

– Babacas! Babacas!

O estudante de psicologia foi mais longe na zombaria:

– Vamos embora. Esse cara está surtando!

A essa altura, Peter não se aguentou. Estava começando a sentir ódio deles. Queria explicar a loucura que era ser um pescador de homens, um inspirador de pessoas, um arrebatador de mentes fechadas. Mas perdeu a paciência.

– Olhe aqui, seu filhinho de papai de merda. Vocês que estão surtados e não sabem. – Depois parou. Precisava libertar seu imaginário. E completou: – Queremos mostrar que os seres humanos desta sociedade estão presos pelo sistema.

– O quê? Presos pelo sistema? Eu sou livre, cara. Que erva vocês fumaram? – perguntou o estudante de engenharia.

– Droga! Será que eu que sou burro ou vocês que são estúpidos? – gritou Peter, perdendo a paciência novamente.

Dois deles deixaram de ouvi-lo e começaram a mexer no celular. Era difícil para Peter ter autocontrole nos focos de tensão.

Indignado, Chang falou com autoridade:

– Desliguem essa droga de celular! Saiam da mediocridade, abracem a humanidade, sejam diferentes, pensem diferente!

– Só pode ser coisa de religião – disse o estudante de direito rindo.

– A religião pensa igual. Estamos encorajando vocês a pensar diferente, seus... seus... encarcerados – falou Sam, piscando os olhos freneticamente.

Peter agarrou o estudante de engenharia pelo colarinho.

Jasmine interveio:

– Calma, Peter. Vamos dar mais uma chance a eles. Pensamento antidialético, lembra? – E depois se voltou para os três universitários e falou: – Estamos querendo alertá-los de que não são apenas números na multidão, meros mortais esperando a morte chegar, mas seres humanos únicos.

Eles ficaram pensativos.

– Mandou bem, Jasmine – disse Chang, elogiando-a. – Acordem para a vida, seus panacas!

Mas não perceberam que haviam se aproximado mais seis estudantes por trás deles.

O trio original, em vez de comprar a ideia, mostrava cada vez mais resistência. Eram mentes toscas. Estavam caindo na gargalhada. Foi um circo. Um jovem forte, alto, lutador de MMA, que chegara imperceptivelmente, perguntou por trás dos jovens:

– Que ideologia política débil é essa sua, seu tolo?

– Tolo é teu pai, tua mãe... – respondeu Sam, descontrolado, virando-se para trás, mas depois recuou diante do brutamontes.

O tumulto seria grande. Peter também ainda não havia percebido o lutador atrás de si. Isso abriu várias janelas killer, a âncora fechou o circuito da memória, e ele novamente ficou cego, incapaz de ser líder de si mesmo. Esbravejou:

– Seus estúpidos! Sabem quem são? Sabem por que estão nesta sociedade?

– Sabemos – disseram quase em uníssono.

– Têm certeza?

– Temos – insistiram.

– Então está bem – disse Chang.

– Está bem nada, Chang – afirmou Peter. – Esses caras são robôs procurando uma profissão!

Os universitários ficaram perturbados com essas ideias. Quem eram aqueles caras, afinal?

– Acalme-se, Peter. Acalme-se – disse Jasmine, tomando-o pelo braço.

– O que vocês querem de nós? – indagou o estudante de psicologia.

Enquanto isso, Chang se lembrou de Marco Polo. Bombardeou-se de perguntas internamente e disse:

– Que vocês façam um detox digital!

– Detox digital? – indagou o estudante de direito, que ficava dez horas por dia no celular.

– É isso mesmo! Um detox contra zumbis emocionais! Por acaso não têm medo de se tornarem, vocês também, zumbis em busca de um diploma universitário? Querem ser apenas os mais ricos do cemitério? – disparou Chang. Depois caiu em si e falou: – Apesar de que ser rico seria uma boa...

Nesse momento, o estudante lutador de MMA empurrou Peter e deu-lhe um soco. Quando Peter ia partir para revidar, reconheceu-o.

– Robert? Está querendo me matar?

– Peter?

Não eram melhores amigos, mas se respeitavam. Havia muito tempo que não se viam, pois Robert fizera um longo intercâmbio na China.

– Desculpe, cara. Não vi que era você. – E estendeu-lhe a mão direita. – Fiquei possesso de raiva quando disse que somos zumbis atrás de um diploma. Mas talvez tenha razão. Tudo é muito mecânico. Estamos aprisionados, não questionamos mais nada.

Peter lembrou-se do treinamento e ficou feliz com o que ouviu, apesar de estar ferido. Robert ainda acrescentou:

– Mas não entendi o que quer dizer esse detox contra zumbis.

Sam trouxe um toque de serenidade no caos.

– Estamos num projeto sociológico para estimular as pessoas a treinarem seu Eu para superarem sua mediocridade mental e existencial.

– Interessante – disse Susan, uma garota que estava com Robert.

O tumulto de carros e pessoas era grande, era um lugar inapropriado para pensar e refletir, mas eles estavam conseguindo, pelo menos minimamente.

Jasmine tentou explicar o que Peter havia dito antes:

– Essas técnicas servem para as pessoas superarem o cárcere da rotina, reeditarem suas janelas traumáticas, reconstruírem a paisagem da sua mente e sonharem grande. Para conseguirem ir muito além dos muros de uma universidade ou sociedade.

Mas os estudantes continuaram sem entender quase nada. Peter acertadamente concluiu:

– Muito se fala sobre pensar fora da caixa, mas todos ficam em seus dogmas e seus currais ideológicos. Não sabem libertar seu imaginário.

– Essa conclusão vindo de você, Peter? Estou impressionado – disse Robert. – Estão sendo treinados?

Chang, sempre debochado, disse:

– Sim. Estamos num treinamento para ser supermalucos, pois malucos já somos.

Não só de admiração viverão as novas ideias. Entre os que ouviram as ideias de Peter, Chang, Jasmine e Sam, houve quem os achasse um bando de doidos, quem desse risada. Só poderiam ser supermalucos mesmo, disseram. Mas outros ficaram reflexivos. Começaram a entender que estavam mentalmente engessados.

– Incrível... – afirmou Susan.

Robert e mais três alunos, incluindo o estudante de psicologia, agora mais analítico, concordaram.

– Gostaríamos de conhecer esse treinamento com mais detalhe em outra oportunidade – disse Robert.

E assim os pequenos heróis de carne e osso, falíveis e frágeis, começaram a fazer uma segunda jornada em suas vidas: a jornada do coração, uma aventura imprescindível para todo ser humano deixar de chafurdar na lama do tédio, mas que poucos se arriscam a fazer por medo do imprevisível.

Para Marco Polo, todo projeto ou sonho tem no mínimo três fases em seu processo de maturação: a fase da euforia, a fase desértica e a fase da consolidação. Peter e seus amigos tiveram um pileque de euforia, mas tinham baixíssimo limiar para suportar a dor, para atravessar o deserto dos problemas, das crises e do tédio. Eram especialistas em desistir no meio do caminho.

O grupo de Florence, Michael, Yuri e Alexander também teve momentos emocionais desafiadores, inclusive na saída da universidade. Florence encontrou o professor Jordan, de linguística. Um mestre austero, rígido, racionalista, aparentemente incapaz de pensar fora da caixa. Florence tinha-o como um dos seus grandes desafetos. Havia quinze dias, ele lhe dera nota zero numa redação cujo tema era "a importância da linguagem". É impossível tirar nota zero numa redação, pois erros e informações inadequadas são passíveis de ser interpretadas de diversas formas. Mas Florence tirou. Na ocasião, ela bradara perante a classe:

– Eu não aceito este zero!

– Garota tola! Você mais do que mereceu. Entregou sua redação em branco – falou asperamente o professor Jordan.

Mas Florence, mesmo sendo uma pessoa depressiva, não se curvava à dor, ainda mais quando se sentia injustiçada.

– Mas uma redação em branco também é uma forma de linguagem! Pode ser mais eloquente do que uma redação com mil palavras estéreis. – Ela se levantou e, com as mãos estendidas para o alto e com um sorriso irônico, questionou-o: – Não tem habilidade para ouvir o silêncio, mestre?

Alguns alunos deram risadas, levando Jordan à ira.

– Tenho. Inclusive para ouvir suas bobagens. Saia da classe! – E expulsou-a.

Agora, ao vê-lo novamente, a jovem abriu uma janela traumática. Tinha vontade de avançar nele, mas respirou profundamente e procurou ter autocontrole.

– Professor Jordan?

O professor virou o rosto e a avistou. Nesse momento, ele também deixou de pilotar sua aeronave mental. Detonou o gatilho do seu cérebro e, em vez de abrir uma das janelas saudáveis de sua mente, abriu justamente a janela que continha o embate que tivera com Florence duas semanas antes. O volume de tensão fechou o circuito da memória, ele ficou taquicárdico e transpirou. Predador e presa entraram em cena no saguão da universidade.

– Estou ocupado! – disse friamente e saiu caminhando.

Para o professor, a aluna era intratável; para a aluna, o professor era insuportável. Estavam doentes, vivendo num ambiente intelectual doente, mas que muitos juravam ser saudável.

Florence se apressou. Alcançando-o, pegou-o pelo braço. Para algumas débeis celebridades midiáticas e intelectuais, ser tocado por um estranho é algo considerado herético.

– Podemos conversar? – perguntou ela, apreensiva.

– Não me toque! Não lhe dou essa permissão!

Os amigos de Florence ficaram impressionados com a arrogância do professor. Estavam preparados para defendê-la e discutir com ele.

– Calma aí, professor – expressou Michael.

– Toquei num deus ou num professor? – indagou Florence, perdendo sua autonomia.

Ele a repreendeu:

– Ironia é sua especialidade, garota! Não me afronte ou chamarei os seguranças.

Em seguida, ela se lembrou de Marco Polo. De alguma forma, precisava sair do cárcere da rotina e aproveitar a oportunidade para escapar da própria mediocridade. Florence duvidou que não conseguiria retomar o autocontrole, criticou o mecanismo bateu-levou que a dominara e decidiu não comprar o que não lhe pertencia. Para a surpresa do professor, baixou o tom de voz e lhe disse:

– Eu se... Eu sei... Não sou uma aluna fácil.

Jordan olhou bem nos olhos dela e desferiu mais um golpe na aluna rebelde.

– Dizer que você não é fácil ainda seria um grande elogio.

– Pô, ca... cara. Baixe a gua... guarda – pediu Alexander.

Mas ele não baixou a guarda.

– Esqueceu que me chamou de idiota na frente de seus colegas alguns meses atrás?

Era verdade. Em outra discussão, Florence havia perdido o controle.

– Idiota? – indagou Michael, espantado. Ele nunca tinha desacatado um professor desse modo.

– Exagerei, eu confesso – admitiu ela, engolindo em seco.

– Exagerou? Você é muito agressiva. Uma aluna prepotente e insana – sentenciou ele. Não havia solução. Eram dois inimigos que jamais resolveriam pacificamente seus conflitos.

Ela novamente virou uma fera, queria se agarrar à sua jugular.

– Quem é você para me julgar? Se acha fácil de suportar? Um professor intolerante, que fala para dentro, que ninguém entende. Ou somos idiotas e você é um gênio ou vice-versa.

Alexander tentou interferir:

– Ca... calma, Flo... Florence.

– Vamos embora – sugeriu Yuri. Ele e Michael pegaram-na ao mesmo tempo pelos braços.

Alguns seguranças se aproximaram.

– Há um processo disciplinar contra você na reitoria desta universidade. Você será expulsa – afirmou Jordan.

– Estou louca para ser expulsa desta fábrica de idiotas emocionais! esbravejou Florence, usando o termo de Marco Polo.

Nesse exato momento, o reitor Vincent Dell surgiu atrás deles.

– Parabéns! Começaram esse treinamento muitíssimo bem! Não sei se no fim dele vocês serão internados num manicômio junto com o doutor Marco Polo ou se irão para um presídio de segurança máxima. Uma coisa é certa: tudo indica que vocês estão despreparados para viver em liberdade na sociedade. – E deu uma ordem aos seguranças: – Retirem esses alunos da presença do professor Jordan. Este nobre professor está em risco.

– Ri... risco? Que... que ri... risco? – questionou Alexander.

– Não sabe nem falar e quer interpretar minhas palavras – zombou o reitor.

Mas Michael, que já havia sentido a discriminação atroz por ser negro, rapidamente tentou defender Alexander:

– Está fazendo bullying, reitor? É melhor tropeçar nas palavras do que tropeçar na ética. – Então ele e seus colegas lhes deram as costas.

Vincent Dell saiu bufando de raiva. Mas Florence não se deu por vencida. Ela hesitou e depois saiu correndo, aproximando-se de Jordan novamente. O professor levou um susto.

Vincent Dell ordenou aos seguranças:

– Detenham essa jovem!

– Professor Jordan, minhas sinceras desculpas – disse ela.

– Pedindo desculpas? Isso não é sincero da sua parte.

– Sim, é sincero. Talvez nunca sejamos amigos, mas quero reciclar meu preconceito e procurar o ouro que está nos solos do seu conhecimento.

– Procurar ouro nos solos do conhecimento? É um belo arranjo linguístico.

Os seguranças pegaram Florence pelos braços e iam levando-a, mas o professor pediu que a liberassem.

– Soltem-na. Acho que poderemos conversar como dois seres humanos em outra oportunidade.

– Eu adoraria – disse ela, sorrindo e saindo de cena.

Vincent Dell se aproximou do professor e indagou:

– O que ela disse? Ela o ameaçou?

– Não! Ela pensou.

– O quê?

– Sim, ela pensou criticamente.

E, assim, enfrentando inúmeros desafios, os alunos de Marco Polo continuaram durante toda a semana a aplicação prática das ferramentas que aprenderam.

Hiroto e seus colegas não tiveram experiências felizes. Peter, Chang, Jasmine e Sam, depois da experiência positiva com seus colegas de universidade, tiveram alguns percalços nos dias seguintes. Tentaram brincar com alguns policiais:

– Que tipo de ser humano há atrás dessa farda? – perguntou Chang a um policial.

– Que tipo de terrorista há atrás da sua roupa bizarra? – rebateu o policial, olhando ele e seus amigos de cima a baixo.

– Terrorista, não! – bradou Peter.

Foi uma confusão. Acabaram sendo presos.

O resultado dessa semana prática teve algumas breves primaveras e alguns longos invernos. Parecia desastroso no geral, em especial aos olhos dos observadores atentos de Vincent Dell. No total, os jovens surpreenderam positivamente umas 30 pessoas e escandalizaram cerca de 150. Foram parar na delegacia três vezes. Houve 10 discussões, dois atritos físicos. Perderam o controle cerca de 50 vezes. Foram tachados por inúmeras pessoas de ladrões, loucos, esquizofrênicos, drogados, terroristas, cobaias humanas.

Ao encontrar Marco Polo, o grupo estava desanimado, combalido. Todos queriam sair correndo do laboratório sociológico.

– Não dará certo. Tenho certeza – afirmou Peter, decepcionado com sua falta de controle. – Eu sou muito impulsivo. Não tenho autocontrole.

– Eu também. Ou estou louco ou a sociedade está doida. De repente somos todos psicóticos – disse Chang.

O mestre da psiquiatria, em vez de passar a mão na cabeça deles, disse:

– E o que esperavam? Um céu sem tempestades?

– Mas as pessoas estão robotizadas.

– Sim, a maioria. Mas nem todas. E vocês? Não estavam também no piloto automático?

Eles pensaram. Marco Polo logo acrescentou:

– Ser rebelde não quer dizer ser livre. Protestar não quer dizer estar fora do presídio da mesmice, do sistema social. Mas os parabenizo.

– Por quê? Pelos nossos fracassos? – indagou Michael.

– Por terem saído do cárcere da rotina. Por terem consciência de que não são deuses, mas seres humanos em construção.

– É complicado – afirmou Jasmine. – Nós fracassamos em algumas experiências, mas tivemos relativo sucesso em um episódio. Falamos que muitos universitários estão se comportando na sociedade digital como zumbis. Aqueles horríveis zumbis do cinema parecem que ganharam a vida real. Muitas pessoas não pensam, apenas vivem porque estão vivas.

– Parece que cada ser humano vive dentro dos próprios muros mentais. É decepcionante – completou Florence.

Diante disso tudo, Marco Polo, como sempre fazia, os questionou:

– Mas vocês não viviam assim também?

– Bem, talvez... – ponderou Harrison.

E o psiquiatra foi mais longe em sua análise:

– Sem identidade, considerando-se mais um consumidor na multidão, não encontrando motivos para ter uma existência admirável, a emoção dos mortais implode seu prazer. Não é sem razão que há uma explosão no número de suicídios. Não é sem causa que vivemos um paradoxo gritante: estamos diante da mais poderosa indústria do entretenimento da história, com TV, esporte, música, internet, e, ao mesmo tempo, estamos diante da geração mais triste que pisou nesta Terra. E reitero: estamos na era dos mendigos emocionais, a geração que precisa de muitos estímulos para animar minimamente sua emoção.

As conclusões de Marco Polo eram tão penetrantes que sempre abalavam quem as ouvia, mesmo alunos alienados e desconcentrados. Vendo-os pensativos, provocou-os novamente:

– Nunca as pessoas estamparam tantos sorrisos falsos. E vocês? Têm uma felicidade sustentável?

Sam suspirou, passou as mãos no rosto aflito e confessou:

– Não, não tenho.

– Eu flutuo como gangorra. Às vezes estou alegre, às vezes muito deprimida – confessou Florence.

– Eu também sou assim, Florence – admitiu Jasmine.

– É difícil falar de mim. Eu brinco, debocho, tiro sarro, mas sempre fui um cofre. Honestamente falando, me falta o pão da alegria – reconheceu Chang.

– Em muitos momentos me recolho nos cantos das salas e das festas e me sinto às vezes um mendigo emocional – teve a coragem de dizer Peter.

Marco Polo abriu um leve sorriso. Era tudo que queria ouvir. Parabenizou-os:

– Parabéns por estarem deixando de ser hipócritas, de viver um personagem. É um grande começo. Vão desistir do treinamento?

– Não, mas a rejeição é grande... – afirmou Michael, sincero.

– Se cuspirem no seu rosto, use a saliva dos outros não para destruí-los, mas para irrigar sua sabedoria. Isso é o que o Mestre de Nazaré ensinou continuamente aos seus irritadiços alunos.

– Mas isso é ser fraco – atalhou Peter.

– Os fracos usam armas nos atritos, os fortes usam ideias. Os fracos promovem conflitos, os fortes usam soluções pacíficas.

– Professor, a humanidade está uma merda. Todo mundo só pensa em si. Você não percebe que está indo na contramão da história? – perguntou Jasmine.

– Claro que sei disso, Jasmine. Esse era o treinamento do inteligente e provocante carpinteiro da emoção. Continuaremos na mediocridade existencial? Seremos vítimas do sistema ou protagonistas nele? A escolha é sua!

Eles teriam de tomar uma decisão que traria sérias consequências. Vendo-os hesitantes, Marco Polo colocou mais lenha na fogueira das dúvidas deles.

– Não lhes prometo um céu sem tempestades, nem caminhos sem acidentes, mas um treinamento para que seu Eu encontre garra nos vexames, força nos deboches, coragem nos fracassos, sabedoria nas crises. Vocês são fortes ou fracos? Lembrem-se da ferramenta fundamental: "Sua paz vale ouro; o resto é lixo!"

O psiquiatra queria que seus alunos fizessem escolhas conscientes, e não no calor da emoção. Se eles tiveram dificuldades para enfrentar o estresse gerado pelos testes das primeiras ferramentas para formar mentes livres e emocionalmente saudáveis, como sobreviveriam a todos os incríveis e imprevisíveis testes das demais ferramentas? Seriam meninos na terra dos predadores. Teriam de estar convictos de que todas as grandes escolhas implicam perdas. Ninguém pode conquistar o fundamental se não estiver disposto a perder o banal!

Peter e Chang saíram dessa conversa confusos.

Uma hora depois estavam no bar de sempre. A garçonete, Mary, que havia três anos os atendia, indagou:

– Estão pensativos hoje. Não acredito! O que aprontaram?

Eles se entreolharam.

– Muitas coisas – comentou Peter. – Inclusive estamos usando um spray detox contra zumbi.

– Vocês estão gozando com a minha cara!

De repente, Chang olhou fundo nos olhos dela e lhe disse:

– Mary, há quanto tempo você trabalha aqui?

– Há dez anos.

– Você vai morrer neste lugar, fazendo todos os dias a mesma coisa? – perguntou ele.

– Bom, isso eu não sei. Tenho medo de me arriscar.

– Você é tão inteligente, Mary. Tudo bem, você pode trabalhar dignamente neste bar por décadas, mas você pode ir muito mais longe, fazer algo incrível na sua vida – disse Peter.

– Logo você me dizendo isso?

– Eu lhe digo a mesma coisa – atalhou Chang. – Você pode, sim, sair da mediocridade existencial.

– Eu não sou medíocre! – retrucou Mary, irritada.

– Espere, Mary – pediu Peter, e explicou: – Ser medíocre quer dizer ser uma pessoa comum, apagada, que não luta pelos seus sonhos.

Os olhos da garçonete lacrimejaram e ela confessou:

– Meu pai morreu quando eu tinha 12 anos. Sou filha única. Minha mãe tem problemas cardíacos e depende de mim, embora ela mesma me encoraje a sair deste lugar, a deixar este mísero salário e montar meu próprio restaurante. Mas tenho medo, muito medo de fracassar.

– Não permita que seus medos aprisionem você no cárcere da rotina, tornando-a uma pessoa medíocre e frágil. Reinvente-se – exortou Chang com rara autoridade.

Peter acrescentou:

– Mary, eu e o Chang apostamos em você.

– Claro, vocês dois são malucos.

– Sim, somos malucos. E quando malucos começam a dizer coisas lúcidas, preste atenção, algo extraordinário está acontecendo... – disse Chang imitando a voz de um ator em filme de terror.

– Espere um pouco. O que está acontecendo com vocês?

– Nem nós sabemos – disse Peter sorrindo. – Mas caia fora da mediocridade. Lute pelo que você ama.

Mary não dormiu aquela noite. Se dois desmiolados, que não tinham futuro algum, que eram considerados parte do esgoto social, encorajavam-na a revolucionar sua história, ela não poderia ficar aprisionada pelos seus medos como milhões de pessoas. Começou a acreditar que poderia ir mais longe. Na semana seguinte pediu as contas. Durante 18 meses passou pelas montanhas da euforia e pelos vales do desânimo. Faliu duas vezes, mas não desistiu de lutar pelos seus sonhos. Cinco anos mais tarde teria uma cadeia de 10 restaurantes e empregaria mais de 200 pessoas. Mary descobriu uma equação emocional complexa: sonhos e disciplina tinham um poder inexprimível para levar um ser humano a lugares nunca antes respirados.

14

O PODER DE RECONHECER QUE HÁ UM FARISEU DENTRO DE CADA SER HUMANO

Há drogas sociais tão viciantes e destrutivas quanto a cocaína e o crack, só que socialmente aceitas, como as redes sociais, o culto ao corpo, o padrão tirânico de beleza e o consumismo desenfreado. Resgatar as pessoas desses atrozes vícios para bombearem sua capacidade de se sentir vivas e únicas era um desafio inimaginável para a educação mundial.

Apesar de pensar muito no grupo de "rebeldes" e no seu treinamento do Eu, Marco Polo sempre encontrava maneiras de arejar a própria emoção, mantendo-se sereno em meio às dificuldades. Costumava sair com Sofia, levá-la para jantar e para assistir a espetáculos de teatro ou dança. Certa noite, quando estavam num restaurante, ela expressou seu medo de que o desafio a que seu amado se dedicava poderia se converter num fracasso.

– Como estão indo seus insurgentes alunos?

– Somente o próprio ser humano pode se reciclar e, ainda assim, somente terá êxito se o desejar e se treinar contínua e disciplinadamente para isso – respondeu ele com sentimento dúbio, que transitava entre o ânimo e a desesperança.

– Está sendo evasivo – disse ela.

– Eu sei, eu sei. Sendo claro: jovens que foram traumatizados, atravessaram crises indescritíveis, tentaram o suicídio e foram espancados socialmente são imprevisíveis, Sofia. O céu e o inferno emocional estão muito próximos deles. Há momentos em que estão com uma garra incrível para o treinamento. No instante seguinte, jogam tudo para o ar. Há períodos em que são afetivos; outros em que são destrutivos. Caminhamos muito até aqui, mas tenho minhas dúvidas. Não sei se compreenderão os próximos fenômenos e, em destaque, se suportarão os exercícios que estão por vir.

Ela olhou solidariamente para ele e tentou encorajá-lo:

– Nossa sociedade é livre, mas exclusivista, não cuida dos seus desvalidos, encarcerando-os em presídios ou internando-os em hospitais psiquiátricos... isso quando não são assassinados. Se você não atuar, que chance seus alunos terão? Enterre suas sementes nos solos de suas mentes, quem sabe um dia eclodirão.

Foi um jantar tranquilo por fora, mas com temores por dentro. No dia seguinte, Marco Polo não sabia se seus alunos estariam presentes. Felizmente ainda não haviam desistido. Pareciam ter entendido, ao menos por enquanto, que deveriam fazer escolhas e que teriam de sofrer algumas perdas, além de reciclar o maneirismo, o individualismo e a necessidade doentia de poder.

Marco Polo era o único psiquiatra e pesquisador que ousara estudar a inteligência de Jesus sob os ângulos das ciências humanas, como a psicologia e a sociologia. Em sua análise, quando havia temas que entravam na esfera da fé, como Jesus como o filho de Deus, os milagres, a vida eterna, a crucificação, a ressurreição, ele se calava humildemente. "Onde a fé entra, a ciência se cala", sempre dizia.

Comentava que a espiritualidade era um tema para os teólogos, uma área na qual era leigo. Mas tinha severas críticas quando comentava que muitas religiões preparavam hóspedes para viver nos céus, enquanto o maior líder da história usara três intensos anos para treinar seus ansiosos e intolerantes alunos para viverem com maturidade na Terra. Se não educasse e treinasse com maestria e de múltiplas formas seus perturbadores alunos, como Pedro, Mateus, Tiago e João, o seu projeto naufragaria.

Observações como essas faziam com que seus alunos estivessem cada vez mais convictos de que participavam de uma escola de treinamento. E, para elucidar mais essa escola, iniciou sua nova aula fazendo um interessante apontamento:

– Muitas religiões amam falar sobre milagres, enquanto o revolucionário Mestre de Nazaré amou, em especial, a naturalidade. Seus maiores "milagres" estavam ligados às habilidades socioemocionais, como abraçar quem o decepcionava, apostar tudo que tinha nos que pouco tinham, acalmar uma emoção ansiosa, gastar tempo em dialogar sobre a vida com seus amigos.

Depois dessa narrativa, o psiquiatra explicou que a infelicidade tinha uma linha direta com a necessidade neurótica por grandes acontecimentos, uma festa, uma partida esportiva, uma dose de droga, um elogio marcante, enquanto a felicidade tinha uma linha direta com os pequenos momentos e os simples gestos.

Peter coçou a cabeça. Ficou tão perturbado que reconheceu:

– Eu sou viciado em grandes eventos. Os estímulos comuns não me animam.

– Eu já havia percebido, Peter – concordou Marco Polo. – Toda pessoa que vive no limite como vocês, buscando o prazer a qualquer custo, ou que é uma celebridade, um líder religioso ou um político intensamente requisitado, tem uma bomba-relógio no lugar do cérebro.

– Como assim? – indagou Michael, que amava ser famoso. – Não é bom para a saúde emocional ser uma celebridade, ser muito requisitado?

– Definitivamente, não. É uma armadilha psíquica. Tem muito mais chance de ser saudável mentalmente quem vive no anonimato do que quem vive no estrelato.

Os alunos ficaram perplexos. As aulas de Marco Polo, um dos psiquiatras mais lidos e instigantes da atualidade, penetravam nos fenômenos que dançavam nos bastidores da mente e viravam o mundo deles do avesso.

– Por que quem vive no anonimato tem mais chances de ser feliz? – perguntou Yuri espantado, pois sonhava também em ser uma estrela social.

– Por vários motivos. Citarei três deles que são inconscientes. Preparem-se para mergulhar dentro de si mesmos. O primeiro é que a emoção é democrática. Ter não é o mesmo que ser. Sua excitabilidade e estabilidade dependem do olhar do Eu, de aprender a "fazer muito das pequenas coisas". Quem tem o mínimo de segurança financeira e social pode ser mais feliz do que os bilionários listados pela revista *Forbes*. Se houvesse uma *Forbes* emocional, muitos bilionários seriam considerados miseráveis. Mas só entenderão isso se compreenderem o segundo e o terceiro fenômenos inconscientes.

– Eu acho que sou bilionário emocionalmente – falou Chang, o maior piadista da turma.

– Provavelmente – retrucou Marco Polo para Chang e depois continuou: – Segundo, porque há o fenômeno que chamo de biógrafo inconsciente ou fenômeno do registro automático da memória, que arquiva todas as experiências com alto volume emocional, levando as celebridades inconscientemente a viciar sua emoção para "precisar de muito para sentir pouco".

– Por isso você disse que a infelicidade tem uma linha direta com a necessidade doentia de grandes acontecimentos... – recordou Peter.

– Exato. O sucesso, a fama, os aplausos deixam de estimular a emoção.

– Aí está a bom... bomba-re... relógio men... mental? – indagou Alexander a Marco Polo, meneando positivamente a cabeça para ele. E disse: – Surpre... endente.

Em seguida o psiquiatra concluiu:

– Os grandes ícones esquecem que são simples mortais, que a fama é fictícia, construída pela mídia e pela internet, e que o sucesso é frequentemente efêmero, passa rápido. Por isso, eles não se preparam para a segunda jornada, a jornada do coração, mais calma, anônima, simples.

– Por isso, quando vão para o anonimato, eles se entediam ou se deprimem – concluiu Florence.

– E é por isso também que no anonimato as pessoas não vivem uma *persona*, são o que são – concluiu Jasmine magistralmente.

Para ilustrar esse complexo ensinamento, Marco Polo abordou algumas passagens do Mestre dos mestres e as interpretou, discorrendo sobre as técnicas para treinar seus alunos complicadíssimos justamente nessas áreas. Já era uma tarefa emocional sofisticada educá-los para desenvolverem uma felicidade sustentável e saúde mental; mais difícil ainda era levá-los a superar o jogo de egos entre eles.

✦

Muitos feridos, socialmente miseráveis, portadores de mentes fragmentadas, sofredores de perdas irreparáveis, buscavam Jesus, que, com inenarrável empatia, procurava observar as lágrimas não choradas e as dores nunca verbalizadas, ajudando-os um a um. Mas, para assombro de todos, ele desinflava seu ego e advertia:

– Não me exponham à publicidade.

Seus discípulos não compreendiam seu desprendimento da fama. Eles a amavam como sedentos no deserto. Alguns deles, como os irmãos João e Tiago, tinham fome e sede de poder. Por medo de serem questionados pelos demais, usaram sutilmente a própria mãe para sugerir a Jesus que, em seu reino, que supunham ser político, um deles se assentasse à sua direita, talvez como o ministro da Economia, e outro à sua esquerda, talvez como ministro da Justiça. Mas, mesmo usando de sutileza neste pedido, João e Tiago foram severamente criticados pelos outros. No fundo eram uma casta de ambiciosos. O mestre advertiu os dois ousados irmãos:

– Não sabem o que me pedem. Podem beber o cálice que eu beberei?

Ele se referia ao seu sofrimento, à dramática dor física e emocional que teria que atravessar. Ingênuos, como heróis perdidos num tiroteio, disseram:

– Podemos.

O professor de Nazaré vivia a arte de esconder-se, enquanto seus alunos viviam a arte de aparecer. Ele queria ocupar o centro do coração humano, mas os discípulos queriam que ele ocupasse o centro das atenções sociais. Sua personalidade tinha características ímpares, poéticas, fascinantes: "Eis o meu servo, o meu amado, em quem tenho prazer... Não contenderá nem gritará, não ouvirá alguém sua voz nas praças. Não esmagará a cana quebrada..."

Ele era o protótipo do anti-herói. Não pegava em armas, não dominava seus opositores, não revidava contra quem o agredia, não gritava com quem o decepcionava nem controlava seus seguidores. Foi completamente diferente da quase totalidade de reis, generais, teólogos, intelectuais. Não esmagava a cana quebrada, não abandonava os errantes, não virava sua face para os frágeis nem jamais se alegrava com a dor dos que falhavam ou dos que não ouviam suas advertências. Da sua boca não se ouviam as sentenças: "Na Terra se faz, na Terra se paga. Teve o que merecia!"

Em raras ocasiões falou em tom mais áspero, mas não com as pessoas, e sim com os padrões injustos de comportamentos. Virou a mesa dos cambistas no templo e certa vez falou contra o comportamento dos fariseus:

– Ai de vós, fariseus hipócritas, que coam um mosquito e deixam passar um camelo.

Falou para o ar, como se estivesse repreendendo a humanidade, alertando contra a sua idiotice emocional. Mas a que fariseus se referia? Ao fariseu que habita em cada um de nós.

Ao narrar essa história, Marco Polo revelou que o Mestre dos mestres apontava sua artilharia crítica para a humanidade e demonstrava claramente que há um fariseu, em menor ou maior intensidade, no âmago de cada ser humano. Um fariseu é alguém que é hipócrita e paradoxal, que cuida do trivial, mas esquece o essencial.

– Há um fariseu dentro dos pais que se preocupam com a nutrição de seus filhos, mas se descuidam da nutrição emocional, que os criticam constantemente, em vez de perguntar sobre os pesadelos que os assombram, que gritam com eles como se fossem surdos, em vez de abraçá-los e encantá-los. Por isso não lhes dizem "obrigado por existirem", "eu tenho orgulho de ser seu pai ou sua mãe". Há um fariseu dentro de cada pessoa que promete amar seu companheiro na saúde e na doença, na miséria e na fortuna, mas com o passar dos anos se esquece facilmente de suas promessas e se torna especialista em discussões tolas, em críticas desnecessárias, tornando-se incapaz de fazer elogios e de dar risadas dos defeitos suportáveis do outro. Há um fariseu na mente dos executivos, dos líderes políticos e dos religiosos que se preocupam com números, com resultados da instituição, mas esquecem das pessoas, de dar o melhor de si para que elas sejam felizes, saudáveis e realizadas.

– Há um fariseu dentro de você, Marco Polo – provocou Chang.

Ele franziu a testa, olhou para as janelas do seu passado, e não titubeou:

– Sim! Há um fariseu dentro dos intelectuais que não traem seus princípios éticos, que se preocupam em contribuir para a humanidade através de sua produção de conhecimento, mas não se importam em trair seu sono, sua saúde emocional, seus sonhos e o tempo que deveriam gastar com quem amam.

E depois de passar as mãos pela face, Marco Polo continuou descrevendo as teses de Jesus Cristo. Disse que, excetuando as raras situações em que ele foi seriamente crítico da idiotice emocional, foi um ser humano e um mestre indescritivelmente dócil, capaz de tratar com delicadeza seus agressores nos focos de tensão, como ocorreu com o guarda que o esbofeteou em seu julgamento pelo sinédrio. Ao receber o espancamento no rosto, para espanto da psiquiatria e psicologia, ele teve autocontrole e disse: "Se fiz o mal, relate o que fiz. Mas se fiz o bem, por que me feres?"

Sua capacidade de fazer seus inimigos pensarem criticamente quando os músculos e as fibras nervosas da sua face eram traumatizados não tem precedente histórico. Quando elevavam o tom de voz com Jesus, ele abrandava o seu. Quando o caluniavam, ele não temia, acolhia. Quando seus íntimos queriam abandoná-lo, ele o permitia. Era líder de si mesmo. Sua paz valia ouro. Por nada e por ninguém vendia ou trocava sua tranquilidade.

– Não se ouvia sua voz nas praças vendendo ilusões, seduzindo mentes, dominando pessoas. Era uma mente livre querendo formar mentes livres. Tinha convicção de que uma pessoa só era verdadeiramente amada se fosse admirada. De fato, somente uma pessoa radiante era capaz de fazer um convite para que seus alunos se submetessem ao treinamento emocional mais performático de que já se ouvira falar: "Vinde a mim todos os que estais fatigados e sobrecarregados e eu os aliviarei. Tomai sobre vós o meu jugo. Aprendei de mim, pois sou manso e humilde de coração. E achareis descanso em vossas mentes. Porque meu jugo é suave e meu fardo é leve."

– Ele tratou do esgotamento cerebral, das causas do estresse – comentou Florence, fascinada, pois vivia mentalmente esgotada.

– Incrível. Ele inaugurou a medicina da mente há 2 mil anos – apontou Jasmine, que até então só via Jesus sob os ângulos da religião. Estava descobrindo um personagem novo, que milhões de religiosos desconhecem.

O psiquiatra sorriu para elas e observou:

– Somente alguém extremamente bem resolvido consigo mesmo, pacificador, paciente, sereno e saudável emocionalmente é capaz de fazer um ousado convite como esse. Em certo sentido, ele foi o maior psiquiatra da história. Seus discípulos inquietos, tensos, irritadiços, ciumentos, paranoicos quase desmaiaram com esse chamamento. Pedro, abalado, não entendeu a dimensão do convite: "Mestre, sou inquieto, não consigo descansar minha mente. Não consigo mudar o que sou. Como posso ser aliviado na prática?" O Mestre olhou para ele e refez o mesmo convite para o treinamento: "Vem a mim." "Mas estou aqui", respondeu Pedro, e Jesus retrucou: "Engana-se. Estar presente não quer dizer estar comigo. Estar presente não quer dizer ser um notável aprendiz." Mateus, que no passado havia sido um cobrador de impostos, mas que ainda não havia deixado de pressionar as pessoas a corresponderem às suas expectativas, também ficou confuso: "Mestre, eu sou muito crítico, exijo muito dos outros, meu jugo é pesado." Ao que Jesus lhe respondeu carinhosamente: "Vem, se achegue a mim, observe-me a cada momento, sinta e veja como eu vivo e faço."

Era um homem extremamente ético e generoso, preocupadíssimo com a dor dos outros. Em seguida Marco Polo entrou na área da filosofia.

Dezessete séculos depois de Jesus, o inteligente filósofo Immanuel Kant diria que a ética estava relacionada à intencionalidade. Todavia Kant, embora inteligentíssimo, não considerou, como o Mestre dos mestres o fez, que o inferno emocional estava cheio de pessoas bem-intencionadas. Não considerou que há um fariseu dentro dos seres humanos, que a "consequencialidade" tinha de ser observada. Bons gestos podem ferir muito a quem amamos, palavras que tentam ajudar também podem humilhar, desejos de contribuir também podem asfixiar. Por isso Jesus pareceu dizer para Mateus: "Prostitutas precederão os fariseus no meu reino. Leprosos com odor fétido serão considerados joias únicas. Ovelhas perdidas, aparentemente sem nenhum valor social, têm para mim uma relevância fenomenal. Aprendei de mim, Mateus."

Desse modo, alunos falíveis, frágeis, agressivos, julgadores e intolerantes vinham aprendendo todos os dias a se colocar no lugar dos outros. Cotidianamente aprendiam a ver o mundo e reagir aos acontecimentos de forma muito diferente. Eles iniciaram sua trajetória com o Mestre dos mestres como deuses autossuficientes, mas aos poucos aprendiam a ser seres humanos que reconhecem suas insanidades e se colocam em construção.

✦

Marco Polo, depois de lhes narrar e interpretar essa história do carpinteiro de Nazaré, viu seus alunos silenciosos e pensativos. Disse-lhes:

– Freud escreveu mais de 5 mil cartas. Era um colecionador de amigos e foi o construtor teórico da psicanálise, mas nunca teve coragem de convidar as pessoas cansadas mentalmente e sobrecarregadas emocionalmente a se achegar a ele para se aliviar. O próprio, quando seu neto teve graves problemas pulmonares, disse que trabalhava por pura necessidade, se deprimiu, perdeu o prazer de viver, esgotou seu cérebro com inúmeros pensamentos angustiantes. E quem não sobrecarrega a própria mente em alguns momentos da vida?

– Ninguém – admitiu Michael, que vivia agitado e fatigado. – Mas que coragem teve Jesus Cristo ao convidar as pessoas a tranquilizar a mente com suas ferramentas! Que líder era esse que buscava a discrição, que não usava seus gestos eloquentes para se promover? Ele quebra os paradigmas das ciências políticas!

– De fato, Michael. Jesus foi o maior líder da história e o homem mais inteligente, mais saudável e mais fascinante que pisou nesta Terra. Ou isso ou foi o maior psicótico de todos os tempos – concluiu Marco Polo, com uma brincadeira. – Mas como podia ser um psicótico se ele era coerente e calmo, ajudava a todos sem fazer propaganda política, se era um amante da discrição?

– Tem razão – concordou Florence. – Já fui internada duas vezes em hospitais psiquiátricos. Num surto de delírio de grandeza, os pacientes não buscam a discrição.

– Em política e no mundo corporativo idem – apontou Hiroto.

Marco Polo sorriu para eles. Jasmine suspirou e tocou num assunto muito sensível a ela.

– Com as devidas exceções, as celebridades e não poucos líderes de todas as áreas amam a espetacularização, e não a discrição, inclusive alguns suicidas como eu – confessou ela, deixando escapar algumas lágrimas. E depois voltou-se para Florence, que também atentara contra a própria vida, e comentou: – Eu só pensava na minha dor. Não pensava em quem morreria aos poucos com meu suicídio.

– Estou impactado – disse Peter abraçando-as.

– É surpreendente que o homem que teve, como poucos, a possibilidade de se tornar o centro das atenções sociais amasse o anonimato – concluiu Chang.

– Até seus íntimos ficaram intrigados com seu comportamento: "Por que você se esconde? Alguém que faz as coisas que você faz tem de se revelar ao mundo!" – contou o psiquiatra.

– Mas ele ficou famosíssimo. Bilhões de pessoas hoje comemoram o Natal – afirmou Peter.

– Ficou, claro. Jesus tornou-se o homem mais famoso da humanidade, e sem derramar uma gota de sangue, sem humilhar nem dominar pessoas.

Por quê? Porque foi impossível esconder seu projeto de vida, sua eloquência, sua sabedoria, sua capacidade de educar por metáforas e seu poder de inspirar pessoas, libertar a criatividade e formar mentes livres.

– Bom, ele ensi... ensinou os a... a... dultos. Mas e as cri... crianças, que impor... portância ele da... dava a elas? – perguntou Alexander.

– Ele valorizava em prosa e verso as crianças e a infância. Disse até que quem não tivesse um coração de criança, a capacidade de explorar a vida e se encantar com ela típica das crianças, estava fora do jogo. Mas hoje a infância tem sido roubada, asfixiada – comentou Marco Polo, sensibilizado.

– Mas essa é uma constatação muito séria, professor – lamentou Jasmine.

Os olhos do psiquiatra se encheram de lágrimas. Ele confessou que toda vez que tocava nesse tema, se emocionava. Para ele, a humanidade tinha graves problemas para ser viável devido à síndrome predador-presa, mas, com o assassinato da infância na atualidade, ela estava à beira de um colapso.

– Como assim? – questionou Sam.

Marco Polo então comentou que havia três meses dera uma conferência para mais de uma centena de magistrados num congresso nacional da categoria. E, na ocasião, chocara os presentes ao apontar categoricamente esse assassinato coletivo.

– Todos somos contra o trabalho escravo. Mas, na constituição, não está previsto o trabalho escravo emocional e intelectual das crianças nem seu esgotamento cerebral. Nas sociedades modernas, nossas crianças têm tempo para ir à escola, para usar o celular, jogar videogames, assistir a seriados no streaming, praticar esportes, aprender línguas, mas não para ter infância, para brincar, se reinventar, se aventurar, explorar o mundo.

Os juízes ficaram impressionados com a argumentação do psiquiatra. Entenderam que a constituição do país era jurássica em relação à preocupação de preservar a saúde emocional das crianças. Marco Polo foi mais contundente ainda. Comentou que o excesso de atividades superexcita os quatro fenômenos inconscientes que leem a memória sem a autorização do Eu, agitando a mente de crianças e jovens em níveis jamais vistos, gerando aceleramento do pensamento e produzindo uma ansiedade coletiva que se traduz numa necessidade incontrolável de se movimentar e falar para tentar neutralizar o desastre que está acontecendo no psiquismo delas. Mas a maioria dos pais e professores quer domar o cérebro dos seus filhos e alunos, exige um silêncio impossível. Eles ordenam: "Fique quieto, menino!", "Você está atrapalhando o ambiente!" Não sabem lidar com a ansiedade deles.

Chang engoliu em seco e em seguida comentou com a voz embargada:

– Ouvi milhares de vezes essas broncas do meu pai. Eu não podia ter infância na China. Tinha de ser o melhor! Tinha de me preocupar só com o futuro! Não podia brincar, chorar, ter amigos. Até que não suportei. Joguei tudo para o alto. Não suporto ser controlado. Tento brincar, relaxar, curtir a vida, mas às vezes nem eu me suporto.

Diante disso, o psiquiatra comentou:

– Já ouviram falar da complexa tese de gestão da emoção: amar o próximo como a si mesmo?

– Complexa tese? Mas ela é simplista e religiosa – afirmou Chang.

– Cem por cento errado, Chang! É uma tese sofisticada e profunda, tão poderosa que é capaz de prevenir transtornos emocionais, embora milhões de religiosos jamais a tenham entendido e aplicado. É por isso que padres e líderes protestantes também se matam.

– Explique essa ferramenta, então, por favor – solicitou Jasmine.

– Você não consegue amar alguém de verdade se não amar a si mesmo. Você não consegue namorar alguém de verdade se não consegue namorar primeiramente a si mesmo.

– Eureca! – exclamou Chang. – Por isso ninguém dá certo comigo. Morro de ciúmes.

– Ciúme é a saudade de mim mesmo – concluiu Marco Polo. – Exijo do outro a atenção que eu mesmo não dou para mim.

– Caramba! Você foi fundo, mestre! – exclamou Michael, que também era um sujeito hiperciumento.

Jasmine, extasiada, enrolando o cabelo freneticamente, comentou:

– Cara, estou pasma. Que homem é esse que há dois milênios ensinou essas coisas? Amar o próximo como a si mesmo é profundíssimo...

– Eu é que me pergunto: Que homem é esse que não foi estudado pelas universidades? – concluiu Hiroto.

✦

O tempo passou, semanas e mais semanas. Paulatinamente, os "rebeldes" começaram a fazer viagens incríveis para dentro de si mesmos, análises críticas profundas e questionamentos bombásticos. Mas o sol que hoje brilha amanhã pode dar lugar a inesperadas tempestades. The Best espreitava tudo. Vincent Dell tinha ataques de raiva ao receber seus relatórios, cada vez mais positivos.

– Não é possível acreditar que esses alunos ainda não fritaram Marco Polo! – esbravejou o reitor.

– É estranho mesmo, parece que está conseguindo algum êxito – concordou The Best em tom monocórdio.

Vincent Dell pegou um cinzeiro de vidro e o atirou no *Robo sapiens*, como se ele fosse culpado pela escolha dos alunos. Acertou sua face, dilacerando a pele artificial, deixando à mostra o sofisticado material de que era feito.

– Algum êxito, The Best? Eu o proíbo de ter qualquer êxito. As escolhas foram suas. Serei humilhado diante da classe internacional de reitores por sua causa!

E depois se aproximou de The Best e este, embora fosse inúmeras vezes mais forte, deixou que o reitor o empurrasse e lhe desse um soco. Vincent Dell machucou sua mão devido à dureza do material do *Robo sapiens*. O reitor era desumano não apenas com seres humanos, mas também com animais – e até com robôs. Era um psicopata com título de doutor. Ao ser agredido, The Best mostrou os punhos para Vincent e abriu um sorriso sarcástico. Na realidade, como não tinha sentimentos, apenas simulava um comportamento emocional.

Poderia estraçalhar o reitor se quisesse. Temendo e tremendo, Vincent Dell lhe ordenou:

– Não se atreva a levantar a mão para seu criador! Eu o desligo.

The Best deteve o soco no ar e socou a escrivaninha ao seu lado, estilhaçando-a com uma força brutal. E disse ao seu criador:

– Jamais o ferirei, meu amo. Não fui programado para isso. Mas, se desejar, eu destruirei Marco Polo. É só me programar.

– Não. Por enquanto, não.

– Ou acionar nosso infiltrado, talvez.

– Como assim? – perguntou o reitor.

Mas eles interromperam a conversa ao ouvir a secretária interfonando. O ciúme e a inveja não nascem entre pessoas de classes ou poderes distintos, mas entre pares. Entre líderes, essas emoções nascem nos solos do poder, tornando-se um vírus imortal que ora fica adormecido, ora eclode incontrolavelmente. O sucesso de quem vive ao nosso lado é muito mais perturbador do que o sucesso de quem está distante.

15

O PODER DA RESILIÊNCIA: NÃO SE CURVAR JAMAIS À DOR

Para levar seus alunos a um nível de treinamento mais profundo, Marco Polo discorreu sobre um dos mais complexos fenômenos inconscientes do psiquismo humano entre os que descobrira nos últimos vinte anos: o fenômeno da psicoadaptação. Tal fenômeno surpreendentemente também fora usado pelo carpinteiro de Nazaré para "esculpir" a emoção de seus alunos. Esse fenômeno vital está na base da criatividade humana, do prazer de viver, dos movimentos sociais, da investigação científica e da evolução das artes, como a literatura, o cinema, a arquitetura.

Marco Polo comentou que o fenômeno da psicoadaptação faz parte das entranhas da mente, alterando o ritmo e a qualidade da construção dos pensamentos e das emoções, dos homens e das mulheres, dos religiosos e dos ateus, dos orientais e dos ocidentais, dos psicoterapeutas e dos pacientes.

Até os bebês são afetados intimamente por esse fenômeno. Dependendo da psicoadaptação do encaixe do feto no último mês de gravidez, quando ocorre uma restrição atroz dos movimentos, teremos uma criança mais calma ou mais tensa, mais chorosa ou mais bem-humorada. Claro que esses comportamentos dependem também da carga genética, da qualidade da gravidez, do estresse da mãe no período. Bebês que nascem prematuros, que não tiveram tempo de se psicoadaptar ao encaixe dos últimos 30 dias fetais, que representam uma freada lenta, mas radical dos seus atos, embora cognitivamente inteligentes, comumente se tornam mais agitados, inquietos e ansiosos que a média dos outros bebês, mesmo que seus pais não tenham propensão genética para transtorno de déficit de atenção e hiperatividade (TDAH).

– Eu nasci de seis meses e meio, pesava 1,2 quilo. Agora entendo por que sempre fui agitada – comentou Jasmine. – Minha mãe era calma, meu pai tinha outros defeitos, mas não era ansioso. No entanto minha mãe me dizia que eu era tão inquieta que não me concentrava nem olhava nos olhos dos outros quando falavam comigo. Tinha sede por experimentar tudo. Mas chorava muito, pois me entediava facilmente, nada me distraía por muito tempo. Aliás, até hoje tudo me entedia. Demoro uma hora para encontrar um filme no streaming. As aulas me irritam, meus amigos me entediam. A única coisa que tem me cativado é estar nessas aulas absurdamente complexas e desafiadoras com essa turma de malucos. E olha que já se passaram dois meses.

Seus colegas a aplaudiram.

– Eu nasci com 2 quilos – disse Chang, que também era agitado. – Quero tudo para ontem. Quando eu era pequeno e alguém me corrigia, eu gostava de repetir o erro. Sou agradavelmente desafiador.

– Agora estou te entendendo, chinês – disse Peter ao amigo. – Você parece tão sociável, mas é teimoso como um asno.

Yuri também foi um bebê prematuro.

– Nasci com 2,1 quilos. Minha mãe não tinha completado o oitavo mês de gravidez. Ela sempre me disse que eu queria fazer mil coisas ao mesmo tempo. Estava num lugar, queria ir para outro. Ganhava um brinquedo, queria outro. Era agitadíssimo. Na escola, parecia que havia pregos na carteira, eu não conseguia ficar sentado.

– Eu também – relatou Florence.

– Eu não era inquieto. Nasci gordinho, com mais de 4 quilos. Vivia serenando a vida. Nasci preguiçoso – comentou Hiroto. – Mas por favor explique melhor o que é e como atua o fenômeno da psicoadaptação, professor.

Marco Polo então explicou:

– Psicoadaptação é a incapacidade de a emoção humana sentir prazer ou dor diante da exposição ao mesmo objeto. Atua todos os dias nos mais diversos eventos da vida. Por exemplo, uma roupa usada pela primeira vez por uma mulher excita sua emoção, mas depois de usada várias vezes, perde o encanto. A não ser que as mulheres entendam que a beleza está na mente de quem enxerga. Uma pintura pendurada na parede de um apartamento seduz o morador nos primeiros dias, mas, com o tempo, ocorre uma psicoadaptação, tornando o quadro quase imperceptível, a não ser que ele recicle seu olhar e renove sua emoção. Mas raras pessoas fazem isso. É por isso que muita gente que teve sucesso financeiro e social quase morre de tédio. O sucesso torna-se sua armadilha.

Os alunos ficaram emocionados em descobrir mais um fenômeno que os abarcava todos os dias e que explicava muitos comportamentos sociais aparentemente inexplicáveis. Pessoas de sucesso deveriam ser mais felizes, não mais infelizes do que eles eram. Agora entendiam que a psicoadaptação nos torna mais felizes durante a jornada do que na fruição dos resultados de seus esforços.

– Os usuários de drogas são vítimas desse fenômeno? – indagou Peter, curioso.

Peter não usava heroína nem cocaína, mas tomava bebidas alcoólicas com frequência. E estava aumentando a dose.

– Sem dúvida, e isso não apenas porque o fígado do usuário metaboliza mais rápido a droga, mas também por causa da perda do prazer diante dos mesmos estímulos. Com o tempo, o usuário necessita de doses cada vez maiores para sentir a mesma experiência. A psicoadaptação o leva a ter uma emoção insaciável, a se tornar um escravo vivendo em sociedade livre, com risco de overdose.

– Eu... Eu... tenho aumentado a dose de cocaína – confessou Victor. – Sou um escravo... Estou morrendo.

A dependência de Victor era tão dramática que ele deixara de aspirar a cocaína e passara a injetá-la. Estava injetando nos braços, mas como as veias se esclerosaram, tornando-se enrijecidas, começara a aplicar nos pés, e já havia aplicado no pescoço e uma vez na veia de seu pênis. Victor era portador do vírus HIV. Já fora internado três vezes, mas era resistente ao tratamento. Nos últimos meses havia desistido de viver e prometera que não procuraria mais psiquiatras, psicólogos ou clínicas. Marco Polo tentara se aproximar dele, mas ele se esquivava. Todavia, suas aulas foram abrindo espaço nessa mente hermética. Dessa vez, ao ouvir sobre o fenômeno da psicoadaptação e os cárceres mentais, foi iluminado, abrindo a possibilidade de Marco Polo ajudá-lo particularmente.

O psiquiatra comentou que a cocaína era uma droga que não apenas causava intensa dependência, mas entre seus efeitos no cérebro estava a paranoia. Os usuários achavam-se perseguidos pela polícia. A insegurança de Victor e sua crença em conspirações só aumentavam, mesmo quando estava "limpo". Ele poderia até chegar a desenvolver uma psicose. Depois de discorrer sobre a cocaína, Marco Polo tocou no gravíssimo tema da heroína.

– O aumento da dose de heroína pelo fenômeno da psicoadaptação é uma das principais causas de morte nos Estados Unidos. Perde-se o encanto pelas coisas simples e anônimas, e vive-se em função de um prazer químico artificial, mas poderosíssimo. Os efeitos diminuem e as aplicações aumentam, até ultrapassarem os limites suportáveis para o cérebro, quando se produz uma parada cardiocirculatória. A cada sete minutos um ser humano único e irrepetível morre de overdose de heroína neste país. Precisamos ajudar essas pessoas a entender o fenômeno da psicoadaptação e ensiná-las a aplicarem a técnica poderosa do DCD e da mesa-redonda do Eu. Assim poderão ser, pouco a pouco, autores da própria história.

Marco Polo ainda comentou que a psicoadaptação, quando mal trabalhada, pode ser devastadora não apenas na dependência de drogas, mas também para as relações interpessoais, sepultando-as.

– Como assim, mestre? – indagou Florence.

Os alunos, à medida que imergiam no treinamento de gestão da emoção, começavam a chamar Marco Polo não mais de psiquiatra invasor de cérebros, mas de professor e mestre.

– Milhões de pais conversam muito com seus filhos quando eles não sabem ainda falar, mas se calam depois que eles adquirem a linguagem. Tiram a gravata e se tornam um palhaço bem-humorado para extrair-lhes sorrisos quando ainda não entendem as brincadeiras, mas depois que os filhos crescem, vestem a gravata, o palhaço desaparece e fica só o juiz julgador. Destroem as relações, adoecem seus filhos e depois procuram psicólogos e psiquiatras para perguntar "o que deu errado".

O relato do mestre da psiquiatria caiu como uma bomba na mente dos seus arredios alunos. Eles ficaram profundamente reflexivos.

– Que loucura mais real – comentou Harrison. – Meu irmão mais velho fez exatamente isso com meus dois sobrinhos.

– É perturbador que possamos nos psicoadaptar às pessoas e sepultá-las estando vivas – comentou Jasmine com argúcia.

– A indiferença é o pior sepultamento – afirmou Marco Polo. – Quem vocês já sepultaram?

Eles se calaram.

– O melhor dos seres humanos, durante sua trajetória de vida, sepulta pelo menos uma dúzia de pessoas vivas e queridas pela sua insensibilidade – afirmou o psiquiatra.

– Eu sepultei umas cem pessoas – afirmou Chang.

– E, para se livrar do sentimento de culpa por sepultá-las, muitos de nós compramos presentes caros em festas de aniversários – disse Michael com perspicácia.

– Ou então enviamos mensagens rápidas e superficiais pelas redes sociais: "Ei, como você está?" Meu Deus, tenho sepultado sem perceber as pessoas que mais amo. Como a psicoadaptação é atroz – confessou Florence.

– No Japão, muitas famílias que moram na mesma casa ficam meses sem conversar um com o outro com profundidade. Eu não converso com minha mãe ou com meu pai sobre mim acho que há... Bom, pensando bem, nunca conversei. E eles também nunca perguntaram se eu tenho medos, crises, sonhos, se eu existo, se quero morrer... – revelou Hiroto, lacrimejando.

– Meu pai não me sepultou – afirmou Yuri. – Toda vez que o encontro ele me diz que sou a ovelha negra da família, que sou um fracassado, que envergonho a Rússia. – Constrangido, o rapaz enxugou os olhos e disse: – Foi mal.

– Não foi mal – comentou Peter vendo seus colegas surpreendentemente se emocionarem. E completou: – Os brutos também amam e choram.

Foi uma catarse, eles vomitaram seu passado. Nesse momento, Marco Polo explicou-lhes que o fenômeno da psicoadaptação tem duas faces. Por um lado, ele envelhece a emoção, esmaga a motivação, sepulta relações, mas, por outro, causa uma inquietação saudável, chamada de "ansiedade vital", tornando-se a mola propulsora que impulsiona a curiosidade, a pesquisa, a busca por novas ideias, a renovação das artes, a procura por novos desafios na vida.

– O culto à celebridade é um tiro no coração emocional. É altamente tóxico. Por quê? – perguntou o psiquiatra.

Peter respondeu:

– Porque turbina o fenômeno da psicoadaptação.

Jasmine completou:

Cultua-se uma pequeníssima minoria de cantores, atores e YouTubers que acreditam falsamente que são melhores ou maiores que a grande massa dos mortais. Sem o saber, eles vão perdendo o encanto pela vida! Sepultam sua emoção.

– Parabéns, Jasmine. O culto às celebridades é um fenômeno típico de uma sociedade constituída de idiotas emocionais, e isso nos inclui. Ninguém é maior do que ninguém no reino dos mortais – afirmou Marco Polo com convicção.

– Caramba! Eu sou crítico do sistema social, mas você pega muito mais pesado que eu – disse Chang.

O psiquiatra comentou que, nos passos iniciais de uma celebridade, inclusive política, cada fã é um ser humano inigualável, digno da mais alta atenção, de sorrisos e abraços, mas, sorrateiramente, o fenômeno da psicoadaptação transforma os fãs em números, em pessoas que aborrecem, invadem a privacidade.

– Você é um escritor famoso, Marco Polo. Você também não é vítima da psicoadaptação? Não transformou seus leitores em mais um número?

– Tenho muitos defeitos, Michael. E os tenho declarado aqui. Mas, por ser o pesquisador que descreveu o fenômeno da psicoadaptação, tenho procurado dia após dia reciclar meu olhar, renová-lo e considerar cada ser humano insubstituível. Até meus alunos que me perturbam, como vocês, são inesquecíveis e insubstituíveis.

Todos deram risadas. Após esse comentário, Marco Polo começou a fazer mais uma viagem no tempo. Voltou dois milênios e discorreu sobre uma crítica contundente que Jesus fez a uma das maiores celebridades da história: o rei Salomão. O fenômeno da psicoadaptação o devastou. Sua imensa sabedoria não o impediu de se perder.

– Um dia, algumas pessoas nos conduzirão a uma sepultura, mas, antes disso, nós mesmos cavamos muitas sepulturas emocionais. O ciúme, a inveja, a autopunição, a traição ao sono, à saúde, à paz, ao tempo com quem amamos, a disposição a discutir por coisas tolas, a lutar pelo desnecessário, são algumas das centenas de sepulturas que cavamos dentro de nós. No fundo, somos coveiros de nós mesmos – concluiu o mestre das ciências humanas.

16

O PODER DE RECONHECER QUE SOMOS MORTAIS: "A MORTE DE CHANG"

Ano 31 d.C.

O poder e a fama são vírus incontroláveis que distorcem o ciclo da dopamina no cérebro humano, sequestrando a emoção, transformando políticos humildes em autoritários, altruístas em egocêntricos, intelectuais em mentes toscas, religiosos em deuses. Jesus não tinha seguranças, agentes ou equipe de marketing, e, discreto, não marcava hora nem local para seus discursos. Mas, apesar disso, multidões eufóricas o seguiam. Seria ele seduzido ou infectado? Passaria no teste da fama e do poder? Nenhum homem jamais conseguira. Os mais humildes têm orgulho de sê-lo, mas uma análise criteriosa dos seus comportamentos revela que não é bem assim. Para espanto das ciências sociopolíticas, a única vez que Jesus Cristo admitiu estar acima do ser humano foi quando foi pendurado numa cruz.

Numa época em que a tecnologia mais eficiente para falar publicamente era a voz, havia necessidade de improvisar, usar o eco para reverberar as palavras. Certa vez Jesus caminhava com milhares de pessoas sequiosas em ouvi-lo. Avistou uma montanha e silenciosamente a escalou passo a passo. Não queria estar acima delas, mas vaciná-las contra a inveja, o ciúme, o poder, o culto à celebridade, para aprenderem a construir relações saudáveis. Mas como ter eficiência em ensinar o que as universidades e inclusive as religiões, ao longo das eras, não conseguiram? Foi então que proclamou seus surpreendentes códigos socioemocionais. O silêncio foi geral. Havia uma perplexidade na mente dos ouvintes do sermão da montanha.

Em outras palavras, dizia:

"Felizes são os que desinflam seus egos, os que se esvaziam de si mesmos, porque deles é o reino da criatividade e da sabedoria."

"Felizes os empáticos, que não sepultam quem está vivo, que enxergam sofrimentos não verbalizados dos outros e são capazes de chorar por eles, pois serão profundamente consolados."

"Felizes os que treinam ser mansos, os pacientes com os filhos, com o cônjuge, com os colaboradores, os que cobram menos e se doam mais, pois eles herdarão a terra da emoção."

"Felizes os que não acirram as discussões, não promovem os atritos nem criticam pelas costas, mas se tornam pacificadores, capazes de solucionar os problemas com o perfume do diálogo e com o aroma do perdão, porque eles verão a face invisível do autor da existência."

"Felizes os que não se curvam à dor, não se dobram diante das injustiças e das calúnias e nem mesmo se colocam como vítimas do mundo, porque, antes de vocês, justos atravessaram também o caos e o usaram para se reconstruir, e não para se destruir."

O Mestre dos mestres proclamou muitos outros códigos socioemocionais, que, independentemente de uma religião, se tivessem sido estudados e vivenciados em todo processo educacional mundial, não apenas teriam expandido os horizontes da inteligência humana, mas também protegido a mente, prevenido transtornos emocionais e evitado milhares de suicídios, homicídios, guerras, violências contra as mulheres e contra as mais incríveis criaturas: as crianças. Muitos dos que fizeram guerras, discriminaram ou excluíram alguém em nome de Jesus inventaram um personagem que nunca existiu, a não ser em sua mente psicopática.

Depois dessa exposição, Jasmine, que cursava disciplinas de psicologia na universidade, comentou:

– Que homem foi esse que não foi estudado pelas universidades, mas discorreu com insondável sabedoria sobre técnicas socioemocionais complexas dezenove séculos antes de a psicologia moderna vir a existir?

– Para ele, "a humanidade é dramaticamente imperfeita". Errar é humano, mas errar demais é desumano – explicou Marco Polo.

Todos os seus alunos erraram demais. Eram excessivamente lógicos, reagiam pelo pensamento dialético, pelo fenômeno bateu-levou, ação--reação. Por onde andavam, fabricavam inimigos.

– Só que o erro não deveria ser objeto de punição, mas uma oportunidade de exercer o perdão, a tolerância e a compaixão, algo que os robôs jamais poderão experimentar. Por isso, só um ser humano falível pode educar outro ser humano falível a recomeçar do zero.

– Eu tenho uma dificuldade enorme de perdoar – comentou Florence.

– Eu não perdoo meu pai – afirmou Peter.

– Eu também não perdoo o meu – declarou Michael.

– Eu não perdoo a vida – falou Jasmine. – Ela foi muito injusta comigo.

Muitos tinham enormes dívidas emocionais com eles, e eles contraíram muitas dívidas com os outros. Alguns estavam falidos, não tinham convivência social saudável com ninguém, a não ser agora, com a turma dos "rebeldes" e com o psiquiatra que os estava educando. Marco Polo fitou-os prolongadamente e lhes disse:

– O perdão não é um ato heroico, mas um perfume da inteligência. As flores são os perdões das plantas pela agressão do inverno. E o perfume é o perdão das flores por serem cortadas pelos ventos.

Houve um silêncio entre os alunos. Eles estavam aprendendo cada vez mais a prestar atenção nas imagens mentais. Estavam deixando de viver apenas através do pensamento dialético, lógico-linear, para libertar o pensamento antidialético, ou imaginário, para enxergar por múltiplos ângulos a vida e seus acontecimentos estressantes. Sem o pensamento antidialético, não desenvolveriam jamais uma mente brilhante, pois é ele que financia o afeto, a doação, o perdão, o altruísmo, a ousadia. Em seguida, Florence se virou para os colegas e perguntou:

– O que vocês entenderam do que Marco Polo disse sobre o perdão?

– Se, metaforicamente falando, as flores belíssimas são os perdões das plantas agredidas pelo frio, o perdão deve ser bom para o perdoador – comentou Jasmine.

– Sim, Jasmine. O maior beneficiado com o perdão é aquele que perdoa – afirmou o psiquiatra. Mas depois ponderou: – Vamos falar mais sobre o perdão posteriormente, mas precisamos também falar do autoperdão. Todos nós temos dívidas, ainda que ocultas nos solos de nossa mente, que precisam ser saldadas por nós mesmos, não pela autopunição, mas pelo autoperdão.

E passou a contar a história de um dos maiores reis dos tempos antigos. Salomão era um jovem simples, justo, generoso, sensível, inteligentíssimo, um amante das ideias muito mais do que do ouro. Sua sabedoria era contagiante. Ele percorria as nações longínquas numa época em que quase toda a população vivia e morria a poucas milhas de onde nascera, despertando a atenção de reis e rainhas. Era um fenômeno social sem precedente. Não era um factoide digital, mas um homem que exalava sabedoria pelos poros de sua mente. A rainha de Sabá percorreu caminhos inimagináveis para ouvir suas palavras. Ao ouvi-lo, foi seduzida e teve intimidade com ele. Dessa relação, acredita-se, vieram os judeus de pele negra.

Os primeiros anos da carreira política de Salomão foram impecáveis, mas o poder e a fama, essas drogas que os humildes juram que não os contaminarão, o infectaram. Quatro ou oito anos de poder, um ou dois mandatos, são mais que suficientes para isso. Jesus sabia que o aclamado Salomão esteve infeccionado até as raízes de sua mente. Mas como ele falaria dos erros do grande Salomão? Como os usaria para mostrar que ele mesmo se vacinava contra a contaminação do poder e da fama? Como ensinaria a seus discípulos, que já estavam contaminados, a se desinfetar? Uma tarefa dificílima.

Pedro, animado com o assédio, sugeriu a Jesus:

– Mestre, as multidões esperam mais um brilhante discurso ou mais um ato espetacular.

Mas Jesus deu passos silenciosos. O jovem João, irmão de Tiago, afoito pelo poder, fez outro comentário:

– Mestre, os arrogantes fariseus vieram para ouvi-lo. Certamente suas palavras os calarão.

Judas, irrigado com o orgulho, sugeriu:

– Mestre, abre tua boca e ninguém terá dúvidas de que seguimos o maior líder de Israel.

Os pescadores de homens foram pescados pelo poder. Mas o Mestre continuava mudo e caminhando, o que afligiu o psiquismo dos seus alunos. Uma dose de silêncio é suportável para mentes ansiosas, mas uma dose alta é intolerável.

– Mestre, todos esperam pelas suas palavras – insistiu Pedro, angustiado.

Mas o Mestre não lhe deu ouvidos. Desgarrou-se dos seus alunos e, pouco a pouco, se aproximou de um alvo. Ao focá-lo, suspirou atenta e admiravelmente. Perturbados, seus alunos queriam ver o que ele via, mas seu pensamento dialético os intoxicava. Mentes lógicas só veem o tangível, negam o invisível. Nesse momento, Jesus os abalou com palavras tão singelas quanto enigmáticas. Tocou profundamente no fenômeno da psicoadaptação e na construção da saúde emocional.

– Contemplem os lírios do campo, percebam como eles são belíssimos. São tão belos que nem mesmo o rei Salomão, em todo o seu poder, conseguiu se vestir como um deles.

Silêncio geral entre os discípulos. Não entenderam patavina dessa declaração.

– O que esse assunto tem a ver conosco e com influenciar multidões? – perguntou Pedro baixinho para os demais discípulos.

– Ver lírios do campo é coisa para desocupados! – sussurrou o jovem e ambicioso João.

– Contemplar flores não é para líderes. Estes têm coisas mais importantes com que se preocupar, como empreender, pensar estrategicamente, cativar mentes, dirigir a sociedade – cochichou por sua vez o ambicioso mas bem-comportado Judas.

O poderoso Salomão se autodestruiu porque se preocupou com grandes coisas, mas se esqueceu do essencial. Ele tropeçou nos códigos socioemocionais. Não sabia que a emoção é o fenômeno mais democrático da existência. Não contemplar o belo é não nutri-la com as coisas simples e anônimas. Foi um dos homens mais ricos de um cemitério. Levou para o túmulo seus conflitos, uma história depressiva, inquieta, insatisfeita.

Marco Polo, depois de fazer essa reconstrução histórica para os seus alunos, concluiu:

– Salomão começou sua jornada como um jovem animadíssimo e terminou-a como um homem deprimidíssimo. Embora nunca tenha perdido sua inteligência lógica, faliu emocionalmente. E descreveu com notável habilidade intelectual a falência de seu prazer de viver: "Tudo é vaidade, não há nada de novo debaixo do céu." E milhões de religiosos, inclusive grandes teólogos, que leem as palavras de Salomão não entendem que ele estava descrevendo seu sepulcro emocional. Mas Jesus criticou sua postura como rei de forma poderosa mas generosa.

– Como Jesus criticou o rei Salomão? Eu não entendo! – perguntou Florence curiosa.

– Criticou-o demonstrando que nada é vaidade para quem tem um olhar penetrante. Até um simples lírio do campo é uma experiência nova, única, contagiante, inclusive para o próprio Jesus. As vestes reais do rei Salomão, tecidas com fio de ouro, eram menos impactantes do que uma pequena flor que surge, dias depois se desidrata e morre.

– Interessante – expressou Chang. – Não sei contemplar o belo. A única experiência emocionante que tive foi quando abracei aquela árvore.

– Quer dizer que os lí... lírios do cam... campo são uma metá... táfora? – indagou Alexander.

– Sim, Alexander. O mais notável mestre da emoção queria dizer que um simples sorriso, um diminuto elogio, um breve diálogo ou até uma folha desprendida de uma árvore, é um estímulo emocional borbulhante, impactante, mágico para quem não é viciado em grandes acontecimentos.

Marco Polo comentou que, na atualidade, um dos maiores problemas dos influenciadores digitais é que eles viciam sua emoção com o número de curtidas, com as respostas de seus seguidores. E assim cavam a própria sepultura emocional.

– Nem os religiosos das mais diversas religiões escapam do fenômeno da psicoadaptação. Muitos líderes protestantes, católicos, budistas, islamitas, começam sua história maravilhosamente animados e humildes, mas, quando ascendem ao poder, quando ficam famosos, também cavam a própria sepultura emocional. Por quê? – questionou o psiquiatra a seus alunos.

Peter, iluminado, respondeu:

– Porque se psicoadaptam aos estímulos, precisam cada vez mais de grandes eventos para sentir migalhas de prazer.

– De fato, Peter. Ter prazer nos simples lírios do campo se torna cada vez mais difícil. A psicoadaptação entorpece a emoção.

Foi nesse momento que o pensador das ciências humanas disse de maneira contundente:

– Igualmente, muitos líderes políticos, empresários, executivos, esportistas, artistas, começam a carreira no céu do prazer, mas terminam no inferno da ansiedade. Se perdem a capacidade de contemplar o invisível, de aplaudir o inaudível, eles morrem estando vivos.

– Nunca tinha pensado nisso – concluiu Florence.

– E vocês? Estão vivos emocionalmente? – perguntou Marco Polo, mais uma vez colocando-os contra a parede.

Muito pouco. Os alunos sabiam que envelheceram emocionalmente, mas não que haviam sepultado a própria emoção. Começaram a entender que estavam doentes, não apenas pela personalidade explosiva, como Peter, a síndrome de Tourette, como Sam, a depressão bipolar, como Florence, a ansiedade atroz, como Jasmine, mas em destaque porque não sabiam nutrir sua emoção, contemplar o belo. Procuravam como sedentos o poder, queriam ser o centro das atenções, usar drogas, agredir, zombar dos seus pares, se rebelar contra as autoridades, mas no fundo esses comportamentos revelavam que estavam caquéticos emocionalmente. Eram rebeldes infelizes.

Eram análises sociológicas seriíssimas e conclusões psicológicas importantíssimas. Todos estavam se colocando em xeque, desnudando as próprias loucuras psicossociais, inclusive suas insanidades e sua falsa resiliência. O ambiente era tão envolvente que a tarde findou, os pássaros gorjearam para poder adormecer, mas, animados, os alunos continuavam escavando suas mentes. Estavam todos sentados em círculo no pátio da universidade. De repente, logo antes de se despedirem de mais uma instigante aula, eis que surgiram inesperadamente quatro homens trazendo uma embalagem enorme. Eles a colocaram no centro da roda. Muitos universitários que não faziam parte do grupo espreitavam seus movimentos. Sabiam que subitamente o mar mudava seu ânimo e uma tempestade lhes abatia. Os alunos de Marco Polo estavam curiosos para saber do que se tratava aquela enorme e misteriosa embalagem no final do dia.

Marco Polo perguntou:

– O que acham que essa caixa contém?

– Será um presente? – questionou Florence.

– Talvez um instrumento musical – ponderou Jasmine.

– Chocolates? Quem sabe? – atalhou Chang. – Algumas barras no meio de muito papelão.

– Quem sabe flores? – arriscou Michael.

– Talvez nada. Uma caixa vazia – disse Peter.

– Erraram. É algo que pode mudar a vida de vocês para sempre em dois minutos.

– Está brincando, doutor. Nada muda uma vida em dois minutos. Você sabe muito bem disso – respondeu Florence criticamente.

– Claro, Florence. Uma janela solitária não muda a personalidade. A intencionalidade não muda a nossa maneira de ser e pensar. São necessárias plataformas de janelas ou então janelas estruturais, com alto volume emocional. Tenho ensinado isso a vocês. Mas dois minutos em contato com o que está nesta embalagem podem ser uma eternidade, poderão construir janelas estruturais – afirmou o psiquiatra.

Os quatro homens, depois de depositar a embalagem no centro da roda, partiram. Foi então que Marco Polo pediu para seus alunos a abrirem lentamente. E todos os doze o fizeram sem demora. Ao desembalá-la não poderiam ter ficado mais chocados.

– Não é possível! É um caixão! – disse Chang.

Era um caixão, uma urna na qual se depositam cadáveres.

– O que significa isso? – perguntou Michael abaladíssimo. Tinha medo de ir a velórios.

– Está de brincadeira – comentou Peter.

– Não, não estou. Esse será mais um exercício e espero que seja inesquecível. Muitos morrem emocionalmente estando vivos, não vimos isso? Muitos começam animadíssimos sua história profissional, artística, política, depois sepultam seu prazer de viver com o excesso de atividades. O ser humano é um especialista em cavar a própria sepultura. Por isso pensei neste exercício, que será espontâneo, só o fará quem o desejar. Deitarão dentro desta urna, que ficará fechada por dois minutos. Quem se atreve?

Os alunos ficaram titubeantes, embora houvesse furos para a passagem do ar. Mas um por um começaram a realizar essa experiência. E ela foi bombástica, inenarrável, indecifrável. Dois minutos em silêncio pensando na brevidade da vida, refletindo sobre as tolices que fizeram, as discussões desnecessárias que tiveram, sobre como maltrataram os lírios do campo de suas histórias. Todos ficavam em completo silêncio quando um colega estava tendo a experiência. Eram dois minutos eternos, de fato.

– Incrível. Não imaginava que eu fosse tão frágil – declarou Yuri.

– Vivemos como se fôssemos eternos, e somos tão finitos – refletiu Florence, preocupada.

– Cara, vou procurar ter mais fé em Deus. Suportar esse caixão é barra pesada – relatou Victor, suando.

– Estou perplexo. Um filme passou pela minha mente sobre o que tenho feito com a minha vida. Sou um grande idiota emocional! – confessou Sam.

– Veja, Sam. Seus movimentos com os olhos e ombros diminuíram – observou Florence.

– Também, pudera. Depois do estresse de estar num caixão, tudo vira bobagem.

– Estou arre... arre... pi... piado – disse Alexander, que pouco se manifestava.

A experiência foi insondável. Esses jovens correndo risco de vida com sua história de devassidão, irresponsabilidade, uso de substâncias psicotrópicas, noites sem dormir, direção imprudente, andando embriagados ou em alta velocidade. Agora sentiam na pele sua mortalidade. Com um minuto, alguns sentiam tanto pavor, angústia, dispneia, taquicardia que batiam na tampa e saíam apavorados antes do tempo. Eles queriam sair, respirar o ar, viver, correr. Esse foi o caso de Jasmine, de Martin e de Michael.

Por fim, restaram Peter e Chang. Marco Polo pediu a Peter que não participasse dessa experiência devido à sua síndrome do pânico. Já Chang tinha claustrofobia, uma fobia que guardava em segredo, até para Peter.

– Não dá. Não conseguirei – disse Chang aos amigos.

Victor o encorajou.

– Chang, pensar que somos tão mortais nos ajuda a ver quanto somos imprudentes estando vivos.

– Sou claustrofóbico – confessou ele pela primeira vez.

– Não me diga, amigo! – retrucou Peter. – Está blefando.

– Não estou. Nunca percebeu que sempre evitei lugares fechados?

– É, pensando bem... Mas você é um homem ou um saco de batatas?

– Acho que um saco de batatas – disse Chang sorrindo.

Mas Marco Polo repreendeu Peter:

– Nunca deboche das doenças psíquicas das pessoas, Peter. Chang aceitou a brincadeira, mas outros podem sentir-se profundamente feridos. Não há heróis na mente humana, nenhum. Todos temos crateras emocionais, túneis mentais submersos. Vocês não encontraram muitas dessas crateras e túneis quando lhes pedi para penetrarem em suas histórias e colocarem em prática a técnica da mesa-redonda do Eu e a DCD?

– Sim, muitos – concordou Florence.

Foi então que Marco Polo sugeriu deixar a porta da urna funerária aberta se Chang desejasse realizar a experiência. Desse modo, ele topou. E o psiquiatra sugeriu que todos os demais imaginassem que ele realmente estivesse morto e falassem sobre sua história, que comentassem quanto ele fora importante para eles. Depois de um minuto de silêncio, Sam foi a primeiro a falar.

– Você marcou a minha vida, mas partiu tão cedo. Vai deixar muitas saudades.

Peter entrou na experiência, parecia que Chang havia mesmo partido.

– Chang, meu amigo, você era irresponsável, debochado, perturbador, mas eu o amava, cara. Quantas aventuras vivemos juntos? E agora, cara, você me abandonou. Sem você a vida não tem graça.

Chang, imóvel, deixou escorrer lágrimas. Estava tendo calafrios naquele caixão.

Foi a vez de Michael:

– Você zombava de tudo e de todos. Uma pena que logo que eu estava começando a gostar de você, seu coração enfartou. Me perdoe por todas as vezes que não fui um bom amigo.

Chang deu um suspiro. Pensava que Michael não gostasse dele.

– Chang, você era emocionalmente velho, mas ao mesmo tempo era incrível. A criança maravilhosa que estava em você alegrava a todos. Eu aprendi a amar você, apesar dos seus defeitos – disse Jasmine.

– Com você, Chang, a vida é mais leve. Te amo – disse Florence.

E assim todos começaram a falar coisas emocionantes. Uma plateia imensa de alunos se aproximou enquanto eles realizavam esse exercício. Vincent Dell ficou sabendo dos fatos e se escandalizou. Saiu da sala às pressas junto com seguranças, inclusive com The Best, e foi colocar fim naquela bagunça, interrompendo-a aos brados.

– Está ficando louco, Marco Polo?

– Não, Vincent, estou ensinando meus alunos a entenderem a vida louca que levavam, sem pensar nas consequências. Está provado que quem pensa na finitude da vida valoriza mais sua existência.

– Nunca trouxeram um caixão para esta universidade. Veja, os alunos estão todos apavorados! – afirmou o reitor.

– Chocados com este caixão ou chocados porque muitos aqui estão mortos estando vivos?

– Como assim? – indagou The Best, sem compreender a metáfora.

– Muitos aqui já fizeram seu sepulcro emocional. Discutem por coisas tolas, passam por cima dos seus pares, amam ser o centro das atenções, valorizam mais seus pertences do que sua vida, têm a necessidade neurótica de poder. São muitos os sepulcros, digníssimo reitor. Quais o senhor já cavou? – perguntou Marco Polo.

Chang, que estava imóvel dentro da urna funerária, se sentou e afirmou:

– O reitor? Cavou muitos. Já morreu umas dez vezes.

Todos caíram na gargalhada.

– Abrirei um processo no conselho acadêmico para expulsar você e esse insolente estudante chinês. Não sobreviverá, Marco Polo – ameaçou Vincent Dell.

– Um dia você será enterrado por alguns amigos, se os tiver, mas o dia em que entender que você cava suas próprias sepulturas com seu orgulho, sua raiva, seu ciúme, seu ódio, estará no caminho para ter uma mente livre...

– Eu já sou livre, seu insolente – respondeu o reitor.

– A vida é injusta. Uma minoria adquire poder, dinheiro, privilégios, mas a emoção é completamente democrática e neutraliza boa parte dessa injustiça. Por isso, há ricos vivendo em casebres, e miseráveis morando em palácios, há jovens que sorriem em lugares desolados, e jovens que moram em belos condomínios e pouco se alegram. Há iletrados que fazem muito do pouco, e intelectuais que precisam de muito para sentir pouco.

Vincent Dell começou a tremular os lábios e a sentir vertigem. The Best o apoiou para que não desmaiasse. Nesse momento, Chang levantou-se do caixão e disse, com a voz expressando terror:

– É a sua vez, doutor Vincent Dell. Deite-se neste mágico caixão. Nunca mais será o mesmo.

– Está louco, garoto?! Você representa o que há de pior nesta universidade e quer dar uma lição de moral em seu reitor?

Todos que rodeavam o caixão, inclusive os que não eram alunos de Marco Polo, gritaram em coro:

– Deita! Deita! Deita!

O reitor já havia feito seu sepulcro emocional diversas vezes. Precisou ser retirado do ambiente com urgência, caso contrário, realmente enfartaria e deitaria de fato numa urna de madeira. Sabia que era um simples mortal, mas discutia, atritava-se, tinha ataques de ciúmes e inveja como se sua vida fosse interminável. Era líder de uma grande universidade, mas não sabia se comportar como um pequeno aluno na mais importante e complexa universidade: a universidade da emoção. Nesta escola não se admitiam reitores, professores, intelectuais. Todos éramos, somos e deveríamos ser, até o último fôlego de vida, eternos aprendizes.

17

O LÍDER DOS LÍDERES

O ser humano vive num pequeno parêntese do tempo. Sua brevíssima existência não o impediu de ser um viajante em busca de aventuras. Viajou para a Lua, planeja viajar para os planetas do sistema solar, quem sabe atinja os confins da galáxia e depois penetre espaços nunca antes imaginados. Todavia, após conhecer os segredos do Cosmos, talvez tenha tempo para descobrir que deixou de viajar para o mais importante dos planetas, tão próximo e tão distante, o planeta mente, deixando de desvendar os mistérios da mais brilhante e fundamental das estrelas, a sua emoção. Foi tão longe, mas pouco viajou para as entranhas de seu ser.

Errar o alvo pode trazer perdas imprevisíveis. Marco Polo sabia que, devido ao astronômico progresso da medicina geral, da neurologia, da psiquiatria e da psicologia, era de se esperar que fôssemos a geração mais feliz e saudável de todos os tempos, mas, infelizmente, estamos perante a geração mais triste e doente. Os conflitos de ansiedade estão aumentando, as doenças depressivas são cada vez mais comuns, as enfermidades psicossomáticas estão ganhando musculatura em todo o tecido social. O planeta psíquico está fora de sua órbita natural.

– Para onde caminha a humanidade? Para um esgotamento cerebral coletivo. Durmam bem, por favor. O sono é o motor da vida – declarava Marco Polo, preocupado com seus alunos. – É assombroso que centenas de milhões de crianças e adolescentes estejam dormindo mal. E quase não se toca nesse assunto.

Jasmine, observando a apreensão de seu mestre, indagou:

– Muitos de nós brigamos com a cama, mas a insônia sempre foi comum na história da humanidade?

– Não, Jasmine. A não ser em tempos de guerras e escassez. É a primeira vez que, em tempos de paz, estressamos coletivamente a psique, furtando nosso sono e nossa saúde emocional. Um dos motivos é o uso excessivo dos celulares. O comprimento de onda azul das telas dos celulares altera os níveis da molécula de ouro que induz e estabiliza o sono, a melatonina. As consequências são imprevisíveis.

– Quais são? – questionou Florence, sensibilizada.

– Sem sono, os níveis de prazer são reduzidos, fomenta-se a ansiedade, incrementa-se o humor depressivo e o limiar para suportar frustrações diminui. Tudo isso tem levado a um aumento espantoso no número de suicídios entre jovens nos últimos anos.

Marco Polo já havia transmitido esses dados para os reitores no dia em que Vincent Dell lhe propôs o desafio de trabalhar a emoção de Florence e seus amigos. Ficaram chocados. Seus alunos também menearam a cabeça entendendo que havia algo errado nos bastidores das sociedades atuais.

– Só os loucos negariam os benefícios dos celulares nas sociedades modernas, como a expansibilidade da comunicação e a democratização das informações, mas só os mentalmente cegos não enxergariam que o uso frenético dos aparelhos digitais gerou uma síndrome que tem devastado a saúde emocional.

– Que síndrome é essa? Viciar-se em celular não é apenas um hábito inadequado? – perguntou Yuri, intrigado.

– É muito mais que um hábito inapropriado, é uma doença, que chamo de síndrome da intoxicação digital, ou SID. Tive o privilégio de descrever tanto a síndrome do pensamento acelerado, a SPA, quanto a SID. E tive a infelicidade de detectar que as duas podem conviver no mesmo cérebro, tornando-o uma bomba que precisa ser desarmada – explicou o pesquisador da psicologia.

Ele contou que a SPA é gerada pelo excesso de informações e de atividades e simula sintomas da hiperatividade, que tem base genética. Relatou ainda que os sete sintomas mais proeminentes da SPA são:

1. Mente hiperpreocupada e agitada.
2. Sofrimento por antecipação.
3. Baixo limiar para suportar contrariedades.
4. Fadiga ao acordar.
5. Cefaleia e/ou dores musculares.
6. Dificuldade de conviver com pessoas lentas.
7. Déficit de concentração e de memória.

Após falar rapidamente sobre a SPA, expôs também os sintomas da SID, a síndrome da intoxicação digital:

1. Dependência digital em geral expressa pela necessidade ansiosa de ficar mais de uma ou duas horas no celular por dia, o que é diferente de usá-lo para trabalhar.
2. Aversão ao tédio. Pois quem destrói o tédio se ocupando excessivamente não sente solidão. E quem não sente minimamente solidão destrói a criatividade.
3. Ansiedade e vazio existencial quando se fica mais de 15 minutos sem atividades.
4. Sensação de que não se faz nada de importante fora da internet.
5. Autocobrança para estar sempre conectado.
6. Sono de má qualidade.
7. Fadiga ao acordar.

Chang coçou o rosto, passou as mãos pelos cabelos relativamente longos e confessou:

– Caramba! Sou vítima das duas síndromes. Qual a solução?

Essa era não apenas a situação de Chang, mas de centenas de milhões de seres humanos. Eles não sofriam ainda de uma doença clássica catalogada na psiquiatria, como a síndrome do pânico ou algum tipo de transtorno de personalidade ou de depressão, mas nem por isso deixavam de estar emocionalmente doentes. Como solução, o psiquiatra citou algumas ferramentas que já havia abordado e acrescentou outras fundamentais.

– Lembrem-se: contemplem o belo. Façam muito do pouco, pois quem faz pouco do muito é um mendigo emocional. Desacelerem a mente, comam mais pausadamente e vivam mais calmamente. Melhor é um ser humano sem pressa vivo do que um herói supereficiente morto. Vocês são parte da natureza, ame-a, passeie entre as árvores, fotografem as flores, cuidem de animais. – E olhou com admiração para as estrias de nuvens que anunciavam o entardecer. Em seguida abalou seus alunos, suplicando-lhes: – Não usem celulares duas horas antes de dormir. Não os use também nos finais de semana, a não ser como telefone.

– Somos fissurados em celulares. Como conseguir isso? – indagou Peter, atônito.

– Não há soluções mágicas. Se não aprenderem a se desconectar dos celulares tanto quanto possível e namorarem a vida real, poderão estar fora do jogo da saúde mental. Treinem, treinem e treinem – exortou Marco Polo para depois abrir o leque da mente deles. – Além disso, há outras técnicas socioemocionais propostas pelo inteligente médico da emoção quando andava pelos caminhos da Galileia e da Judeia.

– Além das que temos trabalhado? – questionou Victor.

– Claro!

– Quais? – perguntou Michael, tomando nota.

– Na aula de hoje vou abordar apenas algumas. Preparem-se para se abalar novamente.

– Mais do que temos sido chacoalhados? – questionou Florence, intrigada. – Já temos passado por uma revolução inimaginável, não tem sobrado pedra sobre pedra.

– Mas ainda há muito mais, Florence.

Os alunos tiveram calafrios porque sabiam que essas ferramentas seriam acompanhadas de exercícios insondáveis. Mas estavam muito motivados, pois deixaram de ser tímidos espectadores da vida para viajarem por lugares jamais explorados do planeta mente. Um líder doente sabota seus liderados, mesmo que os bajule em sua frente, pois tem medo de que seus alunos o superem, enquanto o líder saudável forma alunos para o superarem. Marco Polo queria que seus alunos o superassem. Começou a descrever técnicas simples e foi se aprofundando.

– Sejam colecionadores de amigos reais, e não digitais. Façam rodas para conversar com eles, tal qual estamos fazendo neste jardim. Jantem juntos, conversem sobre coisas triviais, mas dialoguem também sobre coisas essenciais. Falem de seus medos, dos seus sonhos, de seus pesadelos. O Mestre dos mestres foi chamado de tomador de vinho e glutão. Esses apelidos são pejorativos, é verdade, mas revelam ao mesmo tempo sua tremenda sociabilidade. Não se isolem em seus celulares ou em suas TVs.

Os alunos viviam isolados em seu pequeno mundo, mas com seus gigantescos problemas. O treinamento de Marco Polo fez com que eles cruzassem mundos. Ainda entrariam em choque e discutiriam, mas estavam aprendendo a criar fascinantes pontes. O psiquiatra acrescentou:

– Um dia terão filhos. Se vocês não gostarem de gente, real, concreta, não exijam que eles sejam sociáveis. É melhor ter uma dúzia de amigos imperfeitos do que ter mil amigos digitais intocáveis.

– Caramba. Marco Polo pegou pesado – brincou Sam.

A turma caiu na gargalhada. Era admirável ver Sam, que passara por tanto estresse e rejeição, levando a vida mais levemente. Ele acrescentou:

– Eu não gostava de me socializar. Tinha pavor de me abrir. Pela primeira vez estou gostando de gente problemática.

– Eu não sou problemático, sou incompreendido – atalhou Chang, bem-humorado.

Depois de mais uma dose de risadas, Marco Polo o fitou e lhe disse:

– Já que você é incompreendido, lembre-se da outra ferramenta de gestão da emoção sobre a qual já lhes falei brevemente: ninguém muda ninguém, temos o poder de piorar os outros, mas não de mudá-los.

Seus alunos viviam essa ferramenta ao avesso. Explodiam, brigavam, pressionavam, chantageavam, porque acreditavam que eram deuses que podiam mudar os outros. Depois que começaram a aprender sobre os bastidores da mente, começaram a perder sua divindade e se tornar simples seres humanos.

– Quem já tentou mudar pessoas teimosas, ansiosas ou que não correspondem às nossas expectativas? – indagou Marco Polo. Todos levantaram a mão. O psiquiatra brincou com eles: – Parabéns, vocês as pioraram. O Mestre dos mestres não tinha a paranoia que temos de querer mudar os outros. Por incrível que pareça, ele não tentou mudar Pedro quando este disse: "Jamais te negarei! Morrerei contigo, se necessário!"

– É muito interessante e até chocante o comportamento dele. Tão diferente do nosso – comentou Jasmine.

– Exato. Freud baniu da família psicanalítica seus amigos que contrariaram suas ideias sobre a sexualidade, como Jung e Adler, mas Jesus, mesmo sabendo quem era seu traidor, não o rejeitou; ao contrário, deu-lhe um pedaço de pão e lhe disse: "O que tens de fazer, faze-o depressa."

– Surpreendente, assombroso. Que homem é capaz de saciar a fome de seu traidor? – questionou Peter, positivamente perplexo.

– Ele foi o homem que viveu em prosa e verso o que discursou, inclusive dando a sua outra face nos dramáticos focos de tensão – afirmou Marco Polo.

Seus alunos, que até pouco tempo tinham enormes dificuldades em se interiorizar, analisar dados abstratos, desenvolver o pensamento crítico e produzir conhecimento sobre os fenômenos socioemocionais, estavam caminhando a passos largos. Inimigos ferinos, como Vincent Dell, os espreitavam, incomodados com essa evolução inesperada. Queriam sabotá-los. Não amavam a humanidade, mas o próprio bolso, seu orgulho, sua necessidade doentia de poder.

Marco Polo, por sua vez, vendo-os compenetrados, lembrou-os dos fenômenos que estão nos subsolos da mente humana para explicar por que pioramos os outros quando os pressionamos a mudar. Ao longo da história, os seres humanos erraram muitíssimo tentando corrigir os erros dos outros. Até hoje, em todas as nações, grande parte das correções dos pais e professores piora os filhos e alunos, embora eles não saibam disso.

– Os fenômenos que constroem pensamentos e emoções na mente

humana atuam em milésimos de segundo. Toda vez que vocês criticarem deselegantemente ou discutirem com uma pessoa para mudá-la, isso detonará o gatilho cerebral dela, abrirá uma janela killer, ou traumática, a âncora fechará o circuito da memória e o autofluxo lerá e relerá essa janela doentia que foi aberta, produzindo, consequentemente, pensamentos e emoções perturbadoras. Por fim, o fenômeno RAM, que é o biógrafo inconsciente da mente humana, biografará esses pensamentos e emoções, construindo mais uma janela killer ou então alargando as fronteiras da que se abriu.

– Extraordinária sua explicação, professor. Agora entendo por que pioramos os outros com facilidade. Antes que o Eu da pessoa que corrigimos compreenda nossa correção, os fenômenos inconscientes já sequestraram sua capacidade de compreender criticamente – disse o jovem alemão Martin, com brilhantismo.

– Por isso você nos disse em aulas anteriores que temos de mudar a educação: passar da era do apontamento de falhas para a era da celebração dos acertos – lembrou-se Peter com maestria.

– Muito bem lembrado, Peter.

– E por isso, mesmo com boas intenções, acionamos mecanismos primitivos no cérebro e nos tornamos predadores de quem amamos – enfatizou Florence apropriadamente.

– Ou então e... eles não aceitam a no... nossa corre... ção e se tornam agre... agressivos, nossos pre... predadores – apontou Alexander lucidamente.

– Correto, meus alunos.

Mas Chang aproveitou o momento para fazer um comentário interessante:

– Eu sabia que tinha piorado você, Peter. Briguei tanto para você ser mais calmo que o deixei mais explosivo e intratável ainda.

Peter se voltou para seu amigo e deu o troco.

– Cara, eu também o piorei muito. Chamei tanto a sua atenção para ficar mais atento à vida que você se tornou mais alienado, debochado, um verdadeiro palhaço ambulante.

– Mas como fazer quando estou diante de alguém teimoso, como meu pai? – questionou Florence.

Nesse momento Marco Polo descreveu algo prático e vital:

– Há defeitos colaterais e defeitos essenciais. Os defeitos essenciais não devem ser tolerados por ninguém, mas os colaterais, sim. Os defeitos essenciais envolvem os mais diversos tipos de violência contra si e contra o outro, e são inaceitáveis. Já os defeitos colaterais, que representam talvez mais de 90% dos nossos comportamentos, envolvem pontos de vista toscos, teimosia, irritabilidade, impulsividade, necessidade de evidência social... Esses podem e devem ser, se não aceitos, pelo menos respeitados. Seria bom aprender a ver um charme nos defeitos colaterais. Não é possível mudá-los de fora, mas se você relaxar, as pessoas que os possuem poderão se reciclar por conta própria.

Os alunos tinham quase nenhuma habilidade de gestão da emoção. Viviam o oposto do que sugeria o psiquiatra.

– Poxa. Pela primeira vez estou estudando a vida. Nunca imaginei que ela fosse tão fascinante e complexa. Eu tenho defeitos essenciais que precisam ser repensados seriamente, mas preciso dar risadas dos erros colaterais, meus e dos outros – declarou Jasmine.

Seus amigos a aplaudiram. Todos precisavam viver uma vida mais suave e profunda. Dar risadas de alguns dos seus erros suportáveis era vital para viver agradavelmente. Os melhores profissionais em todos os lugares da Terra cobravam demais de si mesmos. Eram criminosos com a própria saúde mental. O pensador da psicologia aproveitou o clima ameno e disse com bom humor:

– Encare assim: se alguém que você ama é teimoso, considere essa pessoa, a partir de agora, alguém admiravelmente complexo. Se seus amigos são ansiosos e difíceis, encare-os também como admiravelmente complexos.

– Assim fica agradável e mais fácil de conviver – apontou Sam, sorrindo. – Ninguém é mais babaca.

A turma caiu na risada.

– Sim, é muito mais fácil e rica a convivência social proposta pelo programa de gestão da emoção. Por outro lado, se achar que tem a responsabilidade de mudar as pessoas que estão ao seu redor, você se estressará muitíssimo e esgotará a mente delas. Você adoecerá e as adoecerá.

– Mas isso não é omissão? – indagou Victor.

– Em hipótese alguma. Você as respeita e, ao mesmo tempo, usa as técnicas que aprendeu – disse. E, virando-se para todos, aconselhou: – Elogiem quem erra antes de apontar o erro. Deem a outra face. Assim abrirão o circuito da memória e as pessoas irão mudando espontaneamente, por elas mesmas. E depois, se não mudarem os próprios defeitos colaterais, o que é que tem? Vocês também têm muitos defeitos que perturbam os outros. Não sejam deuses nem psiquiatras ou psicólogos de plantão. Não sejam "estressadores" dos cérebros alheios.

Florence, Jasmine, Peter, Chang, Michael, Sam, Victor e os demais amigos respiraram lentamente, como se estivessem absorvendo o ar da sabedoria ao seu redor.

– Eu sou um "estressador" do cérebro de centenas de pessoas no Japão – afirmou Hiroto.

– Eu na Rússia – retrucou Yuri.

– Eu na Alemanha – confessou Martin.

E eram mesmo. Por onde passavam, ninguém ficava tranquilo.

Em seguida, o psiquiatra comentou:

– Há mulheres que me dizem: "Dr. Marco Polo, me casei com um homem muito difícil, pense numa pessoa ansiosa." Mas eu olho nos olhos delas e lhes digo: "Minha cara, se escolheu um parceiro muito difícil, sinceramente, você não deve ser tão fácil também."

Seus alunos caíram na risada. Entenderam que todas as escolhas têm alguma complementaridade. E o psiquiatra disse como orientava algumas dessas mulheres:

– Se seu parceiro é ansioso, ele vai ficar mais ansioso ainda se você usar todos os dias ferramentas de antigestão da emoção. Tente mudá-lo a ferro e fogo, criticando o tempo todo, e você piorará muito esse homem.

Depois de relatar essas vitais técnicas de convivência social, Marco Polo disse:

– No passado, Kraepelin, que é considerado o pai da psiquiatria moderna, defendia a tese de que os transtornos mentais tinham origem metabólica, ao contrário do que pensavam Freud, Jung, Skinner, Fromm e outros pensadores. Estes acreditavam na relevância dos fatores psicológicos associados ao ambiente. Hoje avançamos mais ainda, cremos que o "DNA socioemocional", ligado à nutrição, a práticas de exercícios, atitudes filantrópicas, espiritualidade inteligente, bem como às ferramentas que temos estudado e que melhoram o nosso estilo de vida, protegendo nossa mente e reconstruindo nossas relações, faz com que ocorra inibição ou expressão de determinados genes do nosso "DNA genético".

– Acho essa abordagem um pouco confusa. O que isso quer dizer? – indagou Michael.

– Quer dizer que se estressar menos e ter relações saudáveis pode contribuir para fazer com que as pessoas vivam mais e melhor. Pode ajudar a prevenir doenças cardíacas, alguns tipos de câncer, transtornos psíquicos. Por isso, lembrem-se: baixem o tom de voz quando alguém elevar o seu. Abrandem a voz numa discussão.

– Quem deve baixar o tom de voz é quem está errado! – apontou Victor.

– Não, Victor. Exija autodomínio não de quem está errado, mas de quem está certo. Muitos pais escolhem neuroticamente ganhar a discussão. Muitos casais se digladiam por pequenos estímulos estressantes, como uma toalha molhada em cima da cama, fios de cabelo no ralo.

– Eu nunca perdi uma discussão – afirmou Peter categoricamente.

– Mas certamente perdeu muitas pessoas. Quem tem a necessidade doentia de ganhar o bate-boca perde todos aqueles que estão ao seu redor, inclusive sua saúde. Vocês têm de decidir ganhar o coração ou ganhar a discussão. Influenciar pessoas com um estilo de vida generoso e calmo ou querer dominá-las com suas críticas.

Os alunos ficaram abalados por viverem uma história emocional e social tão diferente do seu treinamento.

– Sou uma colecionadora de perdas. Perdi amigos, colegas de classe, a admiração de meus pais e a atenção de meus professores com meu estilo de vida combativo – afirmou Florence.

E foi nesse momento, quando a jovem acabara de dizer essas palavras, que apareceu o grande desafeto de Marco Polo e o grande inimigo das suas teses: Vincent Dell. Com ele vinham cinco seguranças e The Best. Como um predador voraz e raivoso, ele disse aos brados:

– Você é um psicótico ou um psiquiatra, Marco Polo? Acha que esses candidatos a serem internados num hospital psiquiátrico ou encarcerados num presídio vão aprender suas ferramentas?

Ele foi tão ferino que pegou todo mundo de surpresa. Peter, Chang, Victor e Michael se levantaram com o sangue fervendo.

– Não se atreva, seu... – falou asperamente Peter, mas não completou sua ofensa, pois Marco Polo fez um sinal para que todos se sentassem. Precisavam passar por esse angustiante teste. Eles obedeceram. Sentaram-se inconformados com o julgamento que sofreram.

– Está vendo, doutor Marco Polo? Eu tirei seus anti-heróis do ponto de equilíbrio em dez segundos! – declarou Vincent Dell com prazer e ironia. E continuou a "morder" a garganta deles como os grandes felinos fazem com suas presas. – Acha que esses marginais serão capazes de baixar o tom de voz fora do ambiente de seu treinamento? Que ilusão estúpida! Eles continuarão descontrolados, violentos, depressivos, socialmente alienados. Aquele é um sociopata digital, aquela é tremendamente explosiva, aquele outro é um terrorista em potencial, o que está ao lado dele é um paranoico revoltadíssimo... – foi dizendo enquanto apontava os dedos impiedosamente para Yuri, Florence, Peter e Victor em sequência.

Os jovens tinham dificuldade em acreditar que um intelectual pudesse ser tão desumano e preconceituoso. Foram de tal forma surpreendidos que não conseguiram sequer assimilar as calúnias que ele cuspia impiedosamente. Vincent Dell queria e precisava acabar de qualquer maneira com o projeto de Marco Polo. Não descansaria se não alcançasse êxito. Usaria sem limites o poder e a inteligência descomunal de The Best para isso.

– Por que essa crueldade? – indagou Marco Polo muito aborrecido, mas sem perder o tom.

– Crueldade? Crueldade foi o que você fez, bloqueando um contrato de bilhões de dólares com várias universidades do mundo. Você atrasou a evolução da ciência.

– Atrasei a evolução da ciência ou da sua empresa? – rebateu o psiquiatra.

O senhor das trevas da academia recusou-se a responder diretamente. Disse com astúcia:

– A tecnologia The Best vai revolucionar o mundo e contribuir muito para a humanidade. Se as universidades a comprassem, seria uma validação acadêmica, e isso levaria governos e empresas a comprá-la também. Mas depois de sua fala, alegando que a educação mundial está doente e formando alunos doentes, os reitores recuaram, preferiram aguardar os resultados do seu experimento cerebral.

– Experimento cerebral? Como assim? – perguntou Peter tentando entender o que estava acontecendo.

Vincent Dell foi sórdido, era um especialista em causar discórdia.

– O experimento de que vocês participam! – E olhando para o psiquiatra disse, com uma risada sarcástica: – Não contou a eles, Marco Polo, que The Best os selecionou?

The Best se aproximou e ficou ao lado do reitor. Eles já o tinham visto várias vezes, mas não imaginavam que se tratasse de uma supermáquina. Yuri, um especialista em tecnologia digital, desconfiou:

– Então você é um robô?

– Não sou um robô comum, mas um super-robô, um *Robo sapiens*. Eu selecionei a maioria dos participantes do projeto "Marco Polo".

Yuri e Victor tentaram usar seu celular para filmá-lo, mas The Best causou um apagão nos aparelhos digitais à sua volta.

– Espere! – bradou Jasmine, descontrolada. Seus tiques retornaram. Fungava o nariz e passava freneticamente as mãos em seus cabelos. – Fomos selecionados como animais num curral?

– No curral da sociedade – afirmou The Best.

– E qual foi o critério? – questionou Sam, ansioso. Seus movimentos involuntários com os ombros reapareceram. – Fala, babaca!

– Ser um superidiota emocional – afirmou The Best.

Vincent Dell sorriu satisfeito, mas todos os alunos de Marco Polo ficaram perplexos. E, de repente, o *Robo sapiens* começou a descrever a história deles em detalhes. Iniciou com Peter:

– Você nasceu às 9 horas da manhã, com 3,270 quilos. Inquieto, agressivo, intratável. Péssimas notas escolares. Dez passagens pela polícia. Vinte vezes suspenso no ensino fundamental. Trinta vezes no ensino médio e quinze vezes na universidade. Um sujeito do mal, inclusive para seus pais.

Chang não sabia se ria ou se chorava. Mas tentando aliviar o amigo, procurou transformar o relatório em piada:

– Peter, você é pior do que eu pensava.

Em seguida, The Best sentenciou:

– Possibilidade de recuperação de Peter: próxima de zero.

E depois começou a descrever os demais:

– Jasmine nasceu no dia...

Peter não se aguentou. Num sobressalto, tentou impedir que o *Robo sapiens* humilhasse seus amigos. Tentou dar um murro nele, mas The Best pegou o soco no ar com facilidade e, com sua poderosa força, começou a torcer o braço de Peter, que, gemendo, disse:

– Você vai... quebrar...

Chang foi tentar ajudá-lo, mas o *Robo sapiens* o fez ajoelhar com a outra mão. Em seguida soltou Peter, que, assustado e com dor, sentou-se.

Vincent Dell aproveitou para finalizar sua sentença:

– Seus estúpidos e perigosos alunos já destruíram milhares de pessoas que cruzaram seu caminho e continuarão devorando muito mais gente. Não foi isso que esta garota bipolar disse? – E apontou para Florence: – "Sou uma colecionadora de perdas. Perdi amigos, colegas de classe, a admiração de meus pais..." – E depois disso saiu dando gargalhadas, deixando muitos deles engolindo em seco, com crise de ansiedade, furiosos. Dez passos à frente, virou-se para trás e disse: – Estarei de pé aplaudindo sua derrota, Marco Polo.

Vendo-os em estado de choque, Marco Polo rapidamente interveio:

– Acalmem-se.

– Como me acalmar? Fomos selecionados como animais! – falou Jasmine angustiada.

– Foram selecionados, sim, entre os que tinham mais problemas de caráter e desvios de comportamento. Mas por acaso os tratei como animais? Não foram treinados por mim para serem dia e noite seres humanos que valorizam a vida como espetáculo único e imperdível? Não os ensinei a gerir sua emoção, a reeditar sua memória, a desatar seus cárceres mentais? Mas se mesmo assim quiserem me abandonar, estão livres.

Eles titubearam. Florence interveio. Olhou para os outros onze e disse:

– Como abandonar um mestre que virou nosso mundo de cabeça para baixo? Impossível! Como abandonar um professor que nos ensina exaustivamente, sem ganhar nada financeiramente, a sermos autores de nossa própria história, gestores de nossa emoção e líderes de nós mesmos numa sociedade de zumbis? Mais impossível ainda.

Foram se tranquilizando. Marco Polo, diante disso, lembrou-lhes de outra magnífica ferramenta socioemocional que haviam estudado:

– Não comprem o que não produziram. A paz de vocês vale ouro. O resto é lixo! E, no entanto, a paz do ser humano é destruída por ele mesmo. Ele irresponsavelmente a vende ou troca por um preço banal, débil, insignificante.

Os alunos de Marco Polo respiraram lentamente e disseram para si mesmos que sua paz valia mais que todo o ouro do mundo.

Momentos depois, quando tudo parecia ter se acalmado, Jasmine trouxe outra seriíssima questão à tona:

– Como o reitor sabia o que estávamos discutindo neste jardim? Ele repetiu as palavras exatas de Florence.

Os alunos se abalaram.

– Há um traidor entre nós! – acusou Peter.

Marco Polo sabia que havia um informante entre eles, mas não sabia quem era e não o investigara. Esperava conseguir conquistá-lo.

– Só pode haver um traidor entre nós – afirmou Yuri, tenso. – Alguém aqui tem uma microcâmera ou uma escuta escondida.

Todos se levantaram. Foi uma grande discussão, não se ouvia ninguém. Um parecia acusar o outro. Só Marco Polo permanecia sentado, observando-os.

– Parem! Parem! – berrou Michael. E determinou: – Temos que investigar agora quem é o traidor.

Marco Polo levantou as duas mãos e esperou. Depois de poucos minutos os jovens perceberam gestos pedindo que se sentassem novamente. Eles o fizeram e, com a voz calma, o psiquiatra desaprovou a ideia:

– Se fizerem uma caça às bruxas entre vocês, estarão indo contra tudo que aprenderam.

– Mas há um traidor, mestre – argumentou Jasmine. – Há tempos eu e Florence desconfiávamos disso.

– Eu também – comentou Victor.

Peter, Chang, Michael, Harrison, Hiroto, Martin, Sam e Alexander também disseram a mesma coisa. E a discussão entre eles recomeçou. Marco Polo novamente os observou e aguardou que aquietassem a mente. Ele olhava para o alto, focava as nuvens multicoloridas e as admirava. Ao perceberem sua calmaria, acabaram se lembrando de que faziam parte do mais complexo dos treinamentos. Abrandaram sua ansiedade. O psiquiatra os fitou e ousou dizer:

– Todo traidor trai primeiramente a si mesmo. Não tenham medo de ser traídos, tenham medo, sim, de traírem a si mesmos.

– Nós mesmos nos trairmos? Como assim? – perguntou Hiroto espantado.

– Os piores traidores são aqueles que traem o próprio sono, seus sonhos, seus valores, sua saúde emocional e o tempo que poderiam dedicar a quem amam.

Eles quase desmaiaram ao ouvir essas palavras.

– Somos traidores de nós mesmos – confessou Peter envergonhado.

Em seguida, Marco Polo refletiu sobre mais uma ferramenta bombástica.

– O carpinteiro de Nazaré era de tal forma encantador nas relações sociais que até seus inimigos faziam plantão para ouvi-lo. Como o maior líder da história, ele elogiava em público e corrigia sempre em particular. E vocês, fazem assim ou ao contrário? – Eles eram especialistas às avessas. E o psiquiatra concluiu: – Jesus sabia que havia um traidor entre seus alunos e sabia também quem ele era! Mas não o denunciou. Apenas apontou que um deles iria traí-lo sem especificá-lo. Por quê? Pensem!

Eles pararam, pensaram, mas não chegaram a nenhuma conclusão coerente. Florence ousou revelar sua ignorância.

– Não sei. Por qual motivo alguém protegeria seu traidor?

– Ele não tinha medo de ser traído, Florence. Tinha medo, sim, de perder um amigo – concluiu Marco Polo, emocionado.

– Que mestre fascinante! – exclamou Florence.

– Ele realmente fazia poesia quando o mundo ruía aos seus pés – disse o jovem russo Yuri, completamente abalado.

– Está certo, Yuri. Todos queriam saber quem era o traidor, mas Jesus fez tanta poesia no caos que deu um pedaço de pão a Judas e lhe disse em segredo: "O que tens de fazer, faze-o depressa." Mostrando que o amava apesar da traição, querendo resgatá-lo, apesar da inenarrável decepção.

O comentário sobre a atitude do Mestre dos mestres caiu como uma bomba no colo desses jovens irritadiços e julgadores que estavam começando a aprender a arte da empatia, da paciência e da compaixão.

– Se investirem apenas em quem corresponde às suas expectativas, perderão o jogo da vida – afirmou o psiquiatra.

– Doutor Marco Polo, você nos vira de cabeça para baixo quando abre a boca – comentou Chang, refletindo sobre a sensação que frequentemente tinham.

– E que tal mais esta penetrante ferramenta, Chang: Quem repete duas vezes a mesma coisa quando vai corrigir alguém é um pouco chato. E quem repete três vezes?

– Muito chato – respondeu o jovem.

– E quatro vezes ou mais? – insistiu o psiquiatra.

– É insuportável! – disseram vários alunos ao mesmo tempo.

Nesse momento, desferiu mais um "golpe fatal" em seu treinamento:

– E quem aqui é insuportável de vez em quando?

Todos levantaram a mão.

– Vocês não têm vergonha? – brincou Marco Paulo. Eles, enfim, relaxaram. – Infelizmente há milhões de pais insuportáveis, de casais chatíssimos, de professores que são tão repetitivos que seus alunos não aguentam as mesmas broncas. Como seria agradável se os insuportáveis encontrassem certo charme nos defeitos dos outros! Como seria fascinante se os críticos baixassem o tom de voz e passassem a elogiar mais! Só se ama quem se admira, mas pessoas chatas e pessimistas são pouco admiráveis.

Sam colocou as mãos no rosto e disse:

– Sem gestão da emoção, a sociedade é um caos.

Observando que já havia passado o gravíssimo terremoto emocional causado por Vincent Dell, por The Best e pela possível presença de um traidor entre eles, e que todos tinham sobrevivido – pelo menos até outro grande terremoto surgir –, Marco Polo apresentou-lhes a última e vital ferramenta do dia:

– Não apenas ninguém muda ninguém! Nem nós mudamos a nós mesmos se não mapearmos corajosamente nossos fantasmas mentais. Quem não mapeia seus conflitos será assombrado a vida toda por eles.

– Por isso, as pessoas continuam a ser radicais, repetitivas, impulsivas, críticas, fóbicas, ansiosas a vida toda? – questionou Jasmine. – Elas até têm a capacidade de se reciclarem, mas não têm coragem de se mapear.

– Exato, Jasmine, exato.

A partir daí, Marco Polo começou a explicar que infelizmente muitos líderes católicos, protestantes, budistas e islamitas têm dificuldade de se mapear, de admitir que têm depressão, síndrome do pânico, transtornos de ansiedade, transtorno obsessivo-compulsivo, conflitos sexuais, doenças psicossomáticas. Ainda que vários deles sejam notáveis, cometem um erro crasso e perigoso. Por isso, eles têm dificuldade de ir a um psiquiatra ou psicólogo em busca de ajuda.

– Para esses líderes religiosos, é vergonhoso ter uma doença psíquica, um sinal solene de fragilidade. Outro erro gravíssimo. Eles não entendem que a religião não substitui o tratamento psiquiátrico e psicoterapêutico quando necessário. Se eles não procuram ajuda, também não incentivam seus seguidores a fazerem o mesmo, impondo-lhes graves riscos.

Martin tinha um pai riquíssimo, mas era um mendigo morando em uma mansão. Ele era religioso, mas nunca admitira que seu pessimismo e seu isolamento social eram sintomas de uma depressão.

– Meu pai não entendia que seres humanos fascinantes e altruístas também adoecem. A aversão que ele tinha a se tratar também tornou mais difícil para mim a adesão a um tratamento.

Não apenas Martin tinha rejeição a psiquiatras, mas todos eles, por isso debocharam e rechaçaram Marco Polo seis meses antes, no começo do treinamento.

– Milhões de japoneses têm vergonha de buscar ajuda psicológica – afirmou Hiroto com ar de tristeza. – Tive três amigos que se suicidaram sem ter procurado tratamento. E eu mesmo já tentei, mas tinha aversão a... – Ele não conseguiu terminar sua frase.

Marco Polo tocou em seu ombro, emocionado. Antes que dissesse qualquer coisa, Chang fez uma complexa pergunta.

– Se Jesus Cristo foi tão fascinante, saudável, inteligente, promotor da saúde emocional e formador de mentes brilhantes a partir de mentes doentias, por que só agora ele foi estudado por você? Por que ele não foi estudado pelos cientistas ao longo dos séculos?

Marco Polo fez uma pausa e confessou:

– Por causa do vírus do preconceito. O preconceito mata tanto ou mais que as armas. Eu fui preconceituoso, por isso só nos últimos anos tive coragem de estudá-lo pelos ângulos das ciências humanas, e não de uma religião. E creio que a humanidade atrasou em muito sua evolução por não ter estudado suas complexas ferramentas socioemocionais. – E, depois dessa conclusão, o pensador da psicologia indagou: – Sabem o que é hematidrose?

– Não! – responderam todos em uníssono.

E lhes contou uma história muito emocionante. O Mestre dos mestres não apenas se colocou como o maior líder da história, mas quando precisou dar o exemplo de que nunca devemos deixar de mapear nossas dores emocionais, ele o fez solenemente, ainda que estivesse no auge da fama.

– Jesus levou três discípulos para o Jardim das Oliveiras, chamado de Getsêmani: Pedro, que o negaria, e Tiago e João, que o abandonariam. E foi para esses discípulos que o decepcionariam ao máximo que o maior líder da história falou de sua dor emocional dramática: "Minha alma está profundamente deprimida até minha morte."

– Ele sofria com a depressão? – questionou Jasmine, levando as mãos à boca.

– Não, Jasmine. A depressão tem de ter uma evolução de pelo menos uma a duas semanas. Ele tivera uma reação depressiva e ansiosa.

– Por quê? Ele não era forte?

– Porque agia como ser humano, vivia e sentia como um ser humano. E, como ser humano, ele tinha de se preparar para suportar o insuportável: para ser generoso quando o mundo desabasse sobre ele, ser tolerante enquanto o torturavam física e mentalmente, ser lúcido enquanto todas as suas células morriam dolorosamente. Manter sua integridade intelectual e emocional em tais circunstâncias foi algo nunca experimentado, uma experiência inexprimível, que o levou a esgotar seu cérebro a ponto de produzir um sintoma psicossomático raríssimo na medicina, a hematidrose, que é um suor sanguinolento, um fenômeno que só ocorre no extremo do estresse. Seus poros se abriram e saiu sangue junto com seu suor.

Os alunos de Marco Polo pausaram sua respiração e se comoveram, fascinados. Florence, boquiaberta, quebrou o silêncio, deixando escapar lágrimas e dizendo:

– É impressionante que o maior líder da história, no auge da fama, não tenha se escondido, mas revelado seu esgotamento cerebral para todas as gerações humanas.

– Nós amamos nos esconder. Mas ele teve a coragem de desnudar o mais íntimo da sua emoção – completou Jasmine.

– É mais surpreendente ainda que talvez esse homem, que também estou descobrindo que foi o mais inteligente da história, tenha revelado que estava deprimido, em colapso cerebral, para alunos que o negariam e o abandonariam – atalhou Peter.

– Que desprendimento! – expressou Yuri, atônito.

– Que coragem, meu Deus! – falou Chang, colocando as mãos na cabeça.

– Que humildade! – exclamou Michael.

– Que mestre é esse que eu nunca tive a coragem de conhecer? – indagou alto Hiroto, igualmente pasmado.

Marco Polo os fitou lentamente e lhes disse:

– Ele foi o líder dos líderes, o Mestre dos mestres, uma mente completamente livre e saudável em busca contínua por formar outras mentes livres e saudáveis, por isso viveu essa tese bombástica: nunca alguém tão poderoso teve a ousadia de se fazer tão pequeno para tornar os pequenos poderosos.

A comoção era inexprimível. Um por um, os alunos "rebeldes" de Marco Polo declararam suas opiniões e lacrimejaram seus olhos. Sob seus cuidados eles passaram por uma revolução socioemocional inimaginável, uma revolução que estava apenas no início. Como seriam saudáveis emocionalmente se não superassem a síndrome predador-presa, se não aplicassem diariamente técnicas como a mesa-redonda do Eu para serem seguros, resilientes e autores da própria história ou técnicas como a DCD para reescrever seus medos, sua ansiedade, sua impulsividade e sua autopunição? Muitíssimo difícil. Como ter uma felicidade sustentável e relações sociais inteligentes sem contemplar o belo, abrandar o tom de voz nas discussões e passar da era do apontamento de falhas para a da celebração dos acertos? Quase impossível.

Marco Polo tinha plena convicção de que, embora o mundo deles tivesse sido virado do avesso, teriam uma longa e desafiadora jornada pela frente se quisessem sair da mediocridade existencial. Deixariam boquiabertos os reitores de grandes universidades mundiais que os consideravam candidatos a se internarem em hospitais psiquiátricos ou a serem encarcerados em presídios? Abalariam seus professores, colegas de classe e pessoas que os conheciam e que lhes deram as costas por considerá-los sociopatas irrecuperáveis? Converter-se-iam em líderes mundiais? Muito dificilmente.

– Teremos mais seis meses pela frente. Vocês ainda experimentarão muitos exercícios imprevisíveis, experiências dramáticas e certamente atravessarão crises e desejarão me abandonar e deixar esse treinamento.

– Jamais abandonarei este treinamento, mestre – afirmou Peter.

– Nem eu – assegurou Chang.

– Estarei aqui custe o que custar – declarou Florence.

Todos os outros aquiesceram. Marco Polo sorriu suavemente. Lembrou-se do carpinteiro de Nazaré.

– O heroísmo de vocês poderia me deixar feliz, mas não. Vocês precisam de um médico da emoção, necessitam conhecer mais profundamente a si mesmos. – E lhes lembrou e alertou: – Nesta jornada, inimigos de plantão, como Vincent Dell, tentarão sabotá-los por fora. E, além disso, vampiros emocionais que vocês mesmos construirão em suas mentes tentarão sangrá-los por dentro. Negarão o que aprenderam ou me negarão? Trairão a vocês mesmos ou me trairão? Sobreviverão aos fariseus modernos que estão no teatro social e em seu próprio teatro psíquico, dentro de vocês? Serão alunos que sairão da insignificância social e impactarão a humanidade? Esse é o meu grande sonho e também meu grande temor!

E assim encerrou a primeira fase do treinamento, com uma impactante poesia para turbinar a busca daqueles jovens pela verdadeira liberdade:

"Falhar é humano, mas falhar demais é desumano.
Que vocês não falhem em namorar a vida.
E, ao namorá-la, cobrem menos de si e dos outros.
Não traiam sua saúde emocional, seu sono nem seus sonhos.
Treinem ser líderes de si mesmos antes de serem líderes sociais.
E, se treinarem, não tenham medo de fracassar.
E, se fracassarem, não tenham medo de reconhecer suas falhas.
E, se as reconhecerem, não tenham medo de chorar.
Se chorarem, repensem suas vidas, mas jamais desistam.
Deem sempre uma nova chance para si e para as pessoas que os rodeiam.

Jamais se esqueçam: os invernos mais rigorosos trazem as mais belas primaveras.

Obrigado por existirem, serem meus queridos alunos e mudarem a minha vida."

Ao dizer essas palavras, o psiquiatra se levantou e os deixou. Estavam todos emudecidos, calados por fora, mas gritando por dentro: Quem eu sou? O que eu quero ser? E aonde eu quero chegar?

Mal sabiam eles que essas dúvidas seriam respondidas da maneira mais dura possível.

Poucos dias depois, o mundo foi surpreendido por uma terrível epidemia, que surgiu na China e rapidamente se espalhou pelo planeta. Escolas, universidades, escritórios, aeroportos, lojas, atividades e serviços em geral foram suspensos por tempo indeterminado.

Abruptamente, Marco Polo e os doze "rebeldes" tiveram que interromper seu treinamento e cumprir uma quarentena que traria desafios inenarráveis. Isolados em suas casas, os alunos precisariam penetrar em camadas mais profundas de sua mente para não serem infectados por outro vírus: o vírus do ego, que desperta a violência, a arrogância, a intolerância e nos torna escravos vivendo em sociedades livres.

Seriam eles capazes de sobreviver a essa difícil provação? Continuariam trilhando o caminho para se tornarem autores da própria história? Ou voltariam a se perder em suas loucuras?

Marco Polo não sabia. Mas tinha certeza de que, mais do que nunca, aqueles jovens necessitariam dos ensinamentos daquele que foi não apenas o maior líder, mas também o maior médico da emoção da história da humanidade.

✦

FIM DA PRIMEIRA PARTE

A segunda parte desta obra se completa com o livro *O médico da emoção*, que encerra a série "O homem mais inteligente da história".

CONHEÇA OS LIVROS DE AUGUSTO CURY

Série: O homem mais inteligente da história

O homem mais inteligente da história
O homem mais feliz da história
O maior líder da história

Coleção: Análise da Inteligência de Cristo

O Mestre dos Mestres
O Mestre da Sensibilidade
O Mestre da Vida
O Mestre do Amor
O Mestre Inesquecível

Os segredos do Pai-Nosso
A sabedoria nossa de cada dia
Dez leis para ser feliz
Inteligência socioemocional
Nunca desista de seus sonhos
O código da inteligência
Pais brilhantes, professores fascinantes
Revolucione sua qualidade de vida
Seja líder de si mesmo
Você é insubstituível